Linde Richter

Und immer ist es der falsche Job

Ein Kleinstadtkrimi vor den Toren einer hessischen Großstadt

Linde Richter

Und immer ist es der falsche Job

Ein Kleinstadtkrimi vor den Toren einer hessischen Großstadt

Impressum

Bibliografische Information der Deutschen Nationalbibliothek:
Die Deutsche Nationalbibliothek verzeichnet diese
Publikation in der Deutschen Nationalbibliografie;
detaillierte bibliografische Daten sind im Internet
über http://dnb.dnb.de abrufbar.

Fotos und Bildbearbeitung: Gabriela Leonhardt und
Linde Richter

Verlag: BoD · Books on Demand GmbH, In de Tarpen 42,
22848 Norderstedt
Druck: Libri Plureos GmbH, Friedensallee 273,
22763 Hamburg
ISBN: 978-3-7693-1932-3

PROLOG

Sie vermuten, dass Sie die Kleinstadt vor den Toren der Großstadt kennen? Dass Sie die Straßen wiedererkennen, die Kneipe, den Biergarten?

- Das ist falsch!

Sie meinen, dass Sie Gittis Nachbarn schon einmal begegnet sind? Dass Sie die örtlichen Geschäftsleute, die Politiker identifizieren?

- Das ist auch falsch!

Und Sie glauben auch, dass Sie Gitti längst getroffen haben? Und dass Sie den Kriminalhauptkommissar schon gesehen haben?

- Alles falsch!

Handlung und Personen sind frei erfunden. Sollte sich die eine oder andere Person in dieser fiktiven Handlung wiederfinden, so kann ich nur mit der Devise des englischen Hosenbandordens antworten:

« Honi soit qui mal y pense » (Altfranzösisch)

„Ein Schelm sei, wer schlecht darüber denkt"
Frei nach König Eduard III. von England (1312–1377)

1

Da saß ich nun zwischen meinen hochwertigen, zeitlos schönen Wohnzimmermöbeln, die ich mir bereits vor meiner Ehe buchstäblich vom Munde abgespart hatte. Mein exquisites Rolf Benz Wohnzimmer hätte ich meinem Ex niemals überlassen. Sechsunddreißig Umzugskartons und ein Gästebett zum Ausklappen ergänzten meinen etwas dürftigen Besitz. Das Ehebett wollte ich nicht mehr haben, das unbequeme Gästebett musste zunächst genügen. Mehr hatte ich nicht mitgenommen. Dass ich im Vorruhestand noch einmal umziehen würde und das unter diesen Umständen, hätte ich mir auch in meinen wildesten Träumen nicht vorstellen können.

Als ich kurz vor meinem Rentenantritt von meiner letzten Geschäftsreise zurückkam – ich spürte in meinem Berufsleben Versicherungsbetrüger auf – fand ich drei lange, tizianrote Haare unter meinem Kopfkissen und einen mit Testosteron abgefüllten Ehemann vor. Er glaubte im Leben etwas verpasst zu haben und hatte sich in meiner Abwesenheit einen sechzehn Jahre jüngeren Betthasen gesucht. Das wäre notfalls noch zu verkraften gewesen, aber er hatte außerdem noch sämtliche Konten geräumt. Von Beruf Künstler, hatte er mir in schöner Selbstverständlichkeit eine Ehe zu Dritt vorgeschlagen – dies sei in Künstlerkreisen durchaus üblich. Ich war damit nicht einverstanden. Und da er schon immer sehr freizügig mein Geld ausgegeben hatte, schlug er mir außerdem noch vor, dass ich alle laufenden Kosten weiterhin bestreiten dürfe. Ich war schon wieder nicht einverstanden – und zog aus.

Es klingelte. Vor der Wohnungstür standen eine kleine Mollige mit einem spitzen Gaultier-Busen und ein hochgewachsener, dünner Mann.

»Ich bin Edda Schwemmer und das ist mein Mann Georg. Wir sind die Nachbarn unter Ihnen«, stellte sie sich und ihren Begleiter vor. »Ich war Lehrerin für Ethik, Biologie und Geschichte, und mein Mann hat fürs LKA gearbeitet.«

Ihr Mann Georg sah nicht nach einem Hüter der kriminalistischen Obrigkeit aus, aber vielleicht musste man bei der Landeskriminalbehörde auch möglichst unauffällig aussehen. Und da ich quasi in einer Seniorenresidenz wohnte, war Herr Schwemmer infolge dessen ein Kriminalbeamter a.D.

Bei meiner überhasteten Wohnungssuche war ich zufällig auf eine geräumige Drei-Zimmerwohnung auf dem Gelände einer Seniorenwohnanlage gestoßen. Die großzügige Dachgeschosswohnung stand schon längere Zeit leer. Generös geschnitten und mit einer großen Dachterrasse bestückt, aber viel zu teuer, lag dieses Juwel im zweiten Stock. Ohne Aufzug, leider, was der hauptsächliche Grund des langen Leerstandes war. Das Haus lag etwas abseits von den Kettenhäusern der Senioren und hatte nur drei Parteien. In dem Haus hatten in besseren Tagen ein Hausmeister, eine Gemeindeschwester und ein Arztehepaar für die Seniorenwohnanlage gewohnt. Inzwischen hatte die Stadtverwaltung die Wohnungen des Versorgungshauses kurzerhand auf den freien Wohnungsmarkt geworfen. Einzige Bedingung war, dass die neuen Mieter vom Alter her zu den Bewohnern der Seniorenresidenz passen mussten. Ich passte und bezog die frühere Wohnung des Arztehepaars.

Frau Schwemmer drückte ihren spitzen Busen an mir vorbei und marschierte schnurstracks in die Küche. Ihre Wohnung, ein Stockwerk tiefer, hatte den gleichen Grundriss, sie kannte sich also aus. Aus ihrem Einkaufskorb zauberte sie Geschirr und Besteck sowie einen Topf mit gekochten Kartoffeln, eine Flasche Wein und eine Flasche Wasser.

»Ich habe auch noch selbst gemachten Kochkäse, geputzten Salat und ein Balsamico-Dressing für Sie mitgebracht. Zum Kochen haben Sie jetzt bestimmt keinen Kopf.«

Sie stand bereits in meinem zugerümpelten Wohnzimmer, und ihre hellen Mäuseäugelein ließen keine Kiste und kein Möbelstück aus. Ihr Ehemann wartete noch immer etwas verlegen im Treppenhaus. Man ist ja höflich und so komplimentierte ich ihn auch ins Wohnzimmer und entschuldigte mich für das Durcheinander. Nachdem sich beide satt gesehen hatten, gingen sie wieder.

Eigentlich ganz nett, dachte ich, nur ein wenig neugierig und stellte die Kartoffeln mit dem Kochkäse in die Mikrowelle. Die Küche hatte ich komplett von meinen Vormietern übernommen Gepflegter Landhausstil mit allen elektrischen Geräten, ich musste nur noch den Inhalt der entsprechenden Kartons einräumen und die Kühl- und Gefrierkombination mit Lebensmitteln füllen. Sehr praktisch.

Ich wollte mich gerade in den Fernsehsessel setzen und balancierte den dampfenden Teller auf meinem Kniekissen, als es schon wieder schellte. Die Nachbarin vom Parterre stand mit ihrem Gatten vor der Tür.

»Hallo, ich bin die Christyna Sikora und das ist mein Mann Martin.«

Sie streckte mir einen bunten Blumenstrauß entgegen. Ich verschob mein Mittagessen auf später und bat die beiden ins Wohnzimmer.

Frau Sikora erzählte mir, dass sie ursprünglich aus Schlesien stamme und seit sechsunddreißig Jahren in Deutschland lebe. Sie erzählte außerdem von den Bewohnern der Kettenhäuser und den Bewohnern der Nachbarhäuser. Ich wurde über Status und Lebensläufe der Mitmenschen in meinem unmittelbaren Umfeld ausführlich aufgeklärt. Sie informierte mich über naheliegende Läden, die angrenzende S-Bahn-Station und die wichtigsten Ärzte in der Umgebung. Und eine Bushaltestelle in das Zentrum unserer Kleinstadt gäbe es auch noch direkt vor der Tür.

Nachdem sie gegangen waren, schwirrte mir der Kopf ob der vielen Namen, der diversen Geschichten und der vielen Herzlichkeit. Ich schenkte mir erst mal ein Glas Wein ein, und dann noch eins. Mein Blick fiel auf die vollen Kartons, dann schaltete ich den Fernseher an und holte mein inzwischen kalt gewordenes Essen aus der Küche. Morgen war auch noch ein Tag.

🐾

Als alle Kartons ausgepackt waren, musste ich den Sachbearbeiter der Stadtverwaltung, der für meine Wohnung zuständig war, anrufen. Ich hatte ein kleines Problem mit dem heißen Wasser im Bad – es gab keins. Er ging nicht ans Telefon und obwohl ich ihm mehrmals auf seinen Anrufbeantworter sprach, wartete ich vergebens auf einen Rückruf. In meiner Not ging ich ein Stockwerk tiefer und klingelte bei meiner Nachbarin, der Frau Schwemmer. Als ich ihr von meinem Dilemma erzählte, beschwerte sie sich in epischer Breite über die Stadt und deren Mitarbeiter, und ich erfuhr bei dieser Gelegenheit, dass der Beamte nur noch auf seinen Rentenantritt warte und entweder krank oder in Urlaub sei. Man fühle sich in der Anlage nicht ernst genommen und würde gegen Windmühlen laufen, war ihr genervter Kommentar.

Und dann wurde Frau Schwemmer etwas leiser, und fing sogar an zu flüstern: Seitdem in unmittelbarer Nachbarschaft auch noch ein Puff eröffnet habe, fühle man sich obendrein moralisch untergraben. Bei diesen Worten fiel mir ein, dass Frau Schwemmer einstmals Ethik unterrichtet hatte. Für sie musste die Eröffnung dieses Etablissements in ihrem Umfeld eine persönliche Attacke gewesen sein. Sie erzählte von nächtlicher Randale, von aufreizend gekleideten, fast nackten Damen und dicken Autos aus der nahegelegen Großstadt.

Ich flüchtete nach unten, um frische Luft zu schnappen und rannte direkt in die Arme von Frau Sikora. Nun erfuhr ich, dass diese von ihrem Schlafzimmerfenster aus direkt in den Empfangssalon des Bordells schauen könne und sie an Schlafstörungen leide, und damit sei sie sozusagen gezwungen, die ganze Nacht das Treiben zu beobachten. Mein Mitleid hielt sich in Grenzen. Trotzdem, ein Puff in unmittelbarer Nähe einer Seniorenresidenz, das war schon ein starkes Stück.

Die Anlage lag nicht weit von einer feudalen Villenkolonie und wurde nur durch einen kleinen, baumreichen Park von den millionenschweren Bewohnern getrennt. Wie konnte sich hier ein Bordell etablieren?

Nach und nach wurde ich von den Bewohnern meiner Wohnanlage aufgeklärt. Unser Gelände liegt direkt an einem gewerblichen Mischgebiet und das Nachbargrundstück hatte vormals einer größeren Werbeagentur gehört. Die Werbeagentur wurde verkauft und der neue Besitzer meldete kurz darauf ein anderes Gewerbe an – das älteste Gewerbe der Welt.

✤

Wenige Tage später saß ich im gemeinschaftlichen Garten unterm Pavillon und spielte mit Menio Salvatore, einem verwitweten Italiener, dem Ehepaar Czybilla und Siegfried Lauser, alle Bewohner aus dem nächsten Kettenhaus, Rommé Cub. Ich kannte das Steinespiel nicht und hatte so meine Schwierigkeiten, was hauptsächlich an den wirren Erklärungsversuchen meiner Quasi-Mitbewohner lag. Menio Salvatore kannte die Regeln, die Czybillas andere. Und Siegfried Lauser war ein Deutsch-Russe, der kaum zu verstehen war und sich an keine Regeln hielt. Ein schwieriges Spiel, zumal der nebenan gelegene Puff die Gemüter zusätzlich erregte.

Frau Schwemmer schaute dem Spiel nur zu, schwatzte aber lautstark mit. Frau Czybilla wusste über die letzten Ereignisse von gegenüber Bescheid, Frau Schwemmer nicht und ich sowieso nicht. Frau Sikora hatte Frau Czybilla bereits am frühen Morgen angerufen und ihr die Erlebnissen der vergangenen, schlaflosen Nacht geschildert.

Sie berichtete: Um drei Uhr in der Früh kamen vier Männer in einem dicken Mercedes angerauscht und wollten den Puff für sich alleine mieten. Eine Sexarbeiterin hatte wohl den Geschäftsführer gerufen, der den gut besuchten Puff aber nicht für läppische vier Freier räumen wollte. Es gab eine lautstarke

Schlägerei mit Polizeieinsatz, und erst im Morgengrauen trat wieder Ruhe ein. Woher wusste Frau Sikora nur die vielen Details?

Der rotgetigerte Kater von dem Einfamilienhaus an der gegenüberliegenden Straßenseite schlich um meine Beine und bettelte um Kartoffelchips. Viel zu salzig für Katzen! Ich erklärte ihm die gesundheitlichen Nachteile von salzigen Lebensmitteln, und er trollte sich.

Vom Pavillon aus konnte man direkt auf die Vorderseite des Bordells sehen. Ein langhaariger Rotschopf kam in knallengen Jeans, hochhackigen Stilettos und Glitzerkorsage um die Ecke und fummelte an einem weißen Cabrio rum. Die Tür schien zu klemmen, oder die Dame hatte ein Problem. Ich guckte schärfer. Mann, war die geladen. Sie musste entweder vollgekokst oder mit Alkohol zugedröhnt sein, der Schlüssel fiel ihr mehrfach zu Boden. Ein schwarzer Bubikopf mit endlos langen Beinen in einem Nichts von Mini und schulterfreiem Top kam ihr zur Hilfe. Der Schlüssel passte endlich ins Schloss. Die Schwarzhaarige setzte sich nach einigen Diskussionen ans Steuer und der Sportwagen röhrte vom Hof.

»Ah, dachte ich mir's doch, die Nachhut. Die Schwarze macht nämlich immer die Abrechnung«, erläuterte Menio Salvatore fachmännisch.

Ich merkte schon, meine Nachbarschaft war bestens informiert.

Frau Sikora erschien auf der Bildfläche: »Mann, oh Mann, war das wieder eine Nacht.»

Frau Sikora guckte müde. Frau Schwemmer sprühte die Neugier aus allen Poren. »Erzähl mal, wie war das mit den Freiern?«

Frau Sikora ließ sich nicht lange bitten und beschrieb ausführlich den Mercedes, die vier Herren im feinen Nadelstreifen und den etwas locker gekleideten Geschäftsführer des Etablissements.

»Die waren so laut, dass man sie bis in mein Schlafzimmer hören konnte. Viertausend Euro haben sie dem Nico für die alleinige Nutzung der Katzerlburg geboten.«

Ich verstand nur Bahnhof. Nico? Katzerlburg?

Menio Salvatore klärte mich auf: »Der Nico ist der Geschäftsführer von dem Puff und die „Katzerlburg" ist der Name vom Puff.«

Einen Schriftzug gab es nicht an dem betreffenden Gebäude, nur ein paar schwarze Katzen aus Gusseisen tummelten sich auf der Frontseite des betroffenen Bauwerkes.

Frau Sikora zeigte sich bestens informiert und beschrieb ausführlich Inhalt und Diktion der nächtlichen Auseinandersetzung sowie den Einsatz der Polizei. Die Nachbarn von gegenüber, die mit dem rotgetigerten Kater, hatten sie wohl gerufen. Und Frau Sikora hatte sich sogar die Nummer des Mercedes aus der benachbarten Großstadt gemerkt.

Ich hatte genug von undurchsichtigen Steinespielen mit unterschiedlichen Regeln und den aufreibenden Aufregungen der vergangenen Nacht. Ich zog mich leise zurück. Meine Mitbewohner diskutierten hitzig weiter und bemerkten nicht einmal meinen Abgang.

Als ich durch meine Wohnungstür trat, tönte ein ohrenbetäubendes Scheppern von meiner Terrasse. Ich hastete ins Wohnzimmer. Drei Eichhörnchen spielten in meinem Freiluftzimmer Fangen und schmissen übermütig einige Übertöpfe durch die Gegend. Ich hatte noch keine Zeit gehabt, die Zinktöpfe zu bepflanzen, sodass der Lärm ohrenbetäubend war. Nachdem ich ein paar Mal erfolglos in die Hände geklatscht hatte, schloss ich genervt die Terrassentür.

Mein Bedarf an Aufregungen war für heute gedeckt.

Am nächsten Tag telefonierte ich mit drei renommierten Anwaltskanzleien, die mir jede für sich erklärte, dass es bei einer Gütergemeinschaft keinen Diebstahl in der Ehe gäbe. Spätestens nach dieser Auskunft wurde mir klar, dass das Geld von unseren gemeinsamen Konten ein für alle Mal futsch war. Ich reichte die Scheidung ein.

In meinem Freundeskreis brodelten inzwischen die Gerüchte. Mein Ex würde von einer Sekte manipuliert, er nähme Drogen, er sei plötzlich schwul geworden, man kenne das doch aus Künstlerkreisen. Nichts von alldem sollte stimmen und es interessierte mich – offen gesagt – auch nicht mehr. Ich hatte zu tun.

Im Schlafzimmer stand ein aufklappbares Gästebett. Sonst nichts. Meine Kleidung zerknüllte in Kartons, meine Schuhe wühlte ich bei Bedarf aus zweckentfremdeten Müllsäcken. Frau Sikora benannte mir ein Möbelhaus in der Nähe. Der Fachverkäufer hatte seinen Glückstag und konnte am Abend eine fette Provision einsacken. Ich kaufte ein Bett, zwei Kleiderschränke, zwei Wäschekommoden und einen Schuhschrank. Zwei Straßen weiter entdeckte ich einen kleinen Laden, der günstig Balkonmöbel verkaufte. Bunte Sitzkissen und eine passende Tischdecke hofften mit mir auf ein paar sonnige Tage auf der Terrasse. Und ja, die Zinktöpfe sollte ich möglichst bald bepflanzen. Nach und nach lebte ich mich in meinem neuen Umfeld ein.

Und plötzlich glühten die Telefondrähte. Freunde und Bekannte riefen mich an und erzählten mir von der neuen Freundin meines Ex. Er hatte sie stolz wie Bolle im Bekanntenkreis herumgezeigt, und die lieben Mitmenschen berichteten mir brühwarm von ihren ersten Eindrücken. Bunt und auffallend war noch die netteste Bezeichnung für seine neue Flamme. Aufreizend gekleidet sei sie, stark geschminkt sei sie, und knallgrüne, knallrote, knallblaue lange Fingernägel kamen ins Spiel sowie ihre lange, tizianrote Mähne. Und sie sehe gut aus, sehr gut sogar. Der Informationsfluss wollte und wollte nicht enden.

Mein Bedarf am Aussehen meiner viel jüngeren Konkurrentin war schnell gedeckt und ich ausreichend genervt. Außerdem hatte ich wichtigere Dinge im Kopf und ziemliche Geldsorgen. Der Tagessatz meiner Scheidungsanwältin verursachte mir Albträume, der Umzug und die Schlafzimmer- und Gartenmöbel hatten große Summen verschlungen. Ich war pleite.

Genervt blätterte ich das lokale Blättchen nach Stellenanzeigen durch. Junges Team war eine gekonnte Umschreibung dafür, dass man ab Dreißig bereits zum alten Eisen gehörte. Ich war doppelt so alt. Man sehe mir mein Alter nicht an, hörte ich immer wieder. Beneidenswert deine Haut und deine Figur, du gehst glatt als gut erhaltene Endvierzigerin durch. So weit, so gut, aber im Ausweis steht trotzdem mein echtes Alter.

Fast hätte ich die Anzeige überlesen. Bescheiden klein geschrieben, suchte man eine Hausdame: offen und freundlich, verantwortungsbewusst, gerne auch etwas älter. Kurzerhand griff ich zum Telefon und rief die Handynummer an. Eine angenehme, männliche Stimme meldete sich. Ich erklärte ihm mein Anliegen und verschwieg vorsorglich mein Alter. Herr Nadel schien interessiert. Er sei in einer Zwangslage und benötige schon heute Abend dringend Hilfe. Ich fragte nach Aufgaben, Arbeitszeit und Bezahlung. Die Spätschicht von 16.00 bis 22.00 Uhr sei vakant, die Stunde würde nach Tarif vergütet und außer Wäsche- und Getränkeausgabe sei nur ein wenig Ordnung zu halten. Für die Reinigung der Gästezimmer sollte ich den Putzdienst beaufsichtigen. Aha, dachte ich, ein kleines, überschaubares Gästehaus. Das klang nach leicht verdientem Geld und passte gut in mein Zeitschema. Ich war begeistert und sagte zu. Ganz zum Schluss sagte mir Herr Nadel noch die Adresse. Mir fiel fast der Hörer aus der Hand.

Um 15.45 Uhr verließ ich meine Wohnung und drückte mich über ein halb verlassenes Gartengrundstück in den versteckten Hintereingang der Katzerlburg. Herr Nadel empfing mich in den Wirtschaftsräumen. Als ich so nebenbei erwähnte, dass ich bereits Frührentnerin sei, überraschte mich Herr Nadel mit einem Vorschlag. Da könne man doch was machen, meinte er, ganz ohne Steuern und so. Ich dachte an meinen Nachbarn mit LKA-Vergangenheit und stellte mich erst einmal dumm.

Dann zeigte er mir mein Arbeitsgebiet: sechs Gästezimmer, vier Bäder und ein Domina-Studio. Mein zukünftiges Reich verschlug mir kurz die Sprache. Jedes Gästezimmer hatte einen speziellen Einrichtungsstil mit entsprechenden Namen, wie „Athena", „Moulin Rouge", „Road 69", „Bangkok", „Adlerhorst" und „Garten Eden". Ähnlich verhielt es sich mit den Badezimmern. Mit den vorderen Räumlichkeiten, also Empfangssalon und Bar, hätte ich nichts zu tun. Ich atmete auf; damit konnte ich mich hoffentlich dem nächtlichen Beobachtungsradius von Frau Sikora entziehen.

Mann trinke gerne Bier, die Damen Schampus oder auch mal ein Likörchen. Er überreichte mir die Preisliste. Wie in der Gastronomie, verdiente Herr Nadel an den Getränken ziemlich gut. Eine langhaarige Blondine kam aus einem Zimmer geschlendert, das Herr Nadel augenzwinkernd als „Renovierungsbude" bezeichnete.

»Komm gleich mit rein, dann kannst du schon ein paar von den Mädels kennenlernen. Ach übrigens, wir duzen uns hier«, sprach's und schob mich in einen überhitzten Raum mit mehreren Spiegeln und ein paar ausrangierten Plüschsesseln, auf denen drei leicht bekleidete Damen in bunten Zeitschriften blätterten. »Das ist Natascha, unsere Spezialistin für russisches Roulette.« Er zeigte auf eine Brünette mit slawischen Wangenknochen und üppiger Oberweite. »Und dort hinten sitzt Elena. Bei der kannst auch du buchen.«

Ich überlegte, was er wohl damit meinte?

»Das da ist Chantal, Mathematikstudentin im zehnten Semester und meine rechte Hand.« Die Schwarzhaarige kannte ich schon vom röhrenden Cabrio, das musste ich ihm aber nicht sagen. »Kitty hast du ja eben schon kennengelernt.« Er meinte das langhaarige Blondchen von vorhin.

Dann fragte er nach meinem Vornamen. Am Telefon hatte ich mich mit meinem Mädchennamen vorgestellt, den wollte ich sowieso wieder annehmen.

Schnell sagte ich: »Ich heiße Gitti, schön euch kennenzulernen.«

Gitti hatte mich seit meiner Abi-Feier niemand mehr genannt, und ich hatte meinen veralberten Vornamen bis vor wenigen Minuten fast vergessen, jetzt erschien er mir wieder angebracht.

Die Mädels taxierten mich von oben bis unten, und ihre Begeisterung hielt sich in Grenzen. Erst als Nico klarstellte, dass ich die neue Hausdame sei, kümmerten sie sich nicht weiter um mich. Ich spielte nicht in ihrer Liga.

Plötzlich stürmte eine mütterlich aussehende Frau in die Renovierungsbude. Sie war ein wenig pummelig und auch schon etwas älter; ich schätzte sie auf Anfang, Mitte Sechzig.

»Sorry, ich weiß, ich bin wieder zu spät. Aber ich musste noch meine Enkelin von der Kita abholen und sie auch noch ins Bett bringen.«

Nico Nadel stellte sie mir vor: »Das ist unsere Rosi, die gerne von den Jungspunten für ihre ersten Versuche gebucht wird.«

Mir wurde langsam klar, dass ich noch eine Menge lernen würde.

🐾

Was soll ich sagen, meine Arbeit war leicht verdientes Geld. Ich bestückte die Gästezimmer nach jedem Herrenbesuch neu mit einem festen Kontingent an Getränken und rechnete nach Dienstschluss mit den Mädels ab. Das Geld lieferte ich bei Chantal ab. Die Bettwäsche wurde nach jeder Schicht vom Putzdienst gewechselt, außerdem war ich die Hüterin der Wäscheausgabe. Wenn mal was schief ging, gab es von mir auch zwischendurch ein neues Laken. Der unschöne Teil meines Aufgabengebietes war, dass ich nach jedem Herrenbesuch die Papierkörbe leeren musste. Mit Gummihandschuhen und spitzen Fingern entsorgte ich die Papiertaschentücher und Kondome in die große Sammeltonne neben dem Hintereingang. Für Nachschub an den benannten Materialien war ich ebenfalls zuständig. Über alles musste ich akribisch Buch führen: Datum, Schichtzeit, Deckname der Sexarbeiterinnen und Art und Anzahl der ausgegeben Sachen. Wie gesagt, leicht verdientes Geld.

Zwischendurch blätterte ich in der reichlich verfügbaren Regenbogenpresse, wechselte die Duschtücher in den Bädern und versuchte mit den Mädels ins Gespräch zu kommen. Die waren aber nicht interessiert. Wenn eine mal einen Moment Pause hatte, wurde die mit Aufbrezeln, Telefonieren oder Zigarettenrauchen genutzt. Ich langweilte mich schnell. Also riss ich ein Blatt aus meinen Abrechnungsblock und erstellte eine Statistik. In meinem früheren Job war die Recherche mein Spezialgebiet gewesen, das kam jetzt wieder durch. Inzwischen kannte ich die Serviceangebote des Hauses und die Preise der Mädels, zumindest einige davon. Mit den angebotenen Abkürzungen konnte ich allerdings nichts anfangen, noch nicht. Und staunte nicht schlecht über die Verdienstmöglichkeiten der Prostituierten.

In der ersten halbe Stunde wurden die Freier in einem Badezimmer ihrer Wahl gebadet und massiert. Das war Pflicht und kostete hundert Euro vorab. Die gingen netto an Nico. Danach arbeitete jedes Mädel auf eigene Rechnung. Pro Schicht zahlten die Sexarbeiterinnen dreihundert Euro Miete an Nico für die Nutzung der Räumlichkeiten. Die Mädels konnten vorab übers Internet gebucht oder von der Laufkundschaft an der Bar abgegriffen werden. Nach meiner Kalkulation kam eine Prostituierte locker auf sechshundert bis tausend Euro pro Schicht oder mehr, je nach Fleiß und Angebot, unter Abzug aller Kosten. Bei extravaganten Dienstleistungen sogar noch mehr, sehr viel mehr. Ich war baff und fragte mich, ob ich in meiner Jugend etwas falsch gemacht hatte.

Frau Sikora fing mich am Briefkasten ab: »Ich habe Sie gar nicht heimkommen gehört, gestern Abend.«

Ich zierte mich, aber sie ließ nicht locker: »Mein Mann und ich, wir gehen auch manchmal aus. So einmal pro Monat, mehr nicht.« Ich hatte noch immer keine Antwort parat. Sie bohrte weiter: »Ist wohl spät geworden gestern Abend, oder?«

Ich musste mir etwas einfallen lassen. Wenn sie mitbekam, dass ich öfters nach zehn Uhr abends nachhause kam, würde sie keine Ruhe geben. Nico Nadel hatte mich nach Dienstschluss in sein Büro rufen lassen und mir ein lukratives Angebot gemacht. Ich könne alle drei Tage Spätschicht machen und dafür netto den Tarifsatz kassieren. Ohne Papierkram versteht sich. Ich war mir über die Legalität der angebotenen Modalitäten nicht ganz sicher, nahm das Angebot aber dankend an.

Ich strahlte Frau Sikora an. »Ach wissen Sie, ich Babysitte manchmal, also eigentlich ziemlich regelmäßig.« Jetzt begann ich doch herumzustottern: »Ich habe da zwei Familien, die mich öfters brauchen.« Uff, das wäre geschafft. Ich hatte auf die Schnelle eine Ausrede gefunden. Frau Sikora schluckte die Kröte und war erst einmal zufrieden.

Am Nachmittag luden mich Frau Schwemmer, Herr Salvatore und der neue Mieter vom Nebenhaus in den offenen Pavillon zum Kaffeeklatsch ein. Es gab selbstgebackene Waffeln mit heißen Sauerkirschen und Sahne. Der Neue stellte sich als Konrad Müller, vormals Polizeiwachtmeister, vor. Ich fühlte mich auf einmal sehr sicher und beschützt. Einen Ex-Beamten vom LKA und einen früheren Polizeiwachtmeister in der unmittelbaren Nachbarschaft zu haben, das war doch was. Da konnte einem nicht viel passieren, oder? Plötzlich wurde mir etwas heiß unter meinem kurzärmeligen Pullover. Hoffentlich war meine monetäre Abmachung mit Nico nicht im Visier von so viel geballter Polizeipräsenz a.D. Schnell schob ich meine schwarzen Gedanken beiseite.

Der graue Kater, von dem Bungalow zwei Straßen weiter, schob sich zwischen meine Füße und bettelte um eine Waffel. Ich erklärte dem grauen Double der Sheba-Werbung die gesundheitlichen Nachteile von Zucker, und er trollte sich.

Herr Müller war an meiner Person interessiert. Zu sehr interessiert für meinen Geschmack. Seine Fragen wurden mir langsam peinlich, und als er immer mehr über meine Lebensumstände wissen wollte, trollte ich mich. Eigentlich schade, ich hätte gerne noch eine zweite Waffel mit heißen Sauerkirschen und frisch geschlagener Sahne gegessen.

Frau Sikora stand bereits an der Wohnungstür und hatte alles von ihrem Fenster aus beobachtet: »Ich wollte gerade ein Mittagsschläfchen machen, aber irgendwie konnte ich nicht richtig einschlafen.«

Wie denn auch, die Gespräche unterm Pavillon waren ihr Lebenselixier.

»Alte Männer brauchen wir nicht, die haben wir selber, oder?«, sagte Frau Sikora und meinte damit Herrn Müllers Interesse an meiner Person.

Na ja, sie und Frau Schwemmer hatten vielleicht alte Männer. Ich hatte keinen, nicht mal einen alten. Obwohl, wenn ich mir so mein Umfeld betrachte, dann hat Frau Sikora absolut Recht. Alte Männer brauche ich wirklich nicht. Ich ging getröstet nach oben, setzte mich auf meine Terrasse in die späte Nachmittagssonne und trank ein Glas Wein.

🐈

Als ich einen Tag später wieder durch den halb verlassenen Garten zum Hinterausgang der Katzerlburg schlich, prallte ich fast mit einem gut gebauten, blondgesträhnten Mann zusammen.

»Der Haupteingang ist gleich um die Ecke nach links. Sie können ihn nicht verfehlen«, beeilte ich mich zu sagen.

Er lächelte mich mit einem halben Grübchen an.

Wieso hatte ein Mann seines Kalibers einen Puff nötig? Die Frage erübrigte sich, als ich ihn etwas später neben Nico stehen sah und mein unmittelbarer Chef mir meinen direkten Vorgesetzten vorstellte: »Das ist Leo Lutz, dein Chef und Besitzer von der Katzerlburg.«

Ich wurde knallrot. Das war mir peinlich, aber so was von peinlich.

Mein oberster Chef grinste mich an. »Dachtest du, dass ich ein Freier sei?«, frage er mich.

Ich wurde noch ein Tick röter, falls das überhaupt möglich war. Na, das war ja ein richtig guter Einstieg bei meinem Oberboss!

»Ich habe zu tun«, war meine Antwort und flüchtete in die Wäschekammer.

Dort setzte ich mich auf einen Stapel Badetücher und überdachte die Situation. Der Kerl sah gut aus, hatte eine ordentliche Portion Charme und war obendrein ein Zuhälter. Ich versuchte meine Hormone in den Griff zu bekommen, die gibt es nämlich noch in meinem Alter. Aber für einen Loddel sollten sie nun doch nicht vergeudet werden.

Die Spätschicht zog sich, und mein Oberboss war wie vom Erdboden verschwunden. Ich lernte Alexia kennen, die Rothaarige mit dem Schlüsselproblem. Ihre Spezialität waren Abkürzungen wie AV, KB, GB, VE und FE, was immer das heißen mochte. Sie war die Einzige in der Spätschicht, die fast immer ausgebucht war.

Und dann kam Lady DO in die Renovierungsbude. Mir fielen die Zeitschriften auf den Boden, die ich gerade fächerförmig auf einem Beistelltischchen ausbreiten wollte. Lady DO kam in voller Montur. Es fehlte nur noch die schwarze Gesichtsmaske, die ich von ihrem Internetauftritt kannte. Ich hatte alle meine Kolleginnen gegoogelt – man muss ja schließlich wissen, was ab geht.

Lady DO schmiss ihren Trenchcoat auf einen Stuhl, darunter kam eine schwarze Kreation zum Vorschein, die aus superdünnen Latexfäden bestand. Millimeterweise schimmerten die feinen, schwarzen Schnüre mit ihrer schneeweißen Haut um die Wette. Kein Sonnenstrahl hatte je diese Haut erblickt. Die hochhackigen, ebenfalls schwarzen Lackstiefel endeten oberhalb der Knie und gaben einen Blick auf hauchdünne Netzstrümpfe frei. Lady DO hatte eine Figur für Männer zum Träumen und für Frauen zum Neidzerfressen. Eine Figur, die man laut Internetauftritt nicht anfassen durfte. Sie war halt die DO, eine dominante Domina und anerkannte Spezialistin für Bondage. Auch dieses Wort hatte ich inzwischen gegoogelt.

Die Katzerlburg hatte noch eine Domina im Angebot: Lady DE. Die devote Sado-Maso-Spezialistin konkurrierte im Wechsel mit der dominanten Herrscherin.

Die DO zog ein paar lange Latexhandschuhe und eine schwarze Halbmaske aus ihrer ALDI-Tüte. Die Mädels brachten ihre Arbeitskleidung immer mit und nahmen sie auch wieder nach Hause. Jede wachte akribisch darüber, nichts auszuleihen.

Lady DO war Anfang dreißig und schaute mich aus schrägen Katzenaugen an. Oh ha, diesen Blick kannte ich aus meiner Studienzeit, als meine Mitkommilitonin Judith mir beichtete, dass sie in mich verknallt sei.

Die anderen Mädels schauten auf, die Luft fing an zu flirren. Mir wurde etwas flau im Magen. Ich hasse Schwierigkeiten am Arbeitsplatz, und diese war vorprogrammiert.

Leo Lutz platzte in die Idylle. Er erkannte und rettete die Situation: »Gitti, Süße, wenn du fertig bist, fahren wir zusammen nachhause.«

Damit hatte er eine Grenze gezogen; ins Revier vom Oberboss traute sich keiner. Auch keine Lady DO.

Leo Lutz nahm seine Worte wörtlich und packte mich nach Dienstschluss in seinen roten Ferrari. Eine oberpeinliche Kiste, aber ich wollte ihm keinesfalls verraten, wo ich wohnte. Also musste ich mit ihm fahren, was blieb mir anderes übrig?

Und ich will mich auch gar nicht rausreden. Es war toll, einfach nur toll. Ich fühlte mich als Frau bestätigt, der Kerl war eine Bombe im Bett und auch nur läppische acht Jahre jünger.

Seine Penthouse-Wohnung war sehr sparsam möbliert, gleichwohl irgendwie gemütlich. Gar nicht Ferrari. Mit einem sagenhaften Blick auf die Skyline der benachbarten Großstadt. Seine Stadt hatte keinen guten Ruf. Der Streit zwischen der Großstadt und seiner kleinbürgerlichen Nachbarstadt schwelte politisch, und auch sonst wie, in den Medien. Die Bewohner zankten sich, hüben wie drüben, wegen aller möglichen Querelen: Vom gesellschaftlichen Status, über die örtliche Lage, bis hin zur kleinen und der großen Politik – Jahrhunderte lang! Gestern wie heute.

Ich bestand nach einem gemütlichen Frühstück auf die S-Bahn und wollte auf keinen Fall meine Wohnsituation an einer Seniorenresidenz offenbaren, schon gar nicht gegenüber von seinem Puff. „An" einer Seniorenresidenz wohlgemerkt, aber würde dies einen Unterschied machen? Leo durfte nicht wissen, wie alt ich bin und auch nicht, wo ich wohnte. In der S-Bahn kam mir der Gedanke, dass mein Leben von jetzt an kompliziert sein würde.

Frau Sikora erwartete mich bereits an ihrer Wohnungstür.

»War wohl eine Ausnahmesituation letzte Nacht? Geburtstagsfeier? Oder Hochzeitstag? Sie sind einfach über Nacht bei den Kinderchen geblieben, weil es später wurde, stimmt's?«

Ach du lieber Himmel, schlief diese Frau denn niemals? Ich murmelte etwas von müde. Meine zerknitterten Gesichtszüge untermauerten glaubhaft meine Worte. Ich flüchtete nach oben. Zwei Stockwerke zu Fuß machten sich nach einer ungewohnt sportlichen Liebesnacht unangenehm bemerkbar. Ich fiel in mein Bett und schlief bis in die Abendstunden durch.

Der Anrufbeantworter blinkte. Menio Salvatore hatte die Nachbarschaft um 20.00 Uhr zum Lasagne-Essen in den Gemeinschaftsraum geladen. Er habe Lust zum Kochen, und um mitgebrachte Weine werde gebeten. Ich kapierte langsam, das Rentnerdasein versprach nicht nur kompliziert und anstrengend, sondern auch amüsant zu werden.

Im Spiegel schaute mich eine knapp Sechzigjährige mit trüben Augen und Ringen unter den selbigen an. In diesem Zustand durfte und sollte mich niemand sehen. Ich probierte die neue Augenmaske aus. Also nicht so eine, wie Lady DO sie benutzt. Die meinige bestand aus beruhigenden Ingredienzien, glättenden Ölen und duftenden Essenzen. Ich fühlte mich danach glatt zehn Jahre jünger. Also so wie gestern Abend im Ferrari.

Die Lasagne von Menio Salvatore schmeckte wie in einem Drei-Sterne-Restaurant, und die mitgebrachten Weine lockerten unsere Zungen. Wie immer war die Katzerlburg Gesprächsthema Nummer eins, und mein italienischer Nachbar berichtete ausführlich über den aktuellen Bestand der Mädels. Entweder hatte er seine Informationen aus dem Internet oder er kannte sie von persönlichen Besuchen. Ich musste auf der Hut sein und mich keinesfalls in der Nähe des Empfangssalons blicken lassen.

Am nächsten Morgen platzte die Bombe. Eine Polizeibeamtin und ihr Kollege klingelten jeden Bewohner aus der Anlage und baten alle in den Gemeinschaftsraum. Auch die Bewohner aus dem ehemaligen Versorgungshaus wurden gebeten. Im benachbarten Puff sei ein Mord geschehen. Der Besitzer war erstochen in der Wäschekammer aufgefunden worden.

Mir wurde verständlicherweise etwas schlecht.

Erst wurden wir gemeinsam verhört, danach einzeln. Ob uns etwas aufgefallen sei, ob wir etwas gemerkt hätten? Hatten wir nicht.

Ich ging nochmals die gemeinsame Nacht mit Leo durch. Ohne die Hilfe der Polizeibeamten, versteht sich. Es war toll gewesen, wie gesagt. Wir hatten ziemlich viel Wein getrunken, herumgealbert, Musik gehört, getanzt und uns sexuell ausgetobt. Und am nächsten Morgen gemütlich zusammen gefrühstückt. Es gab keinerlei Anzeichen, dass Leo keine zehn Stunden später nicht mehr am Leben sein würde. Sein Tod war gegen 20.30 Uhr festgestellt worden. Da war ich längst weg und hatte Lasagne im Kreise meiner Nachbarschaft gegessen.

Ich stürzte zur Toilette und übergab mich. Ehrlich gesagt, fühlte ich mich danach auch nicht viel besser.

Noch schlechter ging es mir, als ich wieder meinen Dienst in der Katzerlburg antreten musste. Nico führte weiterhin die Geschäfte, jetzt ohne den Inhaber.

Die Mädels waren aufgeregt und fragten sich, wie es weitergehen soll. Doch das Leben ging auch ohne Leo Lutz weiter, und die Freier scherte es einen Dreck, ob der Besitzer tot war oder nicht.

Domina Nummer 2, Lady DE, erschien zum Dienst. In ihrem Repertoire hatte sie vom Hundehalsband bis zum Ganzkörpergummi alles drauf, und ihre exquisite Kundschaft kam regelmäßig. Die beiden Dominas führten Erfolgsduelle und überboten sich in ihren Serviceleistungen. Privat war Lady DE allerdings alles andere als devot. In der Renovierungsbude schubste sie mich ständig rum: »Hol mir dies, bring mir das«, und im Domina-Studio fiel mir gerne auch mal der gefüllte Papierkorb vor die Füße. Natürlich aus Versehen, versteht sich. Ihr Verhalten konnte man durchaus als feindselig betrachten, doch ich tat meinen Job als wäre nichts geschehen.

Und wunderte mich, dass mich der Tod eines Mannes, mit dem ich noch vor wenigen Tagen ein paar aufregende Stunden im Bett verbracht hatte, nach einem kurzen Schockmoment relativ unberührt ließ. Der Killerinstinkt meiner früheren beruflichen Laufbahn brach wieder durch, und ich ging ausführlich alle Fakten durch. Leider fand ich nichts Brauchbares.

Nico schmiss den Laden und machte auf Boss, und etwas später gab es auch wieder einen neuen Besitzer. Die Mädels atmeten auf.

Nico hatte es sich nach Leos Ermordung zur Gewohnheit gemacht, ab und zu einen Kaffee mit mir zu trinken. Anfangs beobachteten uns die Mädels argwöhnisch, aber nach einer Weile verloren sie das Interesse. Nico und ich, wir mochten uns und quatschten einfach nur ein bisschen rum und tranken Kaffee. Ansonsten war da nichts zwischen uns. Sogar Chantal hatte nichts gegen mich. Ich taute auf, verstand mich mit den meisten Mädchen ganz gut und fühlte mich als Teil der Katzerlburgfamilie.

Nur Lady DO warf mir weiterhin schmachtende Blicke zu, und Lady DE versuchte mich zu schikanieren, wo sie nur konnte. Wenn Nico von dem Benehmen der beiden Wind bekam, stellte er sich schützend vor mich und sprach ein Machtwort. Das bedeutete in der Regel allerdings noch mehr Ärger, und ich ging den beiden Sado-Maso-Ladies möglichst aus dem Weg.

Nico schleppte zwei unhandliche Gestalten in die Renovierungsbude. Es waren zwei lebensgroße, flott gekleidete Silikonpuppen. Er hatte ihnen auch schon Namen gegeben: Uschi war eine Blondine und Muschi hatte rote Haare. Beide hatten weit offenstehende, aufgestülpte Münder. Auch mir blieb der Mund offenstehen, und die Mädels schnatterten aufgeregt durch den Raum.

»Nun aber mal Ruhe, die beiden sind Gold wert, ihr werdet schon sehen. Jede kostete sechstausend Euro, aber ich schwör euch, die bringen ihre Unkosten wieder locker rein.« Nico streichelte über die aufgeblasenen Brüste und untersuchte akribisch diverse Körperöffnungen. »Pro Stunde einen Fuffi, das ist der Preis. Übern ganzen Tag, oder die ganze Nacht gibt's Sonderpreise, Anlieferung natürlich extra.« Er wollte die beiden stundenweise vermieten. »Ich stelle sie erst mal in die Dunkelkammer, das ist der beste Platz für Uschi und Muschi.«

Elena meldete sich zu Wort: »Ist dir eigentlich klar, dass du uns Konkurrenz ins Haus geschleppt hast?«

Nico blieb cool, ganz der eigenständige Geschäftsführer: »Jetzt mach mal halblang, mit euch sind die doch nicht zu vergleichen. Hier ist genug Platz für alle.«

Die Mädels wollten das nicht so recht glauben und guckten giftig. Nico zog ab, in Richtung Dunkelkammer.

Die Dunkelkammer war nicht mein Lieblingszimmer und wurde auch nur sporadisch genutzt. Sie lag auf halber Höhe unter der Treppe und hatte kein Fenster. Deshalb Dunkelkammer, logisch. Der Name stand aber auch dafür, dass dieser Raum für allerlei dunkle Machenschaften genutzt wurde. Lady DO und Lady DE nutzten ihn manchmal als Ausweichquartier, wenn sich die Termine der Dominas überschnitten.

Die Wände zierten Felle und hässliche, grässlich grinsende afrikanische Masken. Dazwischen Speere, Keulen und Pfeile. Es gab kein Bett, dafür eine breite, unbequeme Gummimatte mit spitzen Nieten, die von den Putzdamen von Zeit zu Zeit mit einem Kärcher abgespritzt wurde. Das Prunkstück in diesem Raum war aber die Sexmaschine. Sie stand mitten im Zimmer und war der Ursprung für diese Lokalität. Wie soll man das Ding beschreiben? Man stelle sich einen lederbezogenen Springbock aus der Turnhalle unserer Schultage vor, allerdings mit ziemlich viel Elektronik im Innenleben. Vorne hatte er zwei Hörner zum Festhalten. Das Hinterteil zierte mehre Knöpfe, die schlagende, kreisende und auch ruckartige Bewegungen auslösten. Außerdem gab es zwischen den Knöpfen noch eine verstellbare, runde Öffnung. Und wozu die letztlich gut ist, kann man sich ja denken.

Nico war den ganzen Abend nicht zu sehen. Er saß vorm Computer und fummelte am hauseigenen Internetauftritt rum, um Uschi und Muschi anzupreisen. Kurz vor Feierabend ließ er mich in sein Büro rufen. »Guck mal, geil, oder?« Ich sah die Gummidamen mit offenen Mündern, händchenhaltend auf der Sexmaschine sitzend, über den Bildschirm flimmern. Der afrikanische Hintergrund machte sich besser als in echt, und die Silikondamen hatten heftig verrutschte Oberteile. Die stark angewachsene Preisliste mit An- und Abfahrt sowie Verweildauer außer Haus war bereits eingestellt, und Nico tüftelte an den Preisen für eine zusätzliche Nutzung der synthetischen Damen in der Dunkelkammer. Er hatte die Location kurzerhand in „African Queen" umbenannt und entsprechend den Stundensatz erhöht. Klappern gehört zum Handwerk.

»Komm, das muss gefeiert werden.« Er goss uns in zwei bauchigen Gläsern großzügig die Hausmarke ein und prostete mir zu. Ich musste schmunzeln. Immerhin, so ein Glas Cognac schlug bei den Freiern mit fünfzehn Euro zu Buche. Ich fühlte mich geehrt.

Als ich aus seinem Büro kam, passte mich die DE im Flur ab. Sie roch meinen Cognac-Atem und spie Gift und Galle: »Ah, die Oberputze kommt höchst persönlich aus dem Chefzimmer. Wer von euch hat denn wen ordentlich durchgeputzt?« Sie machte ein paar eindeutige Bewegungen mit ihren Händen. Meine Güte, konnte diese Frau ordinär sein.

Ich wandte mich wortlos ab und verlies fluchtartig die Katzerlburg. Die Abrechnung mit den Mädels und die Übergabe an Chantal hatte ich völlig vergessen.

Entsprechend war meine Nacht. Vor lauter Gewissensbisse brachte ich kein Auge zu und wartete Fingernägel kauend auf die nächste Schicht. Da waren natürlich andere Mädels, ergo keine Abrechnung, ergo Zoff mit Chantal. Und ein hämisches Grinsen von Lady DE. Selbst Nico fand mein Verhalten unprofessionell, kindisch und verantwortungslos. Er schickte mich nachhause. Mit der Auflage jede Nacht anzutanzen, bis ich mit allen Mädels abgerechnet hatte.

Lady DE freute sich sichtlich über den Anschiss vom Boss in meine Richtung.

Bald hatte ich die Schicht wieder beisammen und meine Abrechnungen auf Vordermann gebracht. Alexia kam mit verheulten Augen zum Dienst. Sie hatte Zoff mit ihrem neuen Freund.

Sie heulte: »Am Anfang war alles so toll. David war lieb, hat den ganzen Haushalt gemacht, immer auf mich gewartet bis ich aus der Schicht kam, und für uns ganz toll gekocht.«

Ich schluckte schwer und bekam entsetzliches Herzrasen. Beim Vornamen meines Ex-Mannes kommt mir noch immer ein gallebitterer Geschmack hoch, die Monate vor meiner Scheidung waren einfach zu schlimm gewesen. Mein Ex hatte alles versucht, um mich auf schäbigste Art und Weise auszunehmen.

Mir war aber auch klar, dass es in Deutschland zurzeit 3.981 Männer und Knaben mit dem Vornamen David gab – trotzdem.

Alexia heulte weiter: »Anfangs konnte er nicht genug Sex mit mir haben, und ich musste ihm alles über meine Praktiken erzählen. Er war richtig geil drauf und wollte immer mehr hören, mit allen Details. Und jetzt, stellt euch vor, jetzt brüllt er mich nur noch an, wenn ich vom Dienst komme, und macht mich fertig, weil ich auf den Strich gehe. Dabei habe ich ihn doch im Puff kennengelernt. Und das Geld brauchen wir ja auch, er verdient ja nichts.«

Schnell trocknete sie ihre Tränen; Nico war im Anmarsch. Er hatte einen Riecher dafür, wenn bei den Mädels was falsch lief. Tränen duldete er nicht, das mache die Kundschaft futsch.

Ich überreichte Chantal die Einnahmen und machte mich vom Acker. Genug ist genug, auch für mich.

Zwei Tage später kam es noch schlimmer. Alexia kam mit einem blauen Auge zum Dienst, und Nico tobte. Ich versuchte ihr lädiertes Auge zu überschminken, was aber aus mehreren Gründen sinnlos war. Erstens heulte Alexia in einem fort, sodass sich die Schminke nach dem Auftragen sofort wieder in Furchen und Bäche verwandelte. Bei der Gelegenheit erfuhr ich, dass ihr Freund sie wohl schon mehrfach geschlagen, wohlweislich aber immer ihr Gesicht verschont hatte. Bis auf dieses Mal eben.

»Du musst den Kerl rausschmeißen«, gab Elena den gutgemeinten Rat. Natascha hieb in dieselbe Kerbe: »Der Kerl taugt nichts. Weg mit ihm, schmeiß ihn raus.« Und Elena setzte noch eins drauf: »Und nimm dir vorher noch die Kohle, die er dir schuldet.«

Oh weh, da hatten ein paar Damen ganz schön Brass auf die Herrlichkeit. Nur Rosi versuchte einzulenken: »Na ja, muss für den Mann auch nicht einfach sein. Erst gefällt ihm eine Nutte, dann kriegt er Ärger mit der Ehefrau, und danach folgt noch so eine elende Scheidung. Da kann ein Mann ganz schnell ausrasten, wenn was schiefgehen.« Kitty ergriff noch mehr Partei: »Der hat inzwischen vielleicht Gewissensbisse, dass er seine Frau verlassen hat und kriegt sich nicht mehr in den Griff.«

Die Kolleginnen unter sich waren offensichtlich bestens informiert. Mir tat Alexia einfach nur leid, und ich schaute mir ihr Veilchen genauer an.

»Du, ich glaube, ich hab da eine Idee.«

Ich flitzte durch den Hintereingang, über den halb versteckten Garten in die Seniorenwohnanlage, direkt in die Arme von Frau Schwemmer.

»So spät noch unterwegs? Haben Sie was vergessen? Sie sind ja in der letzten Zeit ständig auf Achse. Ja, ja, so eine Hektik zerrt ganz schnell an den Nerven von uns Frauen, zumal in unserem Alter.«

Ich hatte jetzt weder Zeit noch Nerven für die Sinndeutungen von Frau Schwemmer.

»Tut mir leid, ich muss zum … Abendkurs und habe … meine Malutensilien vergessen.«

Frau Schwemmer staunte: »Abendkurs? Malutensilien?« Was hatte sie da verpasst?

Ich war in Eile und gab ihr keine Antwort, stürzte nach oben und suchte nach einem Karton mit Faschingskram. Irgendwo hatte ich doch eine Tüte mit Kostümen, Glitter und Glitzer gehabt. Triumphierend hielt ich die Tüte in der Hand und stürzte wieder los in Richtung Katzerlburg.

Ich klebte die Glitzersteinchen rund um das Veilchen von Alexias lädiertem Auge, alle schön in schräge Streifen, und betrachtete nach einer Weile stolz mein Werk. Alexia sah aus wie aus dem Musical „Cats" entsprungen. Die Mädels waren begeistert, und Kitty wollte sofort eine ähnliche Glitzermaske von mir. Ohne Veilchen, versteht sich. Und sogar Nico fand die Lösung brauchbar und belohnte mich mit ein paar Luftküsschen.

Er verschwand in Richtung Büro und ich in das erstbeste Badezimmer, um Handtücher zu wechseln. Dreißig Minuten später stürmte ich laut schreiend in das Domina-Studio und sah meinen Nachbarn Menio Salvatore splitterfasernackt und kunstvoll verschnürt an der Decke baumeln. Gott sei Dank konnte er mich nicht sehen, seine Augen waren mit einem roten Tuch verbunden. Lady DO schob mich empört durch die Tür nach draußen.

»Bist du irre? Du kannst doch nicht einfach bei mir in den Service reinschneien! Hast du noch nie was von Intimsphäre und Datenschutz gehört?«

Ich schrie einfach weiter. »Nico«, keuchte ich, »Nico – in der Dunkelkammer.«

Dann sackte ich zu Boden und fiel in Ohnmacht. Es wurde dunkel um mich.

🐾

Ich spürte, wie jemand meinen Namen rief, immer wieder. Wie durch Nebel hörte ich die Stimme, bis ich endlich die Augen aufbekam.

Ein Mann beugte sich über mich und zupfte an meinem Ärmel: »Können Sie mich hören? Geht es Ihnen gut?«

Ich war mir nicht sicher.

Er flößte mir vorsichtig eine goldfarbene Flüssigkeit ein. Es brannte angenehm weich in meiner Kehle. Ob der Mann wusste, dass er gerade fünfzehn Euro in mich reinschüttete?

Er stellte sich vor: »Ich bin Kriminalhauptkommissar Wolfram, der Leiter der Untersuchung. Können Sie sich an etwas erinnern?«

Ich schüttelte den Kopf. Doch dann kamen die Bilder ganz plötzlich wieder. Nico in der Dunkelkammer, tot, erstochen. Ich erinnerte mich. Ich hatte in der Dunkelkammer nachsehen wollen, ob alles sauber war. Die Dominas hatten an diesem Abend Doppelschicht und die DE wollte den Raum für einen

Sondereinsatz nutzen. Auf dem Springbock hatte der nackte Nico mit abgeschnittenem Penis in seinem Blut gelegen, und aus seiner Brust ragte ein Messer. Die Tat musste erst kurz vor meiner Entdeckung passiert sein, denn es tropfte noch überall. Ich wagte mir nicht vorzustellen, in welcher Reihenfolge das Messer zum Einsatz gekommen war.

Herr Wolfram ließ das Bordell schließen, und wir wurden alle in den Empfangsraum gebeten. Der Kriminalhauptkommissar erwies sich als ein vorrausschauender Beamter und hatte vorsorglich die Rollläden runtergelassen. Ich war ihm dafür sehr dankbar und damit vor Frau Sikoras neugierigen Blicken einigermaßen sicher.

Die Vernehmungen begannen. Niemand hatte etwas gehört, geschweige denn gesehen. Plötzlich kam lautes Gezeter vom Hintereingang. Lady DE erschien völlig aufgelöst zum Dienst, eine ganze Stunde zu spät. Sie habe einen kleinen Unfall gehabt, erklärte sie, ausgerutscht sei sie, in ihrem Badezimmer zuhause, und habe aus Versehen in den gläsernen Zahnbecher gegriffen und vor Schreck zugedrückt. Sie zeigte auf ihre verletzte Hand und auf ihr aufgeschlagenes Knie. Sie holte tief Luft. Es hätte eine Weile gedauert, bis sie sich selbst verarztet habe. So sei sie zwar ein wenig zu spät, aber immerhin noch rechtzeitig für ihren ersten Kunden da.

Doch den hatte der Kommissar schon wegeschickt.

Der Kriminalhauptkommissar sah die Domina nachdenklich an und hielt ihr eine Zigarettenschachtel hin. Lady DE nahm dankend an und blies den Rauch in kunstvollen Kringeln in die Luft. Ich hatte es sofort geschnallt: Der Kommissar wollte wissen, ob die DE

Rechtshänderin ist. Der Täter war Rechtshänder – sie, die DE, aber nicht. Obwohl, ich glaubte mich zu erinnern, dass Lady DE sich auch schon mal mit der rechten Hand geschminkt hatte. War sie beidhändig? Ich klopfte mir innerlich auf die Schulter bei so viel Durchblick. Investigatives Denken, wie in meinem früheren Job, dachte ich und war ziemlich stolz auf mich.

Ich hatte ein langes Gespräch unter vier Augen mit Herrn Kriminalhauptkommissar Hagen Werner Wolfram und nahm ihm das Versprechen ab, dass er meinen Wohnort in alle Richtungen mit höchstmöglicher Diskretion behandeln würde. Im Gegenzug sollte ich die Augen offenhalten und ihm jede verdächtige Kleinigkeit aus der Katzerlburg melden.

Als er die Bewohner aus und an der Seniorenwohnanlage vernahm, tat er so, als kenne er mich nicht. Ich atmete auf – das war ja gerade nochmal gut gegangen.

In der Wohnanlage brodelten die Gerüchte. Die beiden Beamten a.D. diskutierten die Mordfälle, zogen ihre eigenen Schlüsse und verdächtigten alle und jeden, auch die Bewohner aus den Nachbarhäusern. Das könnte gefährlich werden, folgerte ich und bemühte mich, die beiden von ihren gewagten Spekulationen abzubringen.

»Das waren bestimmt Geldeintreiber aus dem Großstadt-Milieu oder die Zuhälter von den Prostituierten«, drückte ich mich etwas bemüht aus.

»Die Mädchen arbeiten alle auf eigene Rechnung«, sagte Herr Müller, »da gibt es keine Zuhälter.«

Herr Schwemmer meinte: »Wenn der Besitzer oder der Geschäftsführer in Geldschwierigkeiten geraten wäre, wüsste ich davon. Ich habe noch immer sehr gute Verbindungen zu meiner alten Dienststelle.«

So, so, dachte ich, ein bisschen viel Insiderwissen bei den Herren der Obrigkeit, ohne Lizenz zum Recherchieren. Also aufpassen, Gitti!

Das Leben ging auch ohne Nico weiter. Herr von Winterstein tauchte auf und trat in mein Leben wie auch in das der Katzerlburg-Belegschaft. Uwe von Winterstein war der neue Besitzer der Katzerlburg und führte ab sofort die Geschäfte vor Ort. Er sah wie ein Fachanwalt aus der Großstadt aus, unscheinbar und stets in feinem Zwirn gekleidet. Man hätte ihn glatt übersehen können, wenn er nicht diesen zwingenden Blick und diese kernige Stimme gehabt hätte. Er stand jeden Abend auf der Matte und leitete die Geschäfte mit fester Hand, völlig unaufgeregt. Er stellte das Konzept um und erweiterte das Bordell um ein paar junge Damen aus dem Ostblock. Sehr junge Damen, die sich untereinander in fremdartigen Sprachen unterhielten und die vormalige Gemütlichkeit beachtlich störten. Chantal, Nicos ehemalige Vertraute, wurde gefeuert, und ich musste ab sofort mit dem Inhaber direkt abrechnen.

Gleichzeitig wurde die DO übermütig und die DE ziemlich frech.

Lady DO verguckte sich in Roxana, eine bildhübsche, weißblonde Russin aus Sibirien, die ständig Heimweh nach ihrer Familie in Nowosibirsk hatte. Sie war erst achtzehn Jahre alt und aus undurchsichtigen Kanälen nach Deutschland gekommen. Oft saß sie heulend auf dem Klo und sprach Russisch mit ihren nicht anwesenden Eltern und Geschwistern. Dann hockte sich Lady DO vor die Toilettentür und sprach ihr stundenlang gut zu. Lady DO wurde Geliebte, Mentorin und Mutterersatz für die Kleine und Herr von Winterstein ziemlich sauer, als er bemerkte, dass die beiden mehr Zeit miteinander verbrachten als gut fürs Geschäft war.

Die Situation war allerdings noch prekärer, als man sich das vorstellen mochte. Die DO schmiss sich in einer unverschämten Zudringlichkeit auch noch an mich ran, sodass ich nicht mehr aus noch ein wusste. Sie passte mich in der Wäschekammer, in den Badezimmern und in den Gästezimmern ab und bedrängte mich, wo sie nur konnte. Alles ohne Zeugen selbstverständlich. Lady DO lief doppelt auf der Überholspur.

Auch die DE schikanierte mich, wo sie nur konnte. In den Gästebadezimmern lagen seit Neuestem ständig benutzte Kondome in den Badewannen, und ich ekelte mich entsetzlich davor, die Dinger rauszufischen. Einmal erwischte ich sie, wie sie hämisch grinsend aus einem der neu verschmutzten Badezimmer kam. Natürlich wies sie alle Beschuldigungen empört von sich.

Ich beeilte mich mehr und mehr, so schnell wie möglich nach Dienstschluss nachhause zu gehen. Die Atmosphäre war nicht mehr wie zu Lutz und Nicos Zeiten.

Ich hatte gerade das weiß-goldene Badezimmer im griechischen Stil wieder auf Vordermann gebracht, als ich Stimmen aus der Dunkelkammer hörte. »Das geht nicht mehr lange gut, sage ich dir. Entweder die DO oder Roxana fliegt. Der von Winterstein lässt sich das nicht mehr lange bieten.« Ich erkannte die Stimme von Kitty, die sich mit Rosi unterhielt. »Wenn er die beiden nochmal zusammen erwischt, gibt's Stunk.«

Ich störte nur ungern, aber die Dunkelkammer verlangte nach meinen Diensten.

Dieses Mal hatte Lady DO das Ausweichquartier belegt. Einer der schärfsten Staatsanwälte aus der Großstadt hatte kurzfristig die DO gebucht und wollte von ihr nach allen Regeln der japanischen Knüpfkunst aufgehängt und anschließend verdroschen werden. Unser Hausmeister hatte am Morgen noch schnell einen Zusatzhaken an die Decke gehängt. Der Herr Staatsanwalt wog an die 160 Kilo.

»Raus Mädels, ich muss hier vorbereiten. Hopp, hopp, ihr beiden. Habt ihr nichts zu tun?«

Mit Kitty und Rosi konnte ich so sprechen, die nahmen mir den lockeren Ton nicht übel. Die DE hätte mich dafür verbal geschlachtet. Ich machte mich an die Arbeit, prüfte die Nietenmatte, besagte Öffnungen am Springbock, und schaute noch schnell in die Mini-Bar und in den Papierkorb. Alles in Ordnung, die Kundschaft konnte kommen.

Ich saß mit hochgelegten Beinen in der Renovierungsbude und blätterte gemütlich in ein paar Zeitschriften, als eine leichenblasse Kitty mit einem hochroten Staatsanwalt im Schlepptau, nach Luft schnappend aus der Dunkelkammer kam. Beide rangen nach Worten, bekamen aber keinen vernünftigen Satz heraus.

Kitty hatte ein neues Outfit an, das aus rosafarbenem Latex bestand und sie vollkommen nackt aussehen ließ.

Der Staatsanwalt hatte dafür keinen Blick, zog pfeifend die Luft ein und jammerte fassungslos: »Sie hängt an der Decke. Tot, und überall ist Blut, soviel Blut.«

Er sprach von Lady DO und sank auf den nächstbesten Stuhl. Dort heulte er wie ein Schlosshund und vergrub das Gesicht in den Händen. Der Mann war offensichtlich nicht belastbar.

Diesen Eindruck hatte auch der eiligst herbeigerufene Kriminalhauptkommissar Wolfram. Er versuchte den Staatsanwalt zu beruhigen, die beiden kannten sich schließlich beruflich.

Und wieder wurde das Bordell geschlossen und wieder die Rollläden heruntergelassen. Die Vernehmungen begannen, beziehungsweise wurden einfach weitergeführt. Lady DO hing noch immer an der Decke. In ihrem weißen Alabasterkörper steckte ein Messer, ihre Brustwarzen lagen abgeschnitten, fein säuberlich nebeneinander ausgerichtet, vor ihren mit Lackleder bekleideten Füßen. In ihrer verkrampften Hand hielt sie eine Fransenpeitsche fest umklammert. Es war kein schöner Anblick.

Alle waren pünktlich zur Schicht erschienen und hatten entweder einen Kunden oder eine Kollegin als Zeugen gehabt, um sich gegenseitig ein Alibi zu geben. Außer mir und Herrn von Winterstein. Wir waren beide zeitweise in der Katzerlburg solo unterwegs gewesen. Herr Wolfram nahm den Eigentümer des Bordells in die Mangel, musste ihn aber bald wieder freigeben. Wann immer der Eigentümer alleine gewesen war, konnte er sein Alibi anhand von schriftlichen Telefonprotokollen aus seinem Büro nachweisen. Bei mir sah das schon weniger gut aus. Ich war in der fraglichen Zeit über längere Zeiträume ohne Zeugen auf den Beinen gewesen. Klar doch, dass mich keiner beim Handtuchwechseln oder Papierkorbleeren begleitet hatte.

Herr Wolfram saß mit mir alleine in von Wintersteins Büro.

»Was glauben Sie? Haben Sie eine Idee, wer das gewesen sein könnte?«

Wieso fragte der Kriminalhauptkommissar ausgerechnet mich? Ich war die Hauptverdächtige in diesem ganzen Schlamassel und hatte null Ahnung, wer hier wen, warum und überhaupt gemeuchelt hatte.

»Sie sind doch anhand Ihres Berufslebens investigativ geschult, ist Ihnen etwas aufgefallen?«

Ich hatte mir schon in den vorherigen Mordfällen das Hirn zermartert, ohne auf einen grünen Zweig zu kommen. Und warum sollte ausgerechnet ich kleines Licht den Schlüssel der Erkenntnis haben?

Ich versprach Herrn Wolfram trotzdem, die Augen weiterhin offenzuhalten.

Herr Schwemmer und Herr Müller hatten da einiges mehr zu bieten.

»Der Nico hätte von Leos Tod profitiert, wenn er den Laden hätte übernehmen können.«

Bisschen viel hätte für meinen Geschmack.

Herr Schwemmer befürwortete eine andere Theorie: »Der von Winterstein wäre den Nico gerne losgeworden, weil der mit seinen Gummipuppen schwarz in die eigene Tasche gearbeitet hat.«

Ich war sprachlos, was die beiden so alles wussten. Ich fragte nach, und Herr Schwemmer wurde plötzlich wortkarg. Herr Müller murmelte etwas von alten Verbindungen.

»Aber wer hätte denn was vom Tod der DO gehabt?«, fragte ich neugierig.

Die beiden schüttelten den Kopf. Ratlosigkeit auf allen Seiten.

Wir saßen wieder einmal unterm Gartenpavillon und palaverten über die Morde in der Katzerlburg. Frau Sikora hatte Kabanossi, polnische Graupenwurst, Krakauer und ein Glas mit schlesischen Gurken auf den Gartentisch gestellt. Frau Schwemmer steuerte frisches Graubrot und selbstgebackenen Kuchen bei, und die Männer hatten einen Kasten Bier in den Schatten gestellt. Die Abendsonne wärmte uns wohlig den Rücken. Als die schlesischen Wurstspezialitäten in unseren Bäuchen verschwunden und auch die letzten Bierflaschen geleert waren, ging ich in den Keller und holte ein paar Flaschen von dem hervorragenden Spätburgunder, den ich erst vor wenigen Tagen aus Rheinhessen mitgebracht hatte, nach oben. Die improvisierte Gartenparty war noch lange nicht zu Ende.

Die kleine schwarz-weiße Katze aus dem letzten Kettenhaus bettelte reihum um Futter. Da außer schlesischen Gurken nichts mehr übrig war, erklärte ich der zierlichen Katze die Nachteile von säurehaltigen Nahrungsmitteln, und sie gab auf. Nach einem tiefgründigen Blick aus ihren großen, hellblauen Augen verschwand sie unter den Büschen.

Die Bewohner der Wohnanlage schauten nachdenklich in ihre Gläser mit der tiefroten Flüssigkeit und grübelten vor sich hin.

»Was meint ihr? Ob die Morde irgendwie im Zusammenhang stehen?« Frau Czybilla pickte Brotkrümel vom Tisch und heftete ihre Blicke auf das gestreifte Wachstuch. »Der Täter oder die Täter müssen noch immer frei herumlaufen, nicht wahr?« Sie zog fröstelnd ihr gehäkeltes Tuch fester um die Schultern.

Die beiden Polizisten a.D. schauten trübe ins Nichts.

Frau Czybilla erwartete eine Antwort von den beiden Ex-Beamten, aber es kam keine.

Ich konnte nicht mehr an mich halten und platzte raus: »Aber alle, die Dienst hatten, haben dieses Mal ein Alibi. Und keiner hätte was vom Tod der DO gehabt.«

Frau Sikora schaute mich sprachlos an. Frau Schwemmer öffnete und schloss ihren Mund wie ein Karpfen, der nach Luft rang. Auch die Männer guckten überrascht.

Nur Frau Czybilla fragte völlig naiv: »Wie denn? Woher willst du das denn wissen?«

Heiliger Bimbam, da hatte ich mich wohl gründlich vergaloppiert und musste mir schleunigst etwas einfallen lassen. »Och, der Herr Kriminalhauptkommissar hatte mir gegenüber so etwas angedeutet. Wir hatten uns ein wenig ausführlicher unterhalten, weil ich doch früher von Berufswegen investigativ tätig war.«

Meine Mitbewohnerinnen hatten offensichtlich Schwierigkeiten mit dem Wort investigativ.

»Na klar doch, absolut«, sagte Frau Schwemmer tröge. „Ja, sicherlich ivestigigi …, ähem, also ganz genau«, meinte Frau Sikora.

Und Frau Czybilla schloss sich ihren Nachbarinnen mit einem Nicken an. Herr Schwemmer und Herr Müller sagten nichts, aber ihre Blicke ruhten etwas länger auf mir.

Achtung, meine Liebe, sagte ich zu mir, du musst jetzt aufpassen und dich mehr zurückhalten, sonst gibt es massenhaft Ärger. Also schaute ich gelangweilt auf den erst kürzlich gestutzten Fliederbusch und zählte innerlich ganz langsam bis zehn, dann hatte ich mich wieder im Griff.

Die Männer schenkten sich endlich die letzten Tropfen von meinem spendierten Spätburgunder ein, und die Gespräche wurden ruhiger.

🐱

Und wieder überschlugen sich die Ereignisse. Alexia erschien grün und blau geschlagen zum Dienst. Dann kam sie nicht mehr. Herr von Winterstein sah sich erneut auf dem osteuropäischen Huren-Markt um.

Herr Wolfram rief mich einen Tag vor meinem Dienstantritt an und verabredete mit mir einen Termin in der Großstadt. Sein Büro war ziemlich schäbig ausgestattet, nur der Bürostuhl war neu und auf dem neuesten Stand der Technik. Durch eine halb unterteilte Milchglasscheibe konnte ich die Beamten von der „Soko Katzerlburg" sehen, wie sie Telefonate führten und gelbe Zettel von den Pinnwänden lösten und andere wieder an die Borde klatschten. Die Mitarbeiter bewegten sich mit einem breiten Grinsen durch den Raum – so sahen Sieger aus.

Was wollte der Kriminalhauptkommissar von mir? Mich festnehmen? Ich schaute Herrn Wolfram fragend an.

»Sie wissen wahrscheinlich schon, dass wir Lady DE festgenommen haben?«

Herr Wolfram überraschte mich mit dieser Neuigkeit. Woher sollte ich das wissen?

Ich fragte nach: »Warum das denn?«

Herr Wolfram bot mir eine Zigarette an. Ich lehnte dankend ab. Ich habe seit dreißig Jahren keine Zigarette mehr angerührt und hatte auch nicht die Absicht, damit wieder anzufangen. Er lehnte sich genüsslich zurück. Der moderne Schwingstuhl kippte kurz nach hinten und Herr Wolfram verlor fast die Balance. Aber nur fast, dann hatte er den Stuhl wieder in der Geraden.

»Also, Ihnen dürfte ja wohl nicht entgangen sein, dass die DO ein Auge auf Sie geworfen hatte.« Dies war eine Feststellung, die mich nun wirklich nicht überraschte.

»Ja doch, es war mehr als unangenehm«, murmelte ich.

»Eben drum, und als der Nico mehr und mehr mit Ihnen plauschte und auch noch Cognac mit Ihnen schlürfte, …«

Ich unterbrach ihn, »Moment Mal, das war nur ein einziges Mal. Und ich hatte auch nie was mit ihm.«

Herr Wolfram ließ sich nicht aus dem Konzept bringen: »Weiß ich doch, aber dann passierte der Mord an ihm.«

»Ja und? Das ist mir bekannt und allen anderen auch.«

Aber schon warf er mir den nächsten Brocken vor die Füße: »Aber nicht nur Lady DO hatte es auf Sie abgesehen, meine Liebe, Lady DE war auch ganz scharf auf Sie.«

Wie bitte, diese Oberzicke, die mir das Leben zur Hölle gemacht hat? Die mich schikaniert hat, wo sie nur konnte? Die mich rumgeschubst hat, wie sie nur wollte? Die sollte was?

Herr Wolfram sprach schon weiter: »Lady DE hat den Nico aus dem Weg geräumt, weil sie immens eifersüchtig war. Sie war ganz heiß nach Ihnen.«

Ich starrte ihn fassungslos an. »Die DE?« Dann hakte ich nach: »Und was war mit Leo?«

Herr Wolfram schaute sichtlich zufrieden in die Runde. »Das war die DO. Sie konnte es nicht ertragen, dass sich da etwas anbahnte, was sie selber gerne gewollt hätte.«

Herr Wolfram hatte ein leises Lächeln auf den Lippen, als er seine Mitteilungen zu Ende brachte: »Lady DE ist vollends zusammengebrochen und hat bereits die Morde an Nico und an der DO gestanden. Diese Frau hat Sie vergöttert, meine Liebe, bis hin zur Verwirklichung ihrer kriminellen Energien. Nur ihr Ruf und ihre Lebensweise ließen es nicht zu, dass sie sich öffentlich zu Ihnen bekannte.«

Ich war fassungslos. Ich war der Auslöser für drei Morde gewesen. Drei Morde – wegen mir! Würde ich jemals wieder ruhig schlafen können?

Herr Wolfram zog die Schublade seines Schreibtischs auf und holte eine Flasche Cognac heraus. Er goss die bernsteinfarbene Flüssigkeit in einen Pappbecher und hielt ihn mir hin. Ich schielte auf das Etikett der Edelmarke. Diese Mal war der Inhalt meines Pappbechers echte fünfzehn Euro wert, und ich ließ die Flüssigkeit langsam durch meine Kehle rinnen.

Dann teilte mir Herr Wolfram noch mit, dass auch Alexia verhaftet worden sei. Ihr Freund hatte sie zum wiederholten Mal zusammengeschlagen und danach jedes Mal brutal vergewaltigt. Irgendwann war es auch für eine Hure genug, und Alexia hat ihn erschlagen. Einfach so – mit einer Bratpfanne.

Ich hatte genug, ich kündigte meine Tätigkeit in der Katzerlburg.

Drei Tage später las ich die Todesanzeige von meinem Ex in der Zeitung.

2

Nur weil ich auf einen hirnlosen Leserbrief geantwortet hatte, saß ich jetzt als frisch gewählte Mandatsträgerin im Stadtparlament meiner verschlafenen Kleinstadt.

Ich war relativ neu in unserem Städtchen, kannte niemanden und wusste auch nicht, wem ich da auf die Zehen getreten war. Es ging um die Änderung eines völlig veralteten Planfeststellungsverfahrens und die damit verbundene Umgestaltung der Stadtmitte, die kunterbunt mit Läden, Büros, Wohnungen und Arztpraxen bestückt war. Das jetzige Stadtbild entsprach noch immer den Vorstellungen der Stadtplaner aus dem vergangenen Jahrtausend.

Der Leserbrief kam von einem gewissen Herrn Dr. Leiwoldt. Der Doktor hatte eine florierende Praxis, Schwerpunkt Schönheitschirurgie, in der naheliegenden Großstadt und schenkte Damen und Herren, vorwiegend aus der gehobenen Gesellschaft, gegen Einwurf von kleinen Münzen rundum Schönheit und Wohlbefinden. Seine knapp bemessene Freizeit verbrachte er mit seiner Familie in einer attraktiven Jugendstilvilla, nur ein paar Meter durch ein kleines Stadtwäldchen von mir getrennt.

Wir hatten auch weniger anziehende Bezirke in unserer Stadt. Das Zentrum des größten Stadtteils ist so attraktiv wie das Stellwerk des Güterbahnhofs unserer benachbarten Großstadt. Eine Schönheitsoperation wäre auch für unseren Stadtkern dringend anzustreben. Ein Drittel der Geschäfte war bereits geschlossen, das zweite Drittel diesbezüglich in Arbeit. Warum die Geschäfte nach und nach aufgaben, lag einerseits an den Industriegebieten, in denen sich Aldi, Lidl und Co. tummeln, anderseits bot die Innenstadt kaum attraktive Gebäude, wenig ansprechende Läden, geschweige denn Parkplätze oder gar idyllische Ruheplätze.

Herr Dr. Lars Leiwoldt nutzte die Gunst der Stunde und hatte im großen Stil die leer gewordenen Läden aufgekauft, sich in mehreren Bürgerversammlungen für massive Änderungen in der Stadtentwicklung stark gemacht und sich dann – coram publico – auf eine Art und Weise eingemischt, die zwischen Anarchie und Rattenfängertum pendelte. Aber er sprach vielen Bürgern aus der Seele. Der neu gebackene Immobilienhai versuchte die Stadtverwaltung, wo immer er nur konnte, zu diskreditieren und blies seine Meinung gnadenlos in die Öffentlichkeit.

In meinem Schreiben verwies ich ihn auf die Hoheitsrechte von Legislative und Exekutive und damit ins strategische Abseits. Zugegebenermaßen mit sehr spitzer Feder und in süffisantem Unterton. Ich forderte ihn auf, sich doch in ein politisches Gremium wählen zu lassen, um inhaltlich mitreden zu können, oder sich ein für alle Mal aus kommunalen Angelegenheiten rauszuhalten. Politisch nicht ganz korrekt, aber ich fand den Typen einfach nur unverschämt und anmaßend.

Ich hatte mit meinem Leserbrief in ein Wespennest gestochen und damit einer stadtbekannten Persönlichkeit Paroli geboten.

Die Stadtverwaltung war rot, tiefrot sozusagen, und ähnlich waren auch die kommunalen Zahlen. Die Verantwortlichen hatten seit Jahren die Mehrheit und auch irgendwie Schuld an der Innenstadtmisere. Sie hatten in ihrer Regierungszeit einen enormen Schuldenberg angehäuft und den Fortschritt schlichtweg verpennt. Offen gesagt, lag dieser Typ von Doktor in Teilen seines Leserbriefes gar nicht so falsch, aber er reizte mich einfach in Stil und Ton.

Nach der Kommunalwahl veränderten sich die Mehrheitsverhältnisse unerwartet, und ich – ein hurtig gewonnenes Parteimitglied auf Nominierungsplatz 21 – wurde plötzlich Stadtverordnete. Ich hatte keine Ahnung von Politik, auch nicht von lokaler Kommunalpolitik. Aber ich fühlte mich gebauchpinselt, als mich ein Herr Oswald, seines Zeichens der örtliche Parteivorsitzende einer großen deutschen Volkspartei, nach meinem Leserbrief anrief und mir eine Nominierung für das Stadtparlament anbot.

»Frauen wie Sie braucht unsere Stadt, Sie sprechen das aus, was viele Bürger denken. Kommen Sie zu uns, Sie werden Ihren Spaß haben.«

Mir war schon klar, dass diese Platzierung mehr oder weniger ein Lückenfüller war, ohne Aussicht auf ein Mandat. Trotzdem oder gerade deswegen sagte ich zu. Kein Mensch dachte vor den Wahlen daran, dass ich auch nur die geringste Chance auf ein Mandatspöstchen haben könnte. Meine Partei gewann jedoch haushoch und damit einundzwanzig von vierzig Stadtverordnetensitzen. Ich hatte auf dem letzten Listenplatz gewonnen und sollte plötzlich Lokalpolitik machen!

Als ich die Liste der gewählten Volksvertreter in den Händen hielt, befand ich mich in guter Gesellschaft mit Herrn Dr. Lars Leiwoldt. Er hatte meinen Rat befolgt und sich für die drittgrößte Partei aufstellen lassen. Auch er war auf dem letzten gewählten Platz seiner Partei gelandet. Na bravo, dachte ich, das konnte ja spannend werden, und vielleicht ja auch der versprochene Spaß.

Die Stadtverordneten setzten sich kunterbunt aus Anwälten, Lehrern, Geschäftsleuten und Angestellten zusammen. Sogar eine Hausfrau und ein paar Rentner waren dabei. Und eine Frührentnerin – ich.

So gerüstet kam ich in die erste Fraktionssitzung meines Lebens. Keine Ahnung und davon viel. Dort stellte ich fest, dass der Parteivorsitzende und der Fraktionsvorsitzende bereits im Vorfeld die Fäden gezogen hatten. Ich wurde zur Ausschussvorsitzenden für die Bereiche Europa, Umwelt und Stadtentwicklung vorgeschlagen.

»Mit Ihren Sprachkenntnissen sind Sie die optimale Besetzung für Europa«, sagte Herr Dr. Sidow. Herr Dr. Sidow war ein gutaussehender Anwalt mit einer renommierten Anwaltskanzlei in der Großstadt. Er schaute mich mit seinen hellen, intelligenten Augen durchdringend an und mir wurde klar, dass er keinen Widerspruch dulden würde. Meinen zaghaften Einwand, dass sich meine Umweltkenntnisse lediglich auf Wetterberichte und Mülltrennung beschränkten, wischte er mit einer ungeduldigen Handbewegung weg. Beide Bereiche seien sowieso nur schmückendes Beiwerk, meinte er. Mein vehementer Leserbrief aber qualifiziere mich für gesundes, politisches Denken, und damit stünde meine Person ultimativ für eine

Zukunft greifende Durchsetzung in der neuen Stadt-entwicklung. Als Frau sei ich seine ultimative Waffe in dieser Thematik.

Auch dass noch, schimpfte ich innerlich, ich war also nichts anderes als die Quotenfrau in diesem bor-nierten Haufen. Und dieser blöde Leserbrief würde mich noch bis zum Ende meiner Tage verfolgen.

Herr Dr. Sidow war offensichtlich in echten Nö-ten und hatte zu viele Posten zu vergeben. Er habe zwar eine große Auswahl an Mandatsträgern zur Ver-fügung, aber nur sehr wenige mit meinem kämpferi-schen Mut, versuchte er mir zu schmeicheln. Und es klappte wieder.

»Wenn Sie meinen, Herr Dr. Sidow, dass ich da-für geeignet bin, kann ich's ja mal versuchen.«

Ich fühlte mich abermals besungen und sollte erst viel später erkennen, dass ein alter Polithase auch so seine Vorstellungen geschickt durchzusetzen verstand. In die Leitung der Ausschüsse werden in der Regel altgediente Parteimitglieder eingesetzt, aber bei Mehr-heitsverschiebungen musste eben auch mal so was wie ich herhalten. Ich war einfach nur zu blöd und zu un-erfahren, um dies rechtzeitig zu erkennen.

Ich rief meine Freundin Linda an. Die war aus-nahmsweise mal nicht auf einer ihrer vielen Dienstrei-sen.

»Stell dir vor, der Fraktionsvorsitzende hat mich zur Ausschussvorsitzenden vorgeschlagen und meine Wahl in der Fraktion durchgedrückt. Ich darf mir jetzt meine eigenen Ausschussmitglieder aussuchen.«

Linda kann manchmal ätzend sein: »Was denn für ein Ausschuss? Und überhaupt, kommt das Wort nicht von mangelhafter Ware, Ladenhüter, oder so was Ähnlichem?«

Ich war beleidigt. Überdies musste ich noch lernen, dass mein Gremium nicht wirklich nach meinen Vorstellungen zusammengesetzt wurde. Auch hier hatten die Herren Dr. Sidow und Oswald bereits kräftig die Karten gemischt. Und begriff ziemlich schnell, dass die wichtigsten Entscheidungen und Positionen bereits im Vorfeld ausgehandelt wurden und das politische Fußvolk nur noch die Vorschläge der Herren Oswald und Sidow abzunicken hatte.

🐾

Ich stand stundenlang vorm Spiegel und probierte Klamotten an. Die konstituierende Stadtverordnetensitzung war wie alle Plenarsitzungen öffentlich, und ich wusste nicht recht, ob ich einen dezenten, taubenblauen Hosenanzug oder lieber ein raffiniert geschnittenes Wickelkleid tragen sollte. Ich entschied mich für den Hosenanzug und peppte ihn mit einem senfgelben Seidenrolli und Slipper in der gleichen Farbe auf. Für meine Frisur und mein Make-up investierte ich viel Sorgfalt und noch mehr Zeit. Es war schließlich mein erster öffentlicher Auftritt.

Frau Sikora, meine Nachbarin vom Erdgeschoss, stand schon parat, als ich die Treppe runterging.

»Dachte ich mir's doch, dass Sie um diese Zeit losgehen müssen.« Sie musterte mich von oben bis unten. »Schick, sehr schick, damit werden Sie Eindruck schinden.«

Natürlich wussten in der Wohnanlage bereits alle über mein neues Mandat Bescheid, dafür hatten schon meine beiden Nachbarinnen, Frau Sikora und Frau Schwemmer, gesorgt. Sie waren stolz auf mich und hatten mir nach der öffentlichen Bekanntmachung im

Stadtanzeiger herzlich gratuliert. Und mich mit Wünschen bestürmt, die ihnen auf dem Herzen lagen. Ich hatte mir alles notiert und versprochen, dass ich mich im Rahmen meiner Möglichkeiten darum kümmern würde.

»Und vergessen Sie nicht, den Herrn Bürgermeister recht herzlich von mir zu grüßen«, sagte Frau Sikora. Sie hatte ihn bei der letzten Weihnachtsfeier in der Seniorenanlage getroffen und schwärmte seitdem für ihn.

Ich war in Eile. »Klar doch, mach ich bestimmt.« Und weg war ich.

Der Saal war brechend voll. Zu den gewählten Vertretern des Volkes waren auch die Bürger der Stadt geladen. Nach dem öffentlichen Teil sollte es einen Empfang für alle geben. Viele Bürger kamen, sehr viele. Teils aus Interesse, teils aus Neugierde, hauptsächlich aber weil es was umsonst gab. Ein Herr Winter wurde zum Stadtverordnetenvorsteher gewählt und des Proporzes willen eine Frau Rettich, von der Gegenpartei und sichtbar weiblich, zu seiner Stellvertreterin. Nach der Wahl stellte Herr Winter die gewählten Volksvertreter aus allen Fraktion einzeln vor. Der Bürgermeister sprach noch ein paar warme Worte, danach gab es Sekt und Häppchen für alle.

Ich kannte kaum jemanden und schlängelte mich gelangweilt durch die Menschenmenge. Herr Gordes, unser Bürgermeister, kam auf mich zu und schüttelte mir freundlich die Hand. Er stellte mir seine Gattin vor, und ich richtete ihm die Grüße von Frau Sikora aus. Wir plauderten ein Weilchen, und ich hatte bald den Eindruck, dass unser Bürgermeister ein recht beliebter Mann war. Viele drückten ihm die Hand.

Ein elegantes Ehepaar blieb stehen und mischte sich in unser Gespräch ein. Die beiden Männer kannten sich offenbar näher. Ich wollte mich gerade höflich verabschieden, als ein Pressefotograf unser Grüppchen von allen Seiten ablichtete. Herr Gordes bedankte sich artig bei ihm.

Ich trollte mich und dachte, eigentlich ein recht netter Mensch, dieser Bürgermeister, und so bürgernah. Aber wie sollte das politische Geschäft in so einer Konstellation weitergehen? Der Bürgermeister war noch für zwei weitere Jahre gewählt und somit ein Problem. Denn er war für die aktuell gewählte Mehrheit definitiv in der falschen Partei. Damit waren die Schwierigkeiten quasi vorprogrammiert.

Der Empfang gab uns Mandatsträgern die Gelegenheit, eine Menge Leute kennenzulernen: Vertreter aus Vereinen, Prominente, Geschäftsleute und sonst wer aus unserer Stadt. Und die Leute lernten uns, die neu gewählten Vertreter ihrer Interessen, näher kennen. Das sei immens wichtig für ein Mandat, erklärte mir ein Parteikollege und reichte mich herum wie die angebotenen Appetithäppchen.

Ich hatte mich mit Alkohol sehr zurückgehalten und nur ein Glas Sekt getrunken. Ich stand jetzt in der Öffentlichkeit und durfte nicht unangenehm auffallen. Wie stark ich unter den wachsamen Augen meiner Mitmenschen stehen würde, war mir zu diesem Zeitpunkt allerdings noch nicht klar.

Am nächsten Morgen lächelte ich mir freundlich auf der ersten Seite einer überregionalen Zeitung entgegen. Mit dem elegant aussehenden Ehepaar, dem

Herrn Bürgermeister und seiner Gattin an der Seite. Im Untertext erfuhr ich, dass das abgelichtete Ehepaar Söhnlein hieß, mehrere Spas und noch mehr Sportstudios besaß, und mit der Verteilung großzügiger Spenden gern gesehene Bürger unserer Stadt waren. Der Verfasser des Artikels schrieb in einem kleinen Kästchen zusätzlich einen Kommentar. Er schrieb, dass das neue, kleine Licht in der Stadtverordnetenversammlung – also ich – beim Bürgerempfang offenbar die erstbeste Gelegenheit ergriffen habe, um sich in den Vordergrund zu schieben. Es müsse hier die Frage erlaubt sein, ob dieses unbeschriebene Blatt schon am Anfang einer doch recht umstrittenen Karriere bereits an übertriebenem Öffentlichkeitswahn leide, denn außer ehrbaren Bürgern an den Karren zu fahren, habe sie – also ich – bislang noch nichts Wesentliches geleistet. Ich kochte vor Ärger. Schon wieder wurde ich mit diesem blöden Leserbrief in Verbindung gebracht.

Wessen Parteimitglied dieser Schreiberling war, war mir inzwischen sonnenklar. Wer also schrieb so einen Schwachsinn? Ich schaute nach dem Namen. Ein Werner Wilde war der Verfasser des hämischen Kommentars in dem überregionalen Schmierblatt. Ich durchforstete das Impressum. Aha, der Sitz der Zeitung war in der benachbarten Großstadt und Wilde der regionale Redaktionsleiter.

Frau Schwemmer rief an: »Sie sind in der Zeitung, haben Sie's schon gelesen?«

Ich versicherte ihr, dass ich hatte. Sie war ganz aufgeregt und plapperte ohne Punkt und Komma. Die Worte rauschten an mir vorbei. In mir brodelte noch immer reichlich Ärger über diesen hirnlosen Kommentar, und ich hörte ihr kaum zu. Aber sie erteilte mir eine wichtige Lektion: Es ist nicht wichtig, was über einen in der Zeitung steht, es ist nur wichtig, dass man in der Zeitung steht.

Am nächsten Tag traf sich die Nachbarschaft unter dem Gartenpavillon, und ich sollte bei Kaffee und Kuchen alles haargenau erzählen. Wen ich getroffen hatte, was wer angehabt hatte, und was es zu Essen, und was es zu Trinken gab. Ich wollte ja gerne, aber der Baulärm von gegenüber machte unsere Unterhaltung fast unmöglich. Selbst die drei Nachbarkatzen ließen sich nur sporadisch blicken, was zum einen vielleicht an meinen ständigen Versuchen lag, die Stubentiger vom Betteln abzuhalten, zum anderen aber auch, weil der Baulärm nichts für empfindliche Katzenohren ist.

Als der Puff verkauft wurde, hatte der neue Besitzer entschieden, das Gebäude von gegenüber abreißen zu lassen. Die Bauarbeiter schredderten jedes Teil mit schwerem Gerät vor Ort. Zusätzlich wurde ein Hotel in der Nachbarschaft aufwändig renoviert. In unserem Garten konnte man nicht mehr sitzen; man verstand sein eigenes Wort nicht mehr. Wir verzogen uns maulend nach drinnen. Frau Sikora fragte im Gemeinschaftsraum, ob ich ihre Grüße an den Bürgermeister ausgerichtet hätte, und ich versicherte ihr, dass ich hatte.

Nach und nach gewöhnte ich mich an den Rhythmus der Fraktionssitzungen, an die Arbeitskreise und die Ausschusssitzungen. Dazwischen musste recherchiert und geprüft werden. Ich besuchte Vereine, besuchte Schulen, besuchte Ämter und sammelte Fakten. Ich nahm mein Mandat sehr ernst und hatte gut zu tun. Freizeit wurde für mich langsam zu einem Fremdwort.

Meine erste Plenarsitzung stand an, und ich durfte gleich drei Anträge begründen. Nun ist es nicht so, dass ich noch nie in der Öffentlichkeit geredet hätte. Ich war in meinem früheren Leben, also vor meinem Ruhestand, für eine internationale Versicherung tätig gewesen und hatte investigativ gearbeitet. Ich spürte Versicherungsbetrüger auf und musste die Resultate stets vor großem Publikum erläutern. Aber jetzt betrat ich Neuland und musste mich, meine Partei und meine Anträge vor einer Horde Parteigegnern, Presseleuten und unkundigen Bürgern begründen.

»Sie machen TOP 5, 7 und 13. Wenn Sie dazu noch Fragen haben, wenden Sie sich am besten an den Ersten Stadtrat Müglich, aber Vorsicht, der gehört nicht zu uns. Parteilos und dem Bürgermeister sehr ergeben, Sie verstehen?«

Ich verstand gar nichts, aber ich machte einen Termin mit Herrn Müglich.

Herr Müglich war sehr groß, sehr hässlich und sehr kompetent. Also nicht wirklich hässlich, aber eben nicht mein Typ. Mit ihm konnte ich nicht, so ganz und gar nicht und er nicht mit mir. Jedes Wort musste ich ihm aus der Nase ziehen, freiwillig erklärte er mir nichts. Ich gab auf und verlangte Einsicht in die Akten. Spätestens jetzt begriff ich, wie man abserviert und ruhiggestellt wird. Herr Müglich verwies mich ins Archiv. Dort erfuhr ich, dass die Akten in einem anderen Fachdezernat seien. Und dieses Dezernat brauche eine schriftliche Genehmigung zur Einsicht – vom Ersten Stadtrat abgezeichnet. Der war plötzlich außer Haus und nicht mehr erreichbar. Rief auch nicht zurück und war für mich auch in Zukunft nicht mehr zu sprechen. Nun ja, wie das weiterging, brauche ich wohl nicht gesondert erläutern. An wichtige Informationen kam ich nicht mehr ran.

Ich beschwerte mich bei Herrn Dr. Sidow, meinem Fraktionsvorsitzenden und bei Herrn Oswald, meinem Parteivorsitzenden. Die erteilten mir auf die Schnelle Nachhilfeunterricht, wie man wirkungsvoll eine Dienstaufsichtsbeschwerde einleiten kann. Gesagt, getan. Ich wurde das Tagesgespräch im Rathaus und stand tags darauf in allen lokalen, wie auch regionalen und überregionalen Zeitungen. Irgendwer aus dem Rathaus hatte geplaudert.

Herrn Wilde zerpflückte mich genüsslich in seinem Schmierblatt.

In meinem Job hatte ich als hartnäckige Ermittlerin einen guten Ruf und inzwischen nichts verlernt. Ich holte mir meine Informationen von den übergeordneten Behörden aus der Kreis- und Landesregierung und sammelte alle notwendigen Fakten und Details extern. Ich brauchte keinen Herrn Müglich.

Herr Dr. Leiwoldt sollte den Gegenantrag begründen, war aber über meine außerörtlichen Aktivitäten völlig ahnungslos. Er wagte es tatsächlich, mich vorzuführen.

»Sie publikumsgeiler Neuling, Sie glauben wohl, dass Sie nur mit den Fingern schnippen müssen und alles hüpft nach Ihrer Pfeife? Der Magistrat hat wichtigere Dinge zu tun, als einer Anfängerin die Akten hinterher zu tragen.«

Ich wütete innerlich. Dieser arrogante Schnösel war im politischen Geschäft ebenso neu wie ich. Doch das war kein guter Ansatz zum Streiten, „Pfeife hüpfen" war da schon besser.

Ich wurde reichlich unsachlich – sachlich hatte ich ja schon.

»Nach der Pfeife hüpfen ist mir neu, Herr Dr. Leiwoldt. Mir scheint, dass Sie nicht nur der deutschen Sprache nicht mächtig sind, mir scheint überdies, dass Sie Ihr Mandat für Ihre privaten Interessen schändlich missbrauchen. Normalerweise müsste ich mich über Sie ärgern, aber das wäre zu viel der Ehre. Sie langweilen mich nur mit Ihrer eigennützigen Plumpheit und mit Ihrer schlechten Grammatik.«

Ich knallte dem gesamten roten Magistrat und seinen Drahtziehern meine Anträge gut begründet vor die Füße und heftig um die Ohren. Erbarmungslos peitschte ich meine Eingaben mit unserer Mehrheit durch. Es kam – wie erwartet – zum nächsten Eklat. Und ich war am folgenden Tag schon wieder in der Presse!

Frau Sikora und Frau Schlemmer freuten sich über ihre prominente Mitbewohnerin, und die restliche Nachbarschaft gratulierte mir für so viel Mut und Presseaufmerksamkeit. Ob sie den Kern der Diskussion verstanden hatten?

Herr Dr. Sidow und Herr Oswald zitierten mich ins Fraktionszimmer.

»Was hatten Sie sich eigentlich dabei gedacht?« Herr Oswald schaute in meine Richtung.

Ich sah die beiden Männer nur als schwarze Silhouetten vor den Fenstern und wusste nichts zu sagen. Herr Oswald leierte den Sichtschutz runter. Schon besser.

Der allmächtige Dr. Sidow sah mich mit seinen hellen, intelligenten Augen streng an: »Die Presse hat mich nach der öffentlichen Sitzung geradezu gelöchert, Sie waren bei denen Thema Nummer eins.«

Mir war plötzlich nicht ganz wohl.

Aber dann grinste er mich unerwartet an, und ich dachte: Schau mal an, der Herr Dr. Sidow kann auch freundlich. Lausbubencharme war das Letzte, was ich von ihm erwartet hätte, aber er zwinkerte mir zu.

»Die meisten Presseleute hatten ein überwiegend positives Interesse an Ihrer Person. Außer dem Wilde natürlich. Und wie wohlwollend das Blätterrauschen im Pressewald verlaufen ist, haben Sie inzwischen wohl selbst mitgekriegt.«

Ich hatte keine Ahnung wovon der Fraktionsvorsitzende sprach. Außer besagten überregionalen Zeitung bezog ich nur noch Wurfzeitungen, die ebenfalls Ableger der großen Zeitung meines Widersachers waren und entsprechend negativ über mich berichteten. Ich hatte mir schon überlegt, ob ich dieses Schmierblatt abbestellen und mir den offiziellen Stadtanzeiger abonnieren sollte.

Jetzt klinkte sich Herr Oswald ein: »Ich hatte es gewusst, als ich Sie in die Partei geholt habe. In Ihnen steckt das Potential einer Kämpferin.« Der Mann glühte förmlich über seine persönliche Entdeckung.

Nun hatte ich also einen Ruf, den es zu halten galt. Mein Mandat wog schwer, in doppelter Hinsicht.

Die beiden Herren verabschiedeten sich: »Mit Ihnen haben wir noch viel vor. Wir bauen Sie auf; wir brauchen solche Frauen wie Sie.«

Mir dämmerte, dass meine Freizeit in Zukunft noch bescheidener ausfallen dürfte.

Ich musste mich um meinen Freundeskreis kümmern. Seitdem ich Stadtverordnete war, wurde ich kaum noch eingeladen. Zugegeben, meine Freunde hatten sich nach meiner Scheidung etwas minimiert, jedoch nicht viel. Aber sie wohnten fast alle weit weg. Ich hatte jetzt ständig Termine, auch an Wochenenden: Veranstaltungen, Vereinsbesuche, Vernissagen, Podiumsdiskussionen. Man erwartete, dass die Volksvertreter bei solchen Belustigungen anwesend sind, und ich wurde dazu verdonnert, präsent zu sein.

»Du hast ja nie Zeit und musst ständig zu irgendwelchen Veranstaltungen«, jammerte der Freundeskreis. Mit Recht. Aber manchmal war ich auch einfach nur zu müde, um 100 Kilometer oder mehr wegen eines Abendessens zu fahren.

Ein alter Bekannter rief an. Ich gebe es zu, ich hatte mal was mit ihm, aber das war lange vor meiner Ehe gewesen. Plötzlich tauchte er aus der Versenkung auf und meldete sich bei mir. Er habe aus der Presse von mir erfahren. Mein Herz fing an zu klopfen. Er wollte mich besuchen.

Ich rechnete nach. Wir hatten unsere Affäre vor fast dreißig Jahren beendet. Wie bitte? Ich schaute in den Spiegel und betrachtete die Spuren der letzten dreißig Jahre.

Dann griff ich zum Telefon: »Weißt Du, das mit unserem Termin wird leider nicht klappen. Ich habe Plenarsitzung und wir haben nur eine Stimme Mehrheit, falls die Opposition dagegen stimmt. Und dieses Mal wird sie garantiert dagegen stimmen. Sorry, aber ich muss da unbedingt hin.«

Er ließ sich nicht abwimmeln. Er kam und saß mitten im Publikum.

Nach der Sitzung gingen wir zu mir nachhause. Wir schlichen wie die Diebe die Treppe nach oben in meine Wohnung. Dem Himmel sei Dank, keine Frau Schwemmer und auch keine Frau Sikora weit und breit in Sicht.

Wir waren beide älter geworden. Ich sowieso. Ich hatte schon immer ein Faible für jüngere Männer gehabt und die jüngeren Männer auch für mich. Ronny gehörte dazu. Jetzt waren da die unbekannten Falten, die inzwischen vorhandenen Speckröllchen, konnte das gutgehen? Aber da waren auch die Erinnerungen, die alte Vertrautheit und das aufregende Ping-Pong-Spiel der Worte. Alles war plötzlich wieder da. Wir landeten im Bett, und es war wie früher und dennoch anders. Als er sich verabschiedete, gestand er mir, dass er glücklich verheiratet sei, aber gerne wiederkommen möchte. Er sei beruflich öfters in der benachbarten Großstadt. Ich überlegte, wollte ich das? Wollte ich wegen ein paar gestohlener Stunden in eine Ehe einbrechen? Ich bat um Bedenkzeit, und versprach ihn anzurufen.

Frau Sikora aus dem Erdgeschoss stand prompt im Treppenhaus, als ich mich am frühen Morgen von Ronny verabschiedete. Ich hätte es mir denken können; das Haus ist hellhörig und meine Mitbewohner nehmen ausgiebig Anteil an meinem gesellschaftlichen Leben.

Sie schaute ihm nach. »Ein fescher Mann und noch so jung.«

Zack, hatte ich mein Fett weg. Obwohl, klang da nicht auch ein wenig Neid mit durch?

Sie schaute mich: » Sie leben alleine, und sowas ist in Ihrem Alter auch noch ganz natürlich. Glauben Sie mir, ich kann das gut verstehen. Ich bin nicht so hausbacken, wie ich aussehe.«

»Sie hatten gestern Besuch, ja? Wir mussten den Fernseher im Spätprogramm ganz schön laut stellen«, meinte Frau Schwemmer zwei Stunden später, als ich den Müll nach unten trug.

Ich konnte ihr kaum in die Augen sehen und versuchte mich unsichtbar zu machen. Schöner Mist, dachte ich, die Nachbarn müssen sich in unserem hellhörigen Haus einen späten Western reinziehen, um ruhig schlafen zu können, wenn ich Herrenbesuch bekam.

Die nächsten Wochen verliefen relativ ruhig. Ronny wartete auf meinen Anruf, aber ich ließ mir Zeit. Herr Dr. Sidow war ein heller Kopf und gab mir ein paar Anträge, die ich ohne Kämpfe und größere Gemeinheiten durch die Sitzungen bringen konnte. Herr Wilde hielt Ruhe.

Manchmal gingen ein paar Leute nach den Fraktionssitzungen in eine Bar, um noch ein paar Drinks zu nehmen und einige waren auch recht gute Tänzer. Die Tanzbar gehörte einem Parteimitglied, hatte einen guten Ruf und ein schönes Ambiente. Ab und an ging auch ich nach einer Sitzung mit ihnen ins „Ruby Hood", um gedanklich wieder runterzukommen.

Ich hatte einen Brief von meinem Ex-Schwager bekommen, indem er mich fragte, ob ich noch den einen oder anderen Gegenstand aus meiner geschiedenen Ehe haben wolle. Er hatte nach dem gewaltsamen

Tod meines Ex den Nachlass gesichtet und war so freundlich, mich zu fragen. Ich lehnte ab, aber der Brief wühlte mich dennoch beträchtlich auf.

Irgendwie wusste ich, dass es nicht gut sein würde, nach so einem Brief noch in eine Tanzbar zu gehen. Aber ich wollte mich ablenken. Also saß ich zwischen Herrn Dr. Sidow und meinem tollpatschigen Stellvertreter Jochen in einer gemütlichen Nische des Robin Hood und bestellte mir einen großen Gin Tonic.

Jochen war mir eine große Hilfe und immer topfit in der Vorbereitung komplizierter Drucksachen, für verbale Schlachten aber leider völlig ungeeignet. Auch privat druckste und stotterte er rum und tat sich schwer, einen vernünftigen Satz zu formulieren. Als Tänzer war er allerdings unschlagbar. Wir hatten auf der kleinen beleuchteten Tanzfläche viel Spaß und Leo, unser Disk-Jockey, lief auf Hochtouren. Er heizte uns mit Oldies kräftig ein. Völlig verschwitzt kam ich von der Tanzfläche und kippte ein Glas nach dem anderen viel zu schnell runter. Leo legte die Eagles mit der spanischen Cover-Version von „Hotel California" auf, und ich schmolz mit meinem Tanzschweiß und den vielen Gin Tonics, in schwülstigen Jugenderinnerungen, völlig dahin.

Herr Dr. Sidow forderte mich zum Tanzen auf. Er tanzte ausnehmend gut und überzeugte mich zwei Stunden später, dass ich in meinem Zustand unmöglich mit dem Auto nachhause fahren könne. Also fuhr er mich heim und begleitete mich die zwei Stockwerke bis nach oben an die Wohnungstür. Dort verabschiedete er sich mit zwei Wangenküsschen, die wie zufällig in Richtung Mund abrutschten und verschwand mit einem kurzen Gruß nach unten.

Ich stand völlig verdattert vor meiner Wohnung, ziemlich betrunken und tüchtig durcheinander. In dieser Nacht konnte ich lange nicht einschlafen.

Dieser Schmierfink Wilde fing mich eine Woche später auf einer unsäglichen Vernissage auf dem Weg zur Getränkebar ab. Die Besichtigung der Werke eines inzwischen recht bekannten Künstlers hatte man mir aufs Auge gedrückt. Die Stadt war überglücklich, das Genie für eine Vernissage gewonnen zu haben.

»Und wenn einer damit etwas anfangen kann, dann sind Sie das. Kunst und Kultur fällt im weitesten Sinne auch in Ihr Ressort, und wir müssen überall präsent sein. Viel Vergnügen und vertreten Sie unsere Partei angemessen.«

Ich konnte mit den verrenkten, nackten Leibern in Schüsseln, Tellern und Tassen nichts anfangen. Unbekleidete Frauen und Männer in bunten Cocktailgläsern oder anderem Gebrauchsgeschirr gehörten nicht zu meinem allgemeinen Kunstverständnis. Aber man fragte – dem Himmel sei Dank – nicht nach meiner Meinung. Ich musste einfach nur anwesend sein.

»Na, Frau Stadtverordnete, hat man Ihre Neigungen zu nutzen gewusst?«

Ich guckte verständnislos. Was meinte dieser Kotzbrocken von Schreiberling mit seinem dummen Gelaber? Ich hatte keine Lust auf gequirlte Journalistenscheiße und ließ ihn wortlos stehen.

Er eilte hinter mir her: »Sie haben doch einschlägige Erfahrungen. War Ihr Ex nicht auch ein Künstler? Und ist der nicht mit einer Bratpfanne von einer Dame aus gewissen Kreisen …?«

Mein größter politischer Widersacher rettete mich aus meiner Not. Herr Dr. Leiwoldt packte den angesäuselte Zeitungsschmierer am Arm und stellte ihn grob zur Rede: »Was erlauben Sie sich? Verschwinden Sie, und lassen Sie sich hier nicht mehr blicken. Oder muss ich erst die Polizei rufen?«

Herr Wilde verzog sich leicht schwankend. Ich bedankte mich bei Herrn Dr. Leiwoldt und verabschiedete mich hastig.

Schnell huschte ich die Treppe zu meiner Wohnung nach oben. In meinem Rolf Benz Fernsehsessel gingen mir bei einem Glas Wein ein paar sehr unangenehme Erinnerungen durch den Kopf. Woher wusste dieser Wilde die Zusammenhänge zwischen meinem Ex-Künstlergatten und seinem Mord durch eine Hure? Ich hatte meinen Mädchennamen wieder angenommen und der Kriminalhauptkommissar hatte mir höchste Diskretion versprochen. Nicht einmal meine beiden Nachbarinnen ahnten etwas von meinem kurzen Abenteuer im ortsansässigen Puff, und das will was heißen. Wenn das in politischen Kreisen publik wurde, war ich geliefert. Und meine Partei ebenfalls.

Ich rief Kriminalhauptkommissar Wolfram an.

»Selbstverständlich habe ich dichtgehalten. Das habe ich Ihnen doch zugesichert. Von unserer Seite ist definitiv nichts durchgesickert.«

Wir überlegten beide, woher dieser Wilde seine Informationen haben könnte. Staatsanwaltschaft? Nein, ganz bestimmt nicht. Gerichtsverwaltung? Nein, sicherlich auch nicht. Herr Wolfram schnaufte ungeduldig, der Mann war vielbeschäftigt und offenbar unter Zeitdruck.

Ich versuchte es noch einmal: »Vielleicht eins von den Mädels aus der Katzerlburg?«

Er klang leicht verärgert. »Vielleicht. Für mein Team lege ich jedenfalls meine Hand ins Feuer, von da kam garantiert nichts.«

Ich schämte mich, dass ich überhaupt nur daran gedacht hatte. Herr Wolfram hatte mich bislang immer gedeckt, und ich entschuldigte mich wortreich bei ihm. Wir verabschiedeten uns nach einer Weile in alter Freundschaft.

»Vielleicht sollten wir uns mal zu einem Schoppen im Biergarten treffen«, meinte Herr Wolfram, »alte Erinnerungen auffrischen und so.«

Ich konnte sein vergnügtes Grinsen durch den Hörer spüren.

Die Küchenuhr erinnerte mich an meine Pflichten. Bis zur Ausschusssitzung hatte ich noch knapp zwei Stunden Zeit, also musste ich los. Meine Armbanduhr war zum wiederholten Mal stehengeblieben, sie musste zur Reparatur. In der Innenstadt war, wie immer, alles zugeparkt. Nach einer gefühlten halben Stunde vergeblicher Bemühungen, fuhr ich total genervt in eine Seitenstraße zu einem der gesperrten Innenhöfe. Mehrere dieser Hinterhöfe waren erst kürzlich verkauft worden und flexible Gitterpaneele blockierten die Zugänge. Große gelbe Schilder verboten den Zutritt. Schwitzend hievte ich ein Gitterpanel zur Seite und stellte mein Auto kurzerhand hinter die Absperrung.

Herr Bendorff führte das Juweliergeschäft bereits in der dritten Generation. Er war noch ein Uhrmacher vom alten Schlag. Wenn einer meine Armbanduhr wieder auf Vordermann bringen konnte, dann war er das.

Er betrachtete das gute Stück ausgiebig: »Die muss ich mir genauer ansehen. Die ist nicht von hier, das ist ein ausländisches Modell.«

Stimmte haargenau. Ich hatte die Uhr vor einigen Jahren auf einer Dienstreise in Kairo entdeckt. Statt eines Armbands hat sie zwei dünne, parallellaufende Reifen aus Gold und ist mehr Schmuckstück als Uhr. Schlicht gehalten und trotzdem apart. Nie wieder habe ich ein ähnliches Stück gesehen und war sehr stolz auf meinen ungewöhnlichen Besitz.

»Kommen Sie in zwei Tagen wieder, dann kann ich Genaueres sagen«, er kam hinter dem Tresen vor, »Sie hängen wohl sehr an dieser Uhr?«

Seine Worte waren mehr eine Feststellung als eine Frage. Wir kamen ins Plaudern, und ich erzählte ihm von dem Bazar in Kairo, wo ich die Uhr entdeckt hatte. Vom Verkehr in Kairo war es nicht mehr weit bis zum Parkplatzdesaster unserer Innenstadt.

»Wem sagen Sie das. Meine Kunden beschweren sich ständig, dass sie keinen Parkplatz finden.« Er beugte sich vertraulich vor: »Ich hatte erst kürzlich versucht, einen dieser Innenhöfe hinter meinem Laden zu …«

Die Ladentür klingelte. Ein offensichtlich frisch verliebtes Pärchen interessierte sich für Verlobungsringe.

»Also, dann bis übermorgen«, sprach's und wandte sich seiner neuen Kundschaft zu.

Irgendwie hatte ich das Gefühl, dass mir Herr Bendorff noch etwas Wichtiges sagen wollte.

Als ich zum Hinterhof kam, war mein Auto weg. Ich verfluchte die miesen Parkmöglichkeiten, die schuldigen Stadtoberen und meine eigene Dummheit. Und nahm ein Taxi zur Ausschusssitzung. In der Sitzung fehlte mein Stellvertreter Jochen ohne Entschuldigung. Das war ungewöhnlich, denn Jochen war die Zuverlässigkeit in Person. Zähneknirschend musste ich die Vorstellung einer nichtöffentlichen Drucksache ohne Jochens Vorbereitungen durchziehen.

Was für ein Scheißtag.

Wenigsten hatte ich mein Auto wiedergefunden, also fast. Ich durfte es am nächsten Morgen beim Abschleppdienst in der Kreisstadt für schlappe 270 Euro abholen. Den Strafzettel noch nicht eingerechnet.

Als ich die Autoschlüssel in meinem Wohnungsflur an den Haken hing, rief mich Jochen aus dem Krankenhaus an.

»Bevor du zu schimpfen anfängst, kannst du zu mir kommen? Ich muss dir was Wichtiges sagen.«

Jochen lag mit mehreren gebrochenen Rippen, einem blauen Auge und einer geplatzten Braue sowie zahlreichen blauen Flecken im Krankenhaus. Er schaute etwas spitznasig aus dem Krankenbett und konnte sich kaum bewegen, was auch an diversen Verkabelungen lag. Mehrere Apparate schnauften und piepsten leise vor sich hin. Wieso hing Jochen an so vielen Strippen?

»Das war ein Überfall. Man hat mich auf dem Weg zur Sitzung zusammengeschlagen.«

Ich war erschüttert: »Was? Wie ist das passiert und vor allem warum?«

Jochen runzelte die Stirn, was wegen der verletzten Braue sehr wehtun musste.

»Die haben mir alle Akten geklaut. Das war Absicht, das schwöre ich dir. Die wollten an die nichtöffentlichen Unterlagen, das war der alleinige Grund für den Überfall.« Er war völlig neben der Spur: »Ich hatte hochbrisantes Material gesammelt und alles verschriftlicht, beziehungsweise kopiert. Und jetzt – weg, einfach weg.«

Ich wurde hellhörig: »Was denn für Material, und wer wusste davon?«

»Jemand hat fast alle Hinterhöfe in der Innenstadt aufgekauft und mauschelt mit dem Leiwoldt in einer ganz großen Sache.«

Ich schaute ihn überrascht an, sah aber letztlich noch immer keinen Zusammenhang und auch keine Straftat.

»Der Haken ist, dass mir Informationsmaterial zugespielt wurden, das belegt, dass der Gordes da auch mitmischt. Da sind einige städtische Liegenschaften involviert, und wir wissen nichts davon. Die Sache stinkt zum Himmel.«

Jetzt blieb mir doch die Spucke weg: »Moment mal, woher…?«

»Frag mich nicht, wie ich an die Informationen gekommen bin. Fakt ist, dass mir die Kopie einer diesbezüglichen Handnotiz von Gordes zugespielt wurde, und diese Unterlagen waren in dem geklauten Aktenkoffer.«

»Aber, woher…?« Ich bekam eins und eins nicht zusammen.

»Lass mal, das willst du gar nicht wissen. Ich hab da eine undichte Stelle im Rathaus, die mir ab und an was zukommen lässt.«

Schau mal an. Mein unscheinbarer Stellvertreter hatte gute Verbindungen zum politischen Sumpf. Plötzlich wurde mir klar, warum Jochen bereits im

Vorfeld zu der einen oder anderen Drucksache bestens unterrichtet war.

»Worum geht es da konkret, und wer hat da alles seine Finger im Spiel?« Endlich hatte ich einen kompletten Satz herausgebracht, und Jochen öffnete die Lippen, um mir eine Antwort zu geben. Er wurde plötzlich leichenblass, hechelte unkontrolliert und mehrere Geräte fingen an, schrill zu piepsen.

Ein Pfleger erschien und griff hektisch zum Handy: »Der Patient aus 118. Bitte sofort kommen.«

Er schickte mich energisch aus dem Zimmer und machte mir unmissverständlich klar: für heute konnte ich Jochen nicht mehr sprechen.

Am Abend war Jochen nicht mehr am Leben. Tod durch innere Blutungen. Er hatte mir verschwiegen, dass er durch den Überfall schwere innere Verletzungen davongetragen hatte.

Zur Beerdigung kamen seine Familie, Freunde, Vertreter der Partei und sogar ein paar Stadtverordnetenkollegen, selbst von der Opposition. Auch Herr Gordes kondolierte den Angehörigen und schleppte einen aufwändigen Kranz mit einer schwarz-rot-goldenen Schleife und dem Stadtwappen an. Das Rathaus hatte sich nicht lumpen lassen.

»Sie haben ihm sehr nahegestanden, nicht wahr?« Herr Gordes schüttelte mir die Hand und sprach mir sein Beileid aus.

Privat hatte ich Jochen kaum gekannt, abgesehen von den wenigen Malen, wo wir das Tanzbein zusammen geschwungen hatten, aber er hatte mir die meiste politische Drecksarbeit abgenommen und im

Ausschuss zuverlässig alle Informationen aufbereitet. Er war mein Adjutor gewesen, und sein Fleiß hatte mir den Rücken freigehalten.

Ich murmelte ein paar Worte des Dankes.

»Wer wird denn jetzt sein Nachfolger? Haben Sie schon eine Wahl getroffen?«

Schnell zog ich meine Hand zurück. So wenig Taktgefühl hätte ich dem Bürgermeister, dem wohl etwas vorschnell das Parteimitglied durchgegangen war, doch nicht zugetraut. Jochen hatte mir am Krankenbett noch etwas Wichtiges sagen wollen, etwas Brisantes, indem Gordes und seine Partei verwickelt sein sollten und er sich eventuell die Finger schmutzig gemacht hatte. Doch seine Zeit, mir alle Details zu erzählen, hatte nicht mehr gereicht.

Die drei Marmorstufen bis zum Aschegefäß zierten mehrere Kränze und Bouquets. Eine große Steinschale war mit Teelichtern gefüllt und die Trauernden konnten ein Licht anzünden, um es in die mit Sand gefüllte Schale zu stellen. Eine kleine Fotografie stand neben der Urne, und Jochen lächelte mir schüchtern zu. Ich musste schwer schlucken und wand den Blick traurig ab.

Herr Bendorff rief mich an und erinnerte mich an meine Armbanduhr. Die hatte ich fast vergessen.

»So ein schönes Stück, da lohnt sich eine Reparatur allemal. Ich habe mich nach den entsprechenden Ersatzteilen erkundigt. Sie müssen mit mindestens 90 Euro Materialkosten rechnen, plus meine Arbeitszeit. Geht das in Ordnung?«

Ich überlegte nicht lange: »Klar doch«, ich war überglücklich, »wann kann ich meine Uhr wiederhaben?«

Er vertröstete mich auf den nächsten Monat.

Ich fuhr nach Hause, ich hatte zu tun. Ab sofort musste ich mir alle Details für die Vorbereitung der Schriftsätze wieder selbst besorgen. Jochens Nachfolger war ein altverdientes Parteimitglied, das überglücklich war, endlich ein Pöstchen ergattert zu haben. Verglichen zu Jochen war er politisch völlig unbeweglich, humorlos und auch keine große Hilfe. Meine Freizeit begann unendlich zu schrumpfen. Die Papierberge stapelten sich auf meinem kleinen Glasschreibtisch, auf meinem Esstisch, auf meinem Küchentisch. Meine Wohnung war nicht darauf eingerichtet, Papierkram der öffentlichen Verwaltung vor Ort zu bearbeiten.

Ich kam ziemlich müde aus dem Rathaus zurück, wo ich im Archiv nach alten Bauunterlagen gesucht und nicht gefunden hatte. Herr Müglich musste davon Wind bekommen, und sie rechtzeitig beiseite geschafft haben.

Ich schloss die Wohnungstür auf, und die Balkontür schlug mit einem lauten Knall zu. Mist, ich hatte vergessen, sie zuzumachen. Ich dachte nicht gleich an Einbrecher, ich wohne immerhin im zweiten Stock, aber die große Robinie bietet sich durchaus für so ein Unterfangen an.

Fassungslos starrte ich auf das Chaos in meinem Allzweckzimmer. Überall lagen weiße Papierfetzen verstreut, eine Vase war umgefallen, und mein Schreibtisch offenbarte sich blitzeblank abgeräumt vor meinen Augen. Ein grauer Schatten huschte in den nächsten Raum.

»Oskar!«, meine Stimme zitterte vor Empörung. Das Sheba-Double aus meiner Nachbarschaft hatte ganze Arbeit geleistet. Meine Stimme überschlug sich kieksend: »Wenn ich dich erwische, bist du reif für den Kochtopf!«

Der graue Kater schaute mich treuherzig mit seinen bernsteinfarbenen Augen an und schmuste mir um die Beine. Kann man so einem Blick böse sein? Im Prinzip war es ja meine Schuld gewesen.

Ich ließ den Kater raus auf den Balkon, wo er sich davonmachte. Aufseufzend hob ich die Vase auf, sammelte die Papierfetzen zusammen, und versuchte die Schnipsel wieder zu ordnen.

Das Telefon klingelte. Herr Dr. Sidow war am Apparat. »Können wir uns treffen? Ich muss etwas mit Ihnen besprechen.«

»Was ist passiert?«

»Nicht hier, wir treffen uns im Fraktionszimmer – nein, das ist mir zu unsicher. Wir treffen uns bei mir zuhause.«

Er legte auf.

Wenn der Fraktionsvorsitzende rief, musste man sich sputen. Ich schlug im digitalen Telefonbuch nach, um herauszufinden wo Herr Dr. Julius Sidow residierte.

Die Gattin öffnete mir die Bungalowtür. Sie war eine blondgesträhnte, schlanke Schönheit mit sehr aparten Zügen. Etwas Raubtierhaftes unterstrich ihren Reiz, und mir fiel sofort die jüngere Version von Amanda Lear ein.

Die Herren saßen schon im Salon. Die gesamte aktive Partei-Riga war erschienen: die Ausschussvorsitzenden, die Stellvertreter, der Stadtverordnetenvorsteher, Herr Oswald, auch der Geschäftsführer der Partei.

Ich begann zu frösteln.

»Das ist die größte Sauerei, die mir je in meiner gesamten politischen Laufbahn untergekommen ist.« Herr Winter zwirbelte seinen silbernen Kugelschreiber zwischen Zeigefinger und Mittelfinger. Der Stadtverordnetenvorsteher war offensichtlich nervös.

Herr Dr. Sidow erklärte mir in kurzen Worten: »Ich habe von einer Vertrauensperson erfahren, dass es einen Investor geben soll, der in der Innenstadt ein Riesenprojekt plant – entgegen unserem neuen Bebauungsplan. Der Leiwoldt und die Söhnleins stecken tief mittendrin. Und, Achtung jetzt kommt's, der Gordes hat dem Investor die Hinterhöfe 29 bis 31 zugesagt. Ohne Magistratsvorlage und ohne Stadtverordnetenbeschluss.«

Die Nummern 29 bis 31 waren drei in die Jahre gekommene Flachbauten für sozial gebundenen Wohnungsbau, und die Stadt war alleinige Eigentümerin. Momentan waren dort Asylbewerber untergebracht.

Mir dämmerte was.

»Da geht was offenen Auges an uns vorbei. Wer wusste davon? Ich jedenfalls nicht.« Herr Winter war puterrot im Gesicht und blickte in die Runde.

Herr Oswald und die anderen Herren schüttelten den Kopf.

»Und Sie, Gitti?«

Auch ich schüttelte den Kopf. Obwohl…, ich dachte an Jochen und seine Andeutungen, hielt aber den Mund.

Wir berieten die Lage.

Frau Sidow platzte in den Salon: »Entschuldige bitte, Julius.« Sie hatte einen Telefonhörer in der

Hand. »Herr Oppermann ist am Telefon, es sei sehr dringend.«

Herr Dr. Sidow funkelte seine Frau wütend an: »Jetzt nicht. Ich hatte dir ausdrücklich gesagt, dass wir nicht gestört sein wollen.«

Frau Sidow hatte plötzlich eine helle, ganz spitze Stimme. In der Ehe der beiden schien es mir nicht zum Besten. »Entschuldige bitte, aber Bernd sagt, dass es sehr dringend sei.« Sie betonte das „sehr" auffällig und erdolchte ihren Ehemann fast mit ihren Blicken.

Herr Dr. Sidow griff zum Hörer. Mir fiel ein, dass der Fraktionsvorsitzende mit dem Polizeichef gut befreundet war. Sidow hörte aufmerksam zu und wurde zusehends blass. Mit knappen Worten bedankte er sich und schickte seine Frau aus dem Raum. »Bitte keinerlei weiteren Störungen mehr!«

Er wandte sich uns zu: »Das Juweliergeschäft Bendorff wurde überfallen.«

»Wie, was?« Alle sprachen wild durcheinander.

»Ruhe miteinander.« Sidow schlug mit der Faust auf den Tisch, dass die Gläser hüpften. »Das ist noch nicht alles. Bendorff ist tot – mausetot. Erschossen, mitten in unserer Stadt, am helllichten Tage.»

Es war die zweite Beerdigung innerhalb weniger Tage, und dieses Mal saßen nicht viele Menschen auf den Bänken in der Trauerhalle. Kein Foto stand neben dem Sarg, keine Steinschale barg flackernde Lichter. Ein kleiner Kranz mit der Stadtschleife lag auf den Marmorstufen, und ein paar einfache Blumenbouquets lagen traurig vor dem Sarg. Der Rathauskranz war ohne den Herrn Bürgermeister angeliefert worden.

Die Zeremonie war schlicht gehalten; es gab keine Verwandtschaft, die trauerte und an die man seine Beileidsbekundungen hätte loswerden können. Herr Bendorff war ein alleinstehender Herr gewesen, ohne Anhang. Der Letzte in seiner Familie.

Der Fraktionsvorsitzende nahm mich beiseite: »Wir sehen uns heute Abend im Ruby Hood um Acht.«

Ich blickte ihm reichlich verdutzt nach. Was war das denn, eine Fraktionssitzung in einer Tanzbar? Hatte er Angst, dass das Fraktionszimmer im Rathaus verwanzt ist?

Frau Schwemmer fing mich auf der Treppe ab. »Heute schon wieder Sitzung?« Sie musterte mich von oben bis unten.

Ich hatte noch immer den schwarzen Hosenanzug von der Trauerfeier an, ihn aber mit einem durchscheinenden Glitzer-Top aufgepeppt. Der Aufwand schien mir für eine Sondersitzung in der Tanzbar angebracht.

Frau Schwemmer war mit meinem Outfit nicht einverstanden: »Ist das nicht ein bisschen zu auffällig für eine Sitzung und auch ein bisschen zu dünn?« Sie schaute mich missbilligend an. »So was haben Sie doch nicht nötig, noch dazu in Ihrem Alter.« Sie schüttelte den Kopf und verschwand schnaufen in ihrer Wohnung.

Als ich das Ruby Hood betrat, winkte mir Herr Dr. Sidow von unserem Lieblingstisch in der kleinen Nische zu. Er bestellte mir, ohne zu fragen, einen Gin Tonic. Er hatte sich mein Lieblingsgetränk gemerkt.

Wilfried Oswald saß etwas verloren neben ihm.

»Gibt's was Neues?« Ich nippte an meinem Drink.

Herr Dr. Sidow versenkte seinen Blick in meine Augen. »Ich glaube, es wird langsam Zeit, dass wir uns duzen. Ich heiße Julius.« Er verhakte meinen Arm in seinen und bevor ich wusste wie mir geschah, hatte er mir einen Kuss auf die Lippen gedrückt.

»Äh, Gitti. Ich heiße Gitti.«

Wilfried Oswald küsste vorschriftsmäßig links und rechts an meinem Gesicht vorbei.

Wir gingen nochmals die Geschehnisse durch.

»Morgen solltest du sämtliche Zeitungen lesen, die du bekommen kannst«, Julius hatte ein wölfisches Grinsen im Gesicht, »es könnte für unseren Bürgermeister ungemütlich werden.«

Er hob sein Glas und prostete mir zu. Erst jetzt fiel mir auf, dass wir noch immer nur zu dritt am Tisch saßen.

»Wo sind eigentlich die anderen?« Ich blickte Julius an, erst dann dämmerte es mir, »Nee, oder?«

Julius schaute mich mit seinen hellen, intelligenten Augen um Entschuldigung bettelnd an: »Bitte nicht böse sein, Gitti, ich wollte einfach nur in netter Gesellschaft sein. Wollen wir tanzen?«

Als wir leicht erhitzt zurückkamen, war Wilfried verschwunden. Er hatte einen Zettel hinterlassen: »Sorry, habe einen Anruf bekommen, musste dringend weg.«

Wer's glaubt!

Ich schaute mich um. Fünf Paare tummelten sich auf der Tanzfläche, und zwei Pärchen saßen an der Bar. Julius war bekannt, und der eine oder andere nickte ihm im Vorbeitanzen freundlich zu. Er riskierte viel, dachte ich mir.

Julius forderte mich immer wieder auf, und ich fühlte mich wie flüssiger Honig in seinen Armen. Die Gin Tonics begannen zu wirken. Ab und zu berührten sich unsere Hände flüchtig, aber durchaus absichtlich.

Er flüsterte mir ins Ohr: »So lange wir in der Öffentlichkeit nur zusammen tanzen und uns gut benehmen, gibt es keine Schwierigkeiten. Auch nicht bei meiner Frau.«

Ich nickte benommen. Wir tanzten viel und flirteten miteinander, aber immer in gebührendem Abstand. Es knisterte gewaltig zwischen uns.

Wir verließen die Tanzbar noch vor Mitternacht und Julius begleite mich bis vor die Haustür. Dort gab er mir einen schnellen Kuss und verabschiedete sich hastig.

Als ich in meinem Bett lag, war ich mir sicher, dass er mehr wollte. Ich konnte nicht einschlafen und grübelte noch lange über den Satz mit seiner Frau nach.

In den Zeitungen standen am Morgen die angekündigten Details über den Alleingang unseres Bürgermeisters. Julius hatte ganze Arbeit geleistet. Die Gerüchteküche brodelte.

Herr Gordes gab keine Interviews, Herr Gordes war nicht mehr erreichbar, Herr Gordes war krank. Sechs Wochen lang. Dann verschwand er für weitere sechs Wochen in einer süddeutschen Kurklinik. Stadtrat Müglich führte seine Geschäfte kommissarisch weiter. Dann wurde auch der krank.

Herr Kriminalhauptkommissar Wolfram rief mich an. Polizeichef Bernd Oppermann habe ihn um Hilfe gebeten, er untersuche jetzt beide Todesfälle in der Stadt. Den von meinem Assistenten Jochen und den vom Juwelier Bendorff. Der Kriminalhauptkommissar sah da wohl irgendwelche Zusammenhänge und wollte sich unbedingt mit mir treffen.

Wir saßen am hellen Nachmittag im Biergarten, und er löcherte mich mit Fragen. Insbesondere das Gespräch mit Bendorff hatte es ihm angetan. Jenes Gespräch, das der Juwelier wegen der neuen Kundschaft nicht hatte beenden können. Immer wieder musste ich das wiederholen, was Bendorff mir vielleicht noch hätte sagen wollen. Herr Wolfram hing seinen Gedanken nach.

Dabei fiel mir ein, dass meine heißgeliebte ägyptische Armbanduhr noch immer in dem Juweliergeschäft sein musste. Ich beschrieb dem Kriminalhauptkommissar in epischer Breite, wie ich meine Uhr in Kairo entdeckt, und wie ich beinhart um einen erschwinglichen Preis gehandelt hatte. Ich wurde mit jedem Satz sentimentaler und trauerte gewaltig. Erst um den Verlust meines geliebten Zeitmessers, dann um den unersetzlichen Uhrmacher Bendorff, und danach nochmal um Jochen. Herr Wolfram lieh mir sein Taschentuch. Nach einer Weile bestellte er Obatzten und mehr von dem süffigen Fassbier. Ich beruhigte mich, und wir hatten uns plötzlich eine Menge zu erzählen.

Es war weit nach zwanzig Uhr, als wir uns verabschiedeten, und ich traute meinen Augen kaum, als ich nachhause kam. Julius saß im zweiten Stock vor meiner Wohnungstür und legte vorsorglich die Finger an die Lippen. Keiner habe ihn gehört oder gesehen, als er durch die offenstehende Haustür ins Innere des

Hauses schlüpfte. Frau Sikora hatte wieder mal vergessen abzuschließen.

Ich legte Adamo mit „Inch'Allah" in den CD-Player und holte eine Flasche Rotwein ins Wohnzimmer. Hatte ich schon erwähnt, dass ich mir gerade einen neuen, sehr flauschigen China-Teppich gekauft hatte? Nach der zweiten Flasche Chateau Terrason wusste ich auch warum. Julius hatte die Anzugsjacke ausgezogen und mich endlich mit einem richtigen Zungenkuss belohnt. Er küsste sehr versiert und hatte zweifellos viel Erfahrung. Sein Hemd roch dezent nach einem teuren Rasierwasser, aber da war auch noch ein anderer Duft an ihm, etwas Unbekanntes, Wildes. Es küsste mich immer wieder, immer intensiver. Ich mochte es sehr und mir wurde entsprechend heiß. Plötzlich waren wir beide nackt, ohne zu wissen, in welcher Reihenfolge wir uns gegenseitig die Kleider vom Leib gerissen hatten. Julius kniete auf meinem neuen, flauschigen Teppich, und ich lag hitzig unter ihm. Er setzte seine Lippen, seine Zunge und seine Hände ebenso versiert ein wie er küsste. Ich zerfloss förmlich unter ihm. Dann wechselten wir die Positionen.

Ich war völlig ahnungslos, was da auf mich zukam.

Julius äußerte plötzlich Wünsche und Handlungen, die ich – Dank meiner einschlägigen Erfahrungen bei den Eichkatzerln – theoretisch schon kannte und ihm jetzt erfüllen konnte. Julius stand auf Domina, der Herrscherin. Meine gut ausgestattete Küche bot mit einigen Küchenutensilien höchstdienliche Möglichkeiten, die ich voller Neugier und mit ungeahnter Fantasie bei ihm einsetzte. Meine zweckentfremdeten Hilfsmittel ließen keine Wünsche offen und Julius wurde Wachs in meinen Händen. Bei den voll aufgedrehten Klängen zu Adamos „La nuit" hatten wir spektakuläre Orgasmen, erst hintereinander, später zur gleichen Zeit. Wir knallten beide voll durch die Decke. Danach fuhr Julius brav nachhause.

Als ich geduscht in meinem Bett lag, kam mir doch ein recht ungewöhnlicher Gedanke. Wir hatten eine Menge Spaß zusammen, und ich war auch voll auf meine Kosten gekommen, aber etwas war irgendwie anders. Ich hatte selbstverständlich kein Geld verlangt und auch keins bekommen, aber die letzten Stunden erinnerten mich eher an ein routiniertes Geschäftsabkommen, als an so etwas wie Zuneigung oder gar Liebe. Höchst brisant, höchst interessant und auch höchst befriedigend, aber mehr auch nicht.

Vorsorglich schaute ich am nächsten Tag noch in die Fernsehzeitung, ob am Vorabend vielleicht ein Western gelaufen war.

Dann überschlugen sich die Ereignisse.

Herr Gordes war an diesem denkwürdigen Abend auf dem Rückweg von seiner Kur in Richtung Heimat gewesen. Es mussten ihm eine Menge Dinge durch den Kopf gegangen sein, und er fuhr wohl auch ziemlich unkonzentriert. Ein heftiger Platzregen nahm ihm zusätzlich die Sicht, und sein Wagen rutschte ungebremst auf die gegenüberliegende Straßenseite. Der 96er BMW hatte sich um einen Baum gewickelt, und von der Limousine blieb nur noch ein verbeulter Schrotthaufen übrig.

Herr Gordes war plötzlich nur noch Geschichte.

Routinemäßig wurde Herr Kriminalhauptkommissar Wolfram von den Kollegen aus Süddeutschland angefordert, um bei den Ermittlungen behilflich zu sein.

Unsere Mehrheit konnte eine vorgezogene Bürgermeisterwahl durchsetzen; wir mussten nur noch einen passenden Kandidaten finden. Die Partei suchte fieberhaft und spielte alle Möglichkeiten durch. Die Politmaschine ratterte.

Julius und ich führten ein aufregendes Sexualleben. Aber wir mussten sehr vorsichtig sein und hatten ein Zeichen verabredet, mit dem er mir signalisierte, wann er mich treffen konnte. Er bettelte regelrecht um jede sich nur bietende Möglichkeit und ließ sich den Spaß auch richtig was kosten.

Bei mir zu Hause konnten wir uns auf Dauer nicht mehr sehen lassen. Frau Sikora und Frau Schwemmer passten auf wie die Schießhunde. Sie waren unglaublich neugierig und kontrollierten jeden Besuch, den ich hatte. Frau Sikora gewöhnte sich sogar an, die Haustür abzuschließen. Also buchte Julius für unsere intimen Stunden ein Zimmer in einem der Luxushotels am nahe gelegenen Flughafen und zahlte ein Vermögen dafür. Den Hotelgästen war es egal, ob im Fernseher ein Western lief oder nicht, und dem Personal sowieso. Ich brachte in einer Reisetasche unser „Spielzeug" mit, das ich im Sexshop am Flughafen gegen professionellere Teile ausgetauscht hatte. Ich stöberte auch in der Großstadt in den einschlägigen Läden und beglückte Julius mit abgefahrenen Ideen. Julius zahlte dafür horrende Summen, ohne mit der Wimper zu zucken.

Alles lief gut bis Julius auf den vakanten Bürgermeisterposten vorgeschlagen wurde. Er musste eine

Entscheidung treffen, und ich war nicht seine. Ehrlich gesagt war ich auch nicht böse, denn dieses Versteckspiel und Julius hohe Ansprüche laugten mich allmählich aus. Wir wurden sowas wie gute Freunde. Wilfried Oswald rückte nach und wurde zum Fraktionsvorsitzenden gewählt. Die beiden hatten einen gewaltigen Sumpf aufzuräumen.

»Wir müssen reden.«

Oswald hatte den üblichen Kern am frühen Nachmittag in das Fraktionszimmer im Rathaus eingeladen. Ich kam wieder einmal zu spät, weil mich die Damen Sikora und Schwemmer wegen der Neuwahlen gelöchert hatten und mich nicht rechtzeitig aus ihren Fängen ließen. Alle saßen bereits am runden Tisch. Julius war auch da. Oswald schob mir einen Stuhl unter den Hintern und legte seine Hand auf meine Schulter.

»Du musst meinen Parteiposten übernehmen, meine Doppelfunktion ist nicht gut fürs politische Geschäft«, sagte er und blickte Beifall heischend in die Runde. Ich traute meinen Ohren nicht.

»Wie bitte? Ich soll was? Das kann doch nicht dein Ernst sein.«

Ich sah mein letztes bisschen Freizeit in weite Ferne schwinden. Adieu, ihr raren Momente des Lesens. Adieu, ihr seltenen Treffen mit Freunden. Adieu, ihr kostbaren Sonntagsmorgenschlaforgien.

Julius räusperte sich und sah mich mit seinen hellen, intelligenten Augen durchdringend an: »Wir meinen, dass du den nötigen Schwung hast, um die Partei gut durch den Wahlkampf zu bringen, und damit du gleich Bescheid weißt, es gibt keine andere Option.«

Oh weh, wenn Julius etwas wollte, dann bekam er es auch. Die Herren Ausschussvorsitzenden nickten,

Herr Winter, der Stadtverordnetenvorsteher, nickte auch, alle anderen nickten ebenfalls. Mein Widerstand verhallte wieder einmal ungehört, und Wilfried Oswald plante bereits die nächste außerordentliche Parteiversammlung.

Ich schmiss mich zuhause erbost in meinen Fernsehsessel. Ich wollte nicht mehr. Wollte kein Stadtverordnetenmandat, wollte keinen Ausschussvorsitz und ganz bestimmt auch keinen Parteivorsitz. Ich wusste, wie das weitergehen würde: Ein Posten zog unweigerlich den nächsten mit sich, und ich wäre in kürzester Zeit ein menschliches Wrack. Ich betrank mich sinnlos und schlief auf meinem Sessel ein. In meinen Traum, einen bösen Traum, spielte Herr Wilde eine tragende Rolle. Ich wachte mit Kopfweh auf. Entnervt drehte ich mich auf die andere Seite.

Das Telefon klingelte und Kriminalhauptkommissar Wolfram war dran. Er sei am Abend mit ein paar Freunden im Biergarten, und ob ich nicht Lust hätte vorbeizukommen? Er habe auch etwas, das er mir geben möchte. Ich überlegte nicht lange, ich brauchte Abwechslung und wollte auf keinen Fall am Abend alleine sein. Außerdem war ich neugierig, was er mir geben wollte. Also verabredeten wir uns um Acht in der bayrischen Kneipe.

Frau Sikora war von dem trägerlosen Top begeistert, das ich zu schwarzen Leggins trug.

»Hach, endlich mal wieder eine private Verabredung, habe ich Recht? So ein Top taugt nichts für eine Sitzung. Ist das für den jungen Mann von neulich?«

Ach du liebe Güte, Ronny hatte ich völlig vergessen, der wartete noch immer auf meinen Anruf. Ich schüttelte den Kopf und murmelte etwas von Hunger und Essen gehen.

Kriminalhauptkommissar Wolfram winkte schon von weitem. Er saß mit zwei fröhlichen Männern an einem Holztisch, nahe an den hohen Hecken. Er stellte mich seinen Freunden vor. Erich Klapper war ein großer blonder, etwas schüchterner Zeitgenosse, Moritz Würfel strahlte die Gemütlichkeit aus dem runden Gesicht. Kollegen aus der Großstadt, erfuhr ich, man treffe sich privat alle vier Wochen in einer anderen Kneipe.

»Sag mal, wieso hast du uns nicht schon früher von dieser Kneipe erzählt? Man sitzt hier gut, das Essen ist prima, und über das Bier kann man auch nicht meckern. Und über deine Begleitung schon gar nicht.«

Herr Kriminalhauptkommissar Wolfram hatte einen rötlichen Schimmer im Gesicht und wirkte etwas verlegen. Mir gefiel der kumpelhafte Ton seiner Kollegen, aber hallo? Was heißt hier eigentlich Begleitung? Ich beschloss, die Dinge direkt anzugehen.

»Wir kennen uns nur beruflich.«

Jetzt kam ich doch etwas ins Schleudern. Die beiden waren schließlich Kollegen, also möglicherweise auf dem Laufenden über unsere berufliche, wenn auch nur quasi berufliche Verbindung.

Die Herren Klapper, Würfel und ich blödelten eine Weile rum, und wir hatten eine Menge Spaß. Kriminalhauptkommissar Wolfram ließ sich nicht lange bitten und machte mit. Die Zeit verflog im Nu und Herr Wolfram bot mir an, mich mit seinem Wagen nach Hause zu bringen. Ich wohnte nicht weit und war zu Fuß gekommen, wackelte aber bereits beträchtlich auf meinen hochhackigen Sandaletten. Das Fassbier zeigte seine Wirkung.

Frau Sikoras Gardine bewegte sich leicht, als wir uns vor der Haustür verabschiedeten. Das Fenster von Frau Schwemmer stand weit offen, und mir war klar, dass auch sie uns beobachtete.

Herr Wolfram zögerte etwas, als er ein Päckchen aus der Jackentasche zog, und ich war mir sicher, dass er darauf wartete, dass ich ihn nach oben bat. Aber ich traute mich nicht wegen der beiden lauernden Damen.

»Ich konnte sie sicherstellen, sie gehört Ihnen wieder«, lächelte er mich an. »Leider immer noch kaputt, aber vielleicht findet sich ja noch einer, der sie reparieren kann.«

Ich konnte nicht anders, ich fiel ihm um den Hals und gab ihm einen knallenden Kuss. Im Erdgeschoss hörte ich Frau Sikoras Atem leise über ihre Lippen zischen, und aus dem ersten Stock vernahm ich ein schwaches Stöhnen.

Der Kriminalhauptkommissar grinste leicht, »Gerne geschehen, man sieht sich.«, winkte lässig und schwang sich ins Auto.

Ich stolperte, meine ägyptische Armbanduhr fest in den Händen haltend, selig lächelnd in den zweiten Stock. Gänzlich unbehelligt von zwei völlig verblüfften Nachbarinnen.

Wilde war in Höchstform. Er griff mich an, wo er nur konnte, und ich wurde so etwas wie sein persönliches Feindbild. Jeden meiner öffentlichen Auftritte kommentierte er mit spitzer Feder, griff mit Häme in den Wahlkampf ein, und beschuldigte mich in meiner Funktion als Parteivorsitzende für alles und für nichts. Er log gekonnt und konstruierte haarsträubende Lügengebilde. Ich knirschte mit den Zähnen. Meine Parteifreunde überzeugten mich davon, Ruhe zu bewahren, denn eine Gegendarstellung würde alles nur noch schlimmer machen.

Die restlichen Zeitungsleute nutzte jede Gelegenheit, um über mich zu schreiben, und die Situation spitze sich zu. Nicht, dass sie mich runtergemacht hätten, im Gegenteil, aber durch ihre wohlwollenden Kommentare stachelten sie den Wilde nur noch weiter an. Es wurde langsam unangenehm.

Die Skandale in unserer Kleinstadt hatten bereits mehr oder weniger ausführlich in der Presse gestanden. Die Geschehnisse waren in aller Munde gewesen, aber die Kripo hielt sich bedeckt. Inzwischen war Kriminalhauptkommissar Wolfram fleißig und hatte – angeblich mit meiner Hilfe – alle Morde aufgeklärt. Und dass er meine Gesellschaft suchte, blieb unbestritten, ich hatte ihm ja vermeintlich auch geholfen.

Bei einem Glas Wein lieferte er mir mehr Details: »Eigentlich gibt's da nicht viel zu erzählen. Ein international tätiger Investor wollte im ganz großem Stil in unserer Innenstadt eine Schönheitsklinik mit Sportstudios und Spas aufziehen, und der Leiwoldt und das Ehepaar Söhnlein sollten die Klinik führen. Alles schien bereits in trockenen Tüchern, aber durch Jochens Recherche und Bendorffs hartnäckige Versuche einen der Hinterhöfe zu kaufen, liefen die Dinge völlig aus dem Ruder. Dass der Gordes so eine Art Höhenflug bekam und dem Investor im Alleingang Zusagen ohne Beschlussfassungen machte, gestaltete die Dinge noch komplizierter. Der Investor drehte durch und ließ seine unbequemen Mitwisser mit Großstadtmethoden ausräumen. Die Drecksarbeit erledigte das von ihm beauftragte Rocker-Milieu.

»Wie?«, stammelte ich entsetzt, »Jochen und Bendorff wurden durch Rockerbanden ausgeschaltet?« Mir wurde ganz schlecht.

Der Kriminalhauptkommissar fuhr fort: »Er ließ nicht nur die beiden beseitigen, auch Gordes BMW war manipuliert und brachte den gewünschten Erfolg. Durch Ihre detaillierten Aussagen, meine liebe Gitti, konnte ich die Zusammenhänge und Sachverhalte schnell klären.« Er schaute mich treuherzig an. »Sie haben mir wieder einmal sehr geholfen.«

Ich war am Boden zerstört. Nie im Leben hätte ich mir vorstellen können, dass Politik so gefährlich sein könnte, letztendlich auch für mich. Ich beschloss, dem Ganzen ein Ende zu machen.

Leiwoldt hatte aus „beruflichen Gründen" sein Mandat niedergelegt und eine blitzgescheite Journalistin wurde seine Nachrückerin. Sie begründete ihre Anträge mit Witz und Verstand, und ich hatte meine liebe Not, ihr Paroli zu bieten. Wasser auf die Mühlen von Herrn Wilde.

Nur, die Nachrückerin von Leiwoldt konnte den Wilde auf den Tod nicht ausstehen. Es dauerte auch nicht lange, bis ich herausbekam warum. Die beiden hatten vor Monaten ein Techtelmechtel, und Wilde erpresste die Abgeordnete damit schamlos. Wilde wollte einen lokalen Chefredaktionsposten, und sie war die Ehefrau des Zeitungseigners.

Ein zusätzlicher Anruf bei Herrn von Winterstein verschaffte mir ein paar sehr direkte Antworten auf ein paar sehr diskrete Fragen.

Ich zog alle Register und lockte Wilde in eine Falle. Ich machte ihm unter vier Augen unmissverständlich klar, dass er mir vollkommen ausgeliefert sei und sagte ihm auf den Kopf zu, dass ich ihn als guten Kunden der Katzerlburg kannte. Volltreffer! Und konfrontierte ihn mit seinem Ex-Verhältnis zu der Ehefrau seines Chefs. Wieder Volltreffer! Ich brauchte ihm nicht groß zu erklären, was meine Kenntnisse für seinen Job bedeuteten. Er winselte um Gnade und versprach, dass er mich künftig in Ruhe lassen würde.

Aber das interessierte mich nicht die Bohne. Ich wollte nicht in Ruhe gelassen werden, ich wollte etwas anderes, etwas richtig Fieses und machte mit ihm einen Deal. Ein richtig dreckiges Geschäft, zugegebenermaßen.

Ein paar Tage zogen ins Land.

Wilfried Oswald orderte mich ins Fraktionszimmer. Dort saß er ganz alleine. Er war sichtlich nervös und trommelte mit den Fingern auf dem Konferenztisch herum.

»Du hast dich sicherlich gefragt, warum ich um ein Gespräch unter vier Augen gebeten habe.«

Er schwitzte stark. Sein teures Eau de Cologne vermischte sich mit den Absonderungen seiner schwächelnden Poren. Er drueckste herum, und es war ganz offensichtlich, dass er nicht wusste, wie er aus dieser Nummer wieder herauskam.

Ich grinste innerlich, Strafe muss sein. Wie der mich für den Parteivorsitz verbraten hatte, das musste bestraft werden. Ich lehnte mich genüsslich zurück und schlug gemütlich die Beine übereinander. Ich wusste ja, was auf ihn zukam.

Er stotterte weiter: »Du weißt ja, wie hochsensibel Wahlkämpfe sind. Also, du machst deine Sache wirklich gut, wirklich – cool.«

Er rutschte unbehaglich auf seinem Stuhl hin und her.

»Aber du weißt auch, dass ein Nanostäubchen genügt, um Wahlergebnisse empfindlich zu stören. Wir müssen höllisch aufpassen, speziell nach diesen Todesfällen vor Ort.« Er versuchte krampfhaft das Wort Mord zu umgehen. »Also, wie soll ich dir das nur erklären?« Er schwitzte noch heftiger. »Der Wilde war heute Morgen bei mir. Also, nicht, dass ich ihm auch nur ein Wort geglaubt hätte, diesem arroganten, verlogenen Schnösel. Aber er hat Dinge gesagt, Ungeheuerlichkeiten angedeutet, die …«. Er wusste nicht mehr weiter.

»Du meinst, er hat behauptet, dass ich in unserer Stadt in einem Puff gearbeitet habe?«

Der Fraktionsvorsitzende stöhnte leise auf und nickte.

»Und du meinst, dass er auch behauptet hat, dass mein Ex von einer Hure aus diesem Etablissement mit einer Bratpfanne erschlagen wurde?«

Jetzt war es völlig um seine Fassung geschehen. »Stimmt das etwa? Du musst mir das sagen. Wenn das stimmt, bin ich erledigt. Sind wir alle erledigt!«

Ich dachte an die Art und Weise, wie er und Julius mich überrollt hatten, um ihre Interessen durchzusetzen und hatte Null Mitleid mit meinem Ex-Parteivorsitzenden und Noch-Fraktionsvorsitzenden.

»Stimmt haargenau. Das mit dem Puff, und das mit der Hure. Und das mit der Bratpfanne und meinem Ex, das stimmt auch. Obwohl – in dem Puff habe ich nur als Hausdame gearbeitet.«

Wilfried Oswald sackte völlig in sich zusammen und schien um Jahrzehnte gealtert.

Ich griff vorsichtig nach seiner verkrampften Hand. »Mach dir keine Sorgen, Wilfried. Das war ich, ich habe den Wilde zu dir geschickt, um dich über meine Vergangenheit aufzuklären. Es ist alles wahr. Aber keine Bange, ich habe ihn fest in der Hand, und er wird darüber kein Wörtchen in die Öffentlichkeit tragen.«

Pause, ganz große Pause. Ich sah, wie es hinter seiner Stirn arbeitete, und er die politischen Katastrophen nach und nach durchdachte. Dann fragte er: »Warum, Gitti, warum hast du mit dem Wilde gesprochen? Was willst du von mir?«

Ich schaute ihn schadenfroh an und grinste maliziös: »Ich fahre morgen zu meiner Freundin Anja. Sie ist Ärztin und wird mir bescheinigen, dass ich aus gesundheitlichen Gründen sofort alle Ämter niederlegen muss. Die Gründe liegen auf der Hand, das kannst du wohl verstehen, nicht wahr? Das Attest liegt übermorgen auf deinem Schreibtisch.«

Wilfried fragte nicht weiter nach und hielt mir erleichtert die Tür auf.

Dieses Mal hatte ich mich selbst aus meinem Job katapultiert. Schlimmer ging nimmer.

3

Ich hing den Wohnungsschlüssel an den Haken und schaute mich gründlich um. Alles erschien mir so ungewohnt, so fremd. Kein Wunder, ich hatte mehrere

Monate in dem französische Ferienhaus meiner Freundin Anja verbracht, um etwas Gras über meine verpatzte politische Kariere wachsen zu lassen. Der Staub lag dick auf den Möbeln, die Pflanzen hatte ich vor meiner Abreise meinen beiden Nachbarinnen gegeben, die Wohnung war ungemütlich und wirkte irgendwie leer.

Frau Schwemmer klingelte an der Tür: »Schön, dass Sie wieder da sind. Ich habe einmal im Monat gelüftet, aber wissen Sie, mein Ischias hat mich mal wieder so richtig geplagt, und ich frage mich, wie Sie jeden Tag die vielen Treppen schaffen?«

Ich nahm sie in die Arme und drückte sie erst einmal herzlich. Ach, wie hatte ich das Geplapper vermisst. In meiner französischen Nachbarschaft ging es in den letzten Monaten hauptsächlich um Gärtnerprobleme, Pool-Temperaturen und Ärger mit dem Hauspersonal. Anjas Ferienhaus liegt mitten in einer südfranzösischen Ferienhaussiedlung mit gelangweilten und frustrierten Noch-Ehefrauen. Eine schicke, mondäne Welt, aber letztendlich pulsierte nur hier, in meiner Kleinstadt, das wirklichen Leben.

»Sie müssen sich jetzt erst einmal wieder einleben.« Frau Schwemmer zauberte ein paar Tupper-Dosen aus ihrer Umhängtasche. »Zum Kochen haben Sie jetzt wahrscheinlich wenig Zeit. Nach so vielen Monaten im Ausland gibt's erstmal viel zu tun. Guten Appetit.«

Wie recht sie hatte, der Freundeskreis musste besucht werden, und der Filialleiter meiner Sparkasse hatte mich auf meinem iPhone mehrmals angerufen und um einen dringenden Termin gebeten.

Ich riss die große Balkonflügeltür und alle Fenster weit auf. Die Luft stand in den Zimmern, es roch sti-

97

ckig. Mein Balkon begrüßte mich mit gähnender Leere und wartete auf eine neue Bepflanzung.

Das heißt, so ganz leer war er nun doch wieder nicht. Vor der breiten Balkontür lag als Begrüßungsgruß eine Mäuseleiche. Ihr Genick war sauber durchgebissen, und ihr Blut glänzte noch feucht im Sonnenlicht. Igitt, wie mich das anekelt. Mäuse mag ich nicht und Mäuseleichen vor meiner Balkontür schon gar nicht. Die schwarz-weiße Katze aus dem Nachbarhaus saß auf der gemauerten Balkonbrüstung und warf mir einen tiefgründigen Blick aus hellblauen Augen zu.

»Was soll das, Tiffi? Lass das, ja, sowas mag ich gar nicht. Und überhaupt, wie bist du zu mir in den zweiten Stock gekommen? Hast du nichts Besseres zu tun?«

Sie dachte nicht daran, mir eine Antwort zu geben und stolzierte über das Dach nach unten.

Herr Pfeifer ließ mir einen Kaffee mit Milch aus der Tüte bringen. Das hatte er sich gemerkt, ich hasse diese Kondenzmilch-Fummeldinger.

Er beugte sich nach vorn, räusperte sich kurz und sprach mit angespannter Stimme: »Ihr Konto ist überzogen.« Er scrollte kleine Zahlen im Monitor seines Computers rauf und runter. »Offen gesagt, ist auch Ihr Überziehungskredit überzogen. Was machen wir denn da?«

Das fragte er mich? Ich hatte zugegebenermaßen vor meiner Rückkehr aus Frankreich kräftig zugeschlagen und mich noch mit ein paar schönen Dingen aus der Region Provence-Alpes-Côte d'Azur eingedeckt. Dazu kam noch der teure Lebensstil der letzten vier Monate in Südfrankreich. Ich hatte es so richtig krachen lassen, das war meinem Konto nicht gut bekommen.

Ich bat ihn um den Kontostand. Danach um Lösungsvorschläge.

Er schüttelte den Kopf. »Ich fürchte, es gibt keine. Es sei denn, Sie hätten eine Erbschaft zu erwarten oder Sie würden ein Zusatzeinkommen vorweisen können.«

Ich überlegte angestrengt, dann bat ich um einen Cognac. Ich wusste, dass Herr Pfeifer für besonders hoffnungslose Fälle, so wie mich, in seiner Schreibtischschublade eine Flasche Remy Martin vorrätig hat. Kurz nach meiner Scheidung hatte ich schon einmal auf diesem Sessel gesessen.

Nach dem zweiten Cognac strahlte ich ihn an: »Wenn ich Ihnen in den nächsten Tagen einen Arbeitsvertrag vorlegen würde, könnte man da was machen?«

Herr Pfeifer nickte und bat um eine Kopie des Vertrags. Ich vertröstete ihn auf die nächsten Tage. Keine Ahnung woher ich so schnell einen Arbeitsvertrag hernehmen sollte, aber er gab Ruhe. Vorerst. Und ich brauchte frische Luft und etwas zu Essen.

Am Waldrand hörte der bequeme Fußgängerweg auf, und ich musste auf die andere Straßenseite wechseln. Neugierig musterte ich die verglaste Eingangshalle des neu renovierten Hotels. Mein erster Eindruck war: ein moderner Hotelkomplex in einem gepflegten Areal mit altem Baumbestand. Ein hochklassiges Hotel, nicht zu groß und nicht zu klein, und wie ich aus

der Zeitung wusste, Teil einer amerikanischen Hotel-
kette. Mächtige Kastanienbäume säumten die Auffahrt. Den Baulärm der Renovierungsmaßnahmen
hatte man noch vor meiner Abreise bis zu meiner
Wohnanlage hören können. Jetzt also war das Hotel
eröffnet. Ein bordeauxrot uniformierter Portier wartete
an der Auffahrt auf Taxis und Limousinen.

Kurz entschlossen ging ich mit meiner Lidl-Tüte
durch die Drehtür in die elegante Hotel-Lounge. Der
Türhüter schaute mir verblüfft hinterher.

»Guten Tag. Ich hätte gerne den Hotelmanager
gesprochen.«

Die junge Dame musterte mich hinter ihrem Emp-
fangstresen von oben bis unten, wie ich da in meinen
bequemsten Jeans, Schlabberpulli und der Lidl-Tüte
vor ihr stand.

»Worum geht es, und wen darf ich bitte melden?«

Diese Frage war selbstverständlich ihr Job, aber
ich ärgerte mich über ihren Ton. Also antwortete ich
etwas schnippisch: »Das möchte ich ihm gerne persönlich sagen.« Immerhin nannte ich ihr meinen Namen.

Die Empfangsdame griff zum Telefon und meldete mich an. Derweil schaute ich mich in der Hotelhalle
um. Farbenprächtige Blumenarrangements in hohen
Vasen, dicke Teppichböden, große, bequeme Desig-
ner-Möbel und eine ausgetüftelte Lichtinstallation
vermittelten die gehobene Atmosphäre eines First-
Class-Hotels. Erstklassige Architektur, innen wie au-
ßen.

Ein kleiner dunkelhaariger Mann kam auf mich zu
und sprach mich höflich an: »Womit kann ich Ihnen
helfen?«

Entweder war er Spanier oder er stammte aus einem südamerikanischen Land, also ergriff ich die Gelegenheit und erwiderte in meinem besten Spanisch: »Ihr Hotel gefällt mir sehr gut. Ich möchte gerne bei Ihnen arbeiten.«

Herr Moles, so hatte er sich mir vorgestellt, meinte, dass sie personell ausgelastet seien und außer einem Teilzeitjob als Hausdame nichts vakant sei. Na also, wenn das nicht passt, was dann? Ich hatte mannigfaltige Erfahrungen als Hausdame. Obwohl ich ihm vielleicht nicht gerade auf die Nase binden sollte, dass ich Hausdame in einem Bordell gewesen war.

Herr Moles war Spanier, und das war meine große Chance. Ich quatschte ihm die Ohren voll: »Ihr Land ist traumhaft schön, das Meer und die vielen Küsten, die beeindruckende Landschaft und die Weinberge, und die blühenden Orangenhaine. Ach, und nicht zu vergessen, die leckeren Tapas in der spanischen Gastronomie!« Ich geriet ins Schwärmen und plapperte einfach weiter: «Wissen Sie, ich habe in Barcelona gearbeitet, und – ich liebe diese Stadt. Und die katalanische Sprache liebe ich sowieso.«

Was grundsätzlich auch stimmte. Aber ich musste ihm ja nicht erzählen, dass mich meine Versicherungsgesellschaft für mehrere Monate auf einen betrügerischen Katalanen in Barcelona angesetzt hatte.

Herr Moles war Katalane. Besser ging nicht! Ich beschrieb das Hotel in Barcelona, in dem ich gewohnt hatte, und erwähnte meinem letzten Job als Hausdame. Dass er das eine mit dem anderen verband, war wirklich nicht meine Schuld. Ich fegte wie ein Orkan in seiner katalanischen Muttersprache über ihn hinweg. Jedenfalls taute er auf und ließ sich auf eine Woche Probezeit mit mir ein.

»Sie können schon morgen anfangen und die Zimmermädchen einteilen. Sie fangen um acht Uhr an, Ihre Schicht endet um Zwei.«

Mist, so früh, damit hatte ich nicht gerechnet.

»Ihre Brigade muss bis Halbzwei alle Abgänge gerichtet haben.«

Fachchinesisch, ich würde schon noch dahinterkommen.

Herr Moles wurde vertraulich: »In das Personalbüro gehen Sie bitte erst nach Ihrer Probezeit. Für die Probewoche zahle ich Ihnen dreihundertfünfzig Euro bar auf die Hand. Danach sehen wir weiter.« Er zwinkerte mir zu: »Das wird schon.«

Damit war ich entlassen und Herr Moles schon wieder anderweitig unterwegs in seinem Hotel.

Ich schnappte mir einen Flyer an der Rezeption. Ich sollte wenigstens ein paar Grundkenntnisse über meinen neuen Arbeitsplatz haben. Woher die Empfangsdame wusste, dass ich am nächsten Tag zu den Lohnempfängern ihres Arbeitgebers gehören würde, blieb mir gleichwohl ein Rätsel. Ihr Lächeln war äußerst süffisant, als sie mir hinterherrief: »Ach übrigens, ab morgen bitte durch den Personaleingang. Links am Haupteingang vorbei, die letzte Tür.«

🐀

Mein Telefon klingelte. Kriminalhauptkommissar Wolfram begrüßte mich überschwänglich: »Hallo Gitti, wie schön, dass ich Sie erreiche. Klapper und Würfel haben Sie schon sehr vermisst. Wie geht es Ihnen?« Bevor ich noch Luft holen konnte, sprach er auch schon weiter: »Wir sind heute Abend in der bayrischen Kneipe. Haben Sie Lust zu kommen?«

Ein Blick auf die Uhr sagte mir, dass ich bis zum vorgeschlagenen Treffen noch zwei Stunden Zeit hätte. Zeit genug zum Ausruhen und Stylen. Warum eigentlich nicht? Ich sagte zu.

In der Kneipe hatte sich einiges verändert. Der Innenbereich war neu renoviert, alles frisch gestrichen, die Dekoration gesäubert, die rotkarierten Tischdecken und Kissen in Blaukarierte ausgetauscht und das weibliche Personal in kleidsame Dirndl gesteckt. Die Chefin saß am Tresen und überwachte alles mit strengem Blick.

Klapper und Würfel begrüßten mich lauthals, Herr Wolfram wirkte etwas verlegen, als er mich mit den üblichen Wangenküsschen begrüßte.

»Was ist denn hier los? Wieso taucht denn die Chefin plötzlich auf?«

Gusti Hirschmeyer hatte sich in der Vergangenheit nur sporadisch, eher gar nicht in der Kneipe blicken lassen. Ihr Ehegatte regierte das Geschäft im bayrischen Stil, sie das Feinschmeckerlokal in der Nachbarstadt. Was war also passiert?

Klapper hatte den Überblick. Er flüsterte: »Es gibt da so Gerüchte, aber keiner weiß nix Genaues. Die Gusti hat das andere Lokal verkauft und hier mal so richtig aufgeräumt.«

Na, das waren Neuigkeiten. Die Mädchen waren neu und bedienten aufmerksam und flink, und Würfel erzählte mir, dass die Gusti jetzt jeden Abend am Tresen saß und die Kneipe auch wieder länger geöffnet sei. Ihr Ehegatte wurde seit einiger Zeit nicht mehr gesehen.

Ich bestellte Obatzten und Fassbier. Und erzählte von der atemberaubenden Landschaft und der Herzlichkeit der Franzosen. Nachdem diese entdeckt hatten, dass ich ganz leidlich Französisch parliere, hagelte es mit Einladungen, und ich hatte binnen kürzester Zeit einen großen Freundeskreis. Aber ich erzählte ihnen auch von den vielen einsamen Frauen, die in ihren Prunkvillen auf ihre erfolgreichen, immer öfter abwesenden Männer warteten. Und von meinen Geldnöten, die mich gezwungen hatten, eine ungeliebte Arbeit anzunehmen.

🐿

Herr Moles empfing mich am nächsten Tag um acht Uhr. Für mich eine unchristliche Zeit, ich schlafe gerne etwas länger. Er hatte einen hellblauen Kittel und ein Namensschildchen in den Händen, auf dem „Gitti – Erste Hausdame" stand. Meine Frage nach der Zweiten Hausdame wurde kurz mit »Zero, ninguna« beantwortet. Das heißt null, keine. Dann zeigte er mir meinen Spind und stellte mir die Zimmermädchen vor. Für jede Etage sei ein Mädchen zuständig. Also los! Ich teilte sie ohne Kenntnis der Sachlage wahllos ein. Drei Damen zwischen Zwanzig und Sechzig, alle in Hellblau wie ich.

Die Jüngste kam aus Südamerika. Anita sprach nur holpriges Deutsch, aber das war nicht das Problem. Mein Spanisch reichte vollkommen, um sie anzuweisen. Schnell wurde mir klar, dass ich mithelfen musste. Und Anita wurde klar, dass ich in meinem ganzen Leben noch nicht annähernd so viele Betten überzogen hatte wie sie.

»Du machst das noch nicht sehr lange, was?«

Ich murmelte so etwas Ähnliches wie, viel Aufsicht und wenig mithelfende Praxis.

»Aber hier musst du schon mithelfen, sonst kriegst du Ärger mit den anderen«, klärte sie mich auf.

Den Ärger hatte ich schon, in der dritten Etage. Dort machte Doris die Zimmer.

»Du gannst nisch emol rischtisch Betten machn. Wo gommst du denn här? Mit uns zwäe, das wärd nischt.» Doris kam aus Sachsen und mochte mich nicht leiden.

Ich ließ den Boss raushängen – wehret den Anfängen. Und Vorgesetzte duzen, das ging schon mal gar nicht.

Die dritte im Bunde war Su. Bei ihr klappte die Verständigung nur in Englisch. Sie zeigte mir alles, was ich wissen musste.

»No Gitti, first the bed then the bath. No Gitti, first the sink then the toilet bowl.«

Zumindest die letzte Reihenfolge sollte mir bekannt sein. Das Arbeitstempo war höllisch.

Um Zwei waren wir mit den Zimmern fertig, und ich durfte in der Personalkantine essen. Das gehörte mit zum Gehalt. Das Hotel war in diesem Jahr im Top-Hotel-Magazin mit dem ersten Preis für die Mitarbeiterverpflegung ausgezeichnet worden. Der Personalkellner war ein missmutiger Engländer, der uns unwillig schlurfend bediente.

»Hi, ich bin Gitti.« Nichts, kein Rücklauf. Meine Güte, hatte der schlechte Laune.

Anita klärte mich leise auf: »Das ist Malcolm. Strafversetzt in die Personalkantine, weil er Zoff mit Alessio angefangen hat.«

Alessio war der Chef de Rang im Hauptrestaurant, erklärte mir Su. »Italien und England, das geht gar nicht. Die beiden haben ständig Probleme miteinan-

der, und im Service herrscht deswegen wieder mal
dicke Luft.«

Sehr bald stellte sich heraus, dass Hausdame in
einem internationalen Hotel mit zweiundneunzig
Zimmern einen anderen Stellenwert hatte, als Hausdame in einem internationalen Bordell. Insgesamt
verfügte das Hotel über sechs Zimmermädchen, wovon eines in der Regel seinen freien Tag hatte, krank
oder in Urlaub war. Oder alles zusammen. Die Perso-
naldecke war dünn, wie überall im Hotel. Ich improvisierte an alle Ecken und kämpfte mich mit meinen
Mädchen durch die Woche.

Doris intervenierte wo sie nur konnte.

»Doris, die Badewanne in Zimmer 53 ist noch
schmutzig. Haben Sie die vergessen?« oder »Doris,
warum ist die Mini-Bar in der 15 noch nicht aufgefüllt?« Ich musste jedes Zimmer von ihr doppelt über-
prüfen. Einmal erwischte ich sie, wie sie mutwillig
schmutzige Handtücher in einem frisch geputzten Bad
verteilte. Nach meiner Abnahme selbstverständlich!
Mein Donnerwetter perlte an ihr ab, wie das Wasser
an der Lotusimprägnierung unserer Hightech-Dusch-
wände in den Gästezimmern.

Moles war nur der stellvertretende Hotel-
Manager. Der oberste Chef hieß Reismann und rief
mich nach der Probewoche in sein Büro.

»Wie ich höre, haben Sie sich schon ganz gut ein-
gelebt. Gefällt es Ihnen bei uns?«

Was soll man darauf antworten? Ich brauchte das
Geld, also nickte ich begeistert.

Er rieb sich nervös den linken Daumen. »Ich habe Sie beobachtet und gestern eine neue Hausdame eingestellt.« Mir wurde heiß. Das war also mein Gastspiel im schönsten Hotel der Stadt gewesen. Aber er sprach weiter: »Wir brauchen dringend jemanden, der flexibel ist und bei Urlaub und Krankheiten aushilft. Könnte ich Sie dafür begeistern?« Ich starrte ihn fassungslos an. Herr Reismann sprach ungerührt weiter: »Ich habe mich über Sie schlau gemacht. Sie haben einen Job gemacht, von dem Sie keine Ahnung hatten. Sie haben zweiundneunzig Zimmer mit sechs Teilzeitkräften innerhalb einer Woche in den Griff bekommen, von denen mehrere ständig fehlen und eine Ihnen das Leben zur Hölle macht. Ich traue Ihnen einiges zu, Sie sich auch?«

Reismann und ich hatten ein ausführliches Gespräch. Er erklärte mir, dass er dringend einen Springer brauche, der alles macht: Room-Service, Rezeption, Porters Desk, Food & Beverage. Und vielleicht auch noch … Er hörte gar nicht mehr auf, die Einsatzmöglichkeiten aufzuzählen. Von den genannten Fachbezeichnungen verstand ich sowieso nur die Hälfte, ohne auch nur die geringste Ahnung zu haben, was dahinterstand. Ich sollte auf Abruf arbeiten, in Teilzeit und in den Spätschichten mit übertariflicher Bezahlung. Anhand meiner angespannten finanziellen Lage schlug ich ein. Außerdem klang das ziemlich spannend.

Ich traf Herrn Wolfram im Biergarten. Meine Schicht war anstrengend gewesen, das Wetter prächtig, und ich hatte Lust auf ein kühles Bier. Der Kriminalhauptkommissar saß ganz alleine am Tisch.

»Hallo Gitti. Was macht der neue Job? Alles gut?«

Ich erzählte mehr über meinen neuen Arbeitsplatz.

»Ein schönes Hotel«, meine Herr Wolfram, »ich war zur Einweihung eingeladen. Und wie läuft der Laden?«

Ich konnte meine Begeisterung kaum stoppen und berichtete: »Wir sind jetzt auch Vertragshotel für eine führende Konzertagentur geworden. Stellen Sie sich vor, morgen sollen schon die ersten Künstler anrücken, Musiker vom „Orchestre de Paris".«

Ich war aufgeregt, ich sollte für eine ganze Woche die Concierge-Aufgaben übernehmen. Keine Ahnung, was das bedeutete, irgendwie Mädchen für alles. Und ausnahmsweise in Doppelschicht, also halbtags als Springer und eine Zusatzschicht als Concierge. Für eine ganze Woche – das versprach zusätzliches Geld in meine Haushaltskasse.

»Ich liebe klassische Musik, Sie auch?«

Herr Wolfram leerte sein Glas in einem Zug.

»Schon, aber zu wenig Zeit. Apropos, schön, dass wir uns mal wieder getroffen haben. Man sieht sich.«

Der oder die Hotel-Concierge arbeitet im Empfangsbereich, und die Gäste wenden sich an diesen Mitarbeiter, um alle möglichen oder unmöglichen Wünsche erfüllt zu bekommen.

»Ich bin heute Abend verhindert und muss zu einem geschäftlichen Arbeitsessen. Können Sie für meine Frau etwas arrangieren?«

Abgesehen davon, dass die Frau des Geschäftsmannes nicht seine Ehefrau war, und ich keine Ahnung hatte, was der zwanzig Jahre jüngeren Blondine gefallen könnte, erwartete der Geschäftsmann und seine Pseudo-Ehefrau, wie auch meine Hotelleitung, dass mir etwas einfallen würde. Ein kurzes Telefonat genügte, und ich packte die Blondine erst in Watte, dann in eine Limousine, und danach in die Obhut eines befreundeten Journalisten, der geführte Touren durch das Nachtleben der benachbarten Großstadt leitete. Sie kam voll begeistert zurück und war so angetörnt, dass sie ihrem sogenannten Ehemann, nach seinem anstrengenden Arbeitsessen, noch eine höchst spannende Nacht bescherte. Alle waren zufrieden, nur die Gäste aus den Nachbarzimmern hatten sich bei mir am nächsten Morgen über den Lärm beschwert.

In dieser Woche war das Hotel mit den Mitgliedern des Orchestre de Paris fast ausgebucht. Die Großstadt hatte das Ensemble für ein Gastspiel in der Alten Oper gewinnen können, inklusive dem bekannten israelischen Geigenvirtuosen David Shapira. Er und vierzig hochsensible Musiker, mitsamt Gefolge, wollten in ihrer knapp bemessenen Freizeit von mir und dem restlichen Hotelpersonal bestmöglich betreut werden. Ich durfte Anfragen erfüllen, Wünsche koordinieren und Unmögliches möglich machen. Gitti, ich brauche …, Gitti, können Sie …? Gitti vorne, Gitti hinten, Gitti überall. Ich tat mein Bestes.

Der Impresario der Konzertagentur war ein hektischer Mittvierziger, der ständig ein Handy am Ohr oder ein Mitglied der Pariser Musikwelt an der Backe hatte.

»Wenn ich Sie nicht hätte, Gitti, ich wüsste nicht, wie ich diese Franzosen überstehen sollte.«

Ich schaute ihn an. »Äh, also in dem Ensemble sind nur die Hälfte Franzosen, der Rest ist …«

Herr Goldstein winkte ungeduldig ab: »Das ist auch schon egal. Glücklicherweise können Sie ja mit allen ganz gut. Mögen Sie Zeitgenössische Musik?«

Ich betrachtete den angespannten Hektiker vor mir und dachte, lieber nicht reizen, lieber keinen Widerspruch. »Und wie, Herr Goldstein, ich liebe Zeitgenössische Musik.« Dabei hatte ich keinen Schimmer von dieser musikalischen Stilrichtung, für mich klang das alles nach ziemlich unkoordinierten Tönen.

Der Star in dem Gastspiel war der israelische Geiger David Shapira. Er war dem Orchestre de Paris nur ausgeliehen. Karajan, Solti, Barenboim und von Dohnányi hätten sich die Finger nach dem Virtuosen geleckt, um ihn in ihrer Zeit verpflichten zu können.

Herr Goldstein drückte mir zwei Karten in die Hand. »Kommen Sie, und schauen Sie sich den angesagtesten Star am Sternenhimmel der Freien Atonalität live an.«

Ich bedankte mich artig.

Herr Shapira hatte die Freie Atonalität auch privat gut drauf. Wenn ich ihm als Room-Service-Springer frühmorgens das Frühstück ans Bett brachte, schipperte ich bis zu drei Frühstücksbestellungen durch die Tür. Herr Shapira liebte den flotten Dreier.

»Come on, Sweety, don't be so much German. Never seen two Kittys in my bed before? Believe me, there is even place for one more.«

Wäre ich dreißig Jahre jünger, hätte er mich sicherlich auch eingeladen. Er sprang aus dem Bett. Halleluja, Mitte Dreißig, gut gebaut in jeder Hinsicht, turnte der Geiger splitterfasernackt vor meinen Augen herum. Ich konnte kaum wegsehen, aber das *Sweety* nahm ich ihm übel.

Eines musste man ihm lassen, er spielte göttlich Geige. Zwölftontechnik ist nun wirklich nicht mein Ding, aber David Shapira verstand die komplexe Akkordbildung fulminant zu binden.

Ich hatte Herrn Wolfram die zweite Karte geschenkt. Erst dachte ich ja, er würde ablehnen. Aber nein: »Fabelhaft, Gitti. Ich hatte schon versucht, Karten zu bekommen, aber das Gastspiel ist komplett ausgebucht. Ich komme sehr gerne.«

In der Pause plauderte der Kriminalhauptkommissar angeregt über Kompositionen mit nur zwölf aufeinander bezogenen Tönen wie ein Profi.

»Alle zwölf Töne der temperierten Skala sind gleichberechtigt, ohne Bevorzugung einzelner Töne. Das mit einem Orchester und einer einzelnen Geige emanzipiert umzusetzen, das beherrscht nur Shapira so einzigartig, so virtuos wie niemand sonst in der musique contemporaine.«

Herr Kriminalhauptkommissar Hagen Werner Wolfram hatte von dieser Musikrichtung deutlich mehr Ahnung als ich.

Wir landeten nach der Vorstellung in einer Kneipe, nahe der Oper. Das Ding war brechend voll und Wolfram schrie mich an: »Der Mann ist einmalig Ohne Sie hätte ich das nicht erleben dürfen. Er geht jetzt auf Tournee nach Japan, Australien und Neuseeland. Sie haben was gut bei mir.«

Ich versuchte es und schrie zurück: »Haben Sie schon eine Idee, womit Sie sich revanchieren wollen?«

Es hatte keinen Zweck, der Lärm war unerträglich. Wir konnten uns nicht unterhalten und fuhren nachhause. Er in seins, ich in meins.

🐈

Ich lernte Frau Reismann kennen, die Ehegattin des Hotelmanagers. Mitte Dreißig, blond, attraktiv und schwanger. Mindestens im achten Monat. Bald stellte sich heraus, dass das Hormondurcheinander einer Schwangerschaft der Direktorengattin gar nicht gut bekam. Offiziell war sie der Assistant-Manager im Hotel, aber momentan in Schwangerschaftsurlaub. Moles war ihre Vertretung, und sie hatte zurzeit im Hotel nichts zu sagen. Nur, sie mischte sich weiterhin in alles ein.

»Gitti, wo ist mein Mann? Suchen Sie ihn, ich muss ihn dringend sprechen.«

Als ob ich wüsste, wo ihr angetrauter Ehemann sein könnte. Alsbald aber wusste ich es. Ganz genau und mehr als mir lieb war. Ich erwischte ihn in flagranti in der Besenkammer. Boris Becker lässt schön grüßen! Wie abgefahren ist das denn? Ausgerechnet die kühle Ulla aus der Rezeption war die Person der Begierde meines Chefs. Oder umgekehrt.

Ich schmiss die Tür der Besenkammer mit einem lauten Knall wieder zu. So ein Mist. Ich wollte nur einen Handfeger holen, um mein Missgeschick an der Rezeption aufzukehren, denn ich hatte wieder einmal Dienst am Empfang. Logo, Ulla war ja nicht da, die war mit meinem Chef beschäftigt. Ich stürzte mit hochrotem Kopf zurück an meinen Arbeitsplatz. Man bekam nicht alle Tage seinen Vorgesetzten mir runtergezogenen, um die Knöchel schlotternden Hosenbeinen zu sehen. Ganz zu schweigen von seinem nackten Hintern, und dazu noch in voller Aktion mit der ganz und gar nicht mehr kühlen Ulla.

»Gitti, ich muss Sie sprechen. In fünf Minuten in meinem Büro, bitte.« Reismann hatte sich in aller Eile die Hosen hochgezogen und stand jetzt vor mir an der Rezeption.

»Äh, ich habe Dienst, Herr Reismann, und erst in einer Stunde Schluss.« Ich war ein wenig verlegen, aber immerhin so professionell, um auf meine Pflichten hinzuweisen.

»Ulla wird Sie vertreten«, war die knappe Antwort.

Die Situation wurde immer peinlicher. Ulla kam etwas derangiert aus der Besenkammer, um zu übernehmen. Ich versuchte mich zu sammeln und eilte in Richtung Chefbüro.

»Gitti, was Sie da eben gesehen haben, ist nicht passiert.« Mein Chef räusperte sich, dann schaute er mich auffordernd an.

Ich blickte zurück. »Selbstverständlich, Herr Reismann, im Prinzip weiß ich gar nicht, wovon Sie reden.«

Reismann rieb sich den linken Daumen. »Und wenn wir schon mal dabei sind: für meine Frau bin ich ab sofort unauffindbar. Jederzeit, haben Sie mich verstanden?«

Ich nickte brav mit dem Kopf. »Unauffindbar, jawohl, Herr Reismann.

Er räusperte sich nochmals: »Sollten sich Ihre Qualifikationen bewähren, können wir über eine Gehaltserhöhung reden.«

Das war deutlich, überdeutlich sogar. Ich zog ab, zurück an meinen Arbeitsplatz, und Ulla ging sich frisch machen.

Ein altes Ehepaar checkte ein. Herr und Frau Buchsbaum wollten für eine Nacht buchen. Das war kompliziert, denn wir waren wieder einmal komplett belegt. Nur die Hochzeitssuite war noch frei.

»Ich hätte da noch eine sehr schöne Suite.«

Das Ehepaar schüttelte den Kopf. Suite klang teuer.

Ich überprüfte die Buchungen an der Wandtabelle und auch im PC. »Was halten Sie davon, wenn ich Ihnen die Suite für den halben Preis gebe?«

Herr Reismann hatte mir eingebläut, dass ausgebucht immer besser sei als Leerstand.

Die beiden alten Leutchen schauten sich an. Ihre Hand suchte seine, und er drückte sie zärtlich. Dann nickte er kaum merklich mit dem Kopf. »Zum halben Preis, sagen Sie?«

Ich bestätigte und buchte sie ein. Und ließ ihnen eine Flasche Champagner und einen Obstkorb in die Suite bringen.

Ich schob an der Rezeption öfters Springerdienst, immer nur für kurze Zeit bis Ersatz eintraf. Danach wurde ich mehr und mehr für allerlei Sonderaufgaben eingesetzt. Ab Mittag sollte ich mich um eine neue Gruppe von Herrn Goldstein kümmern. Der weit gerühmte, katalanische Gitarrist „Lamador" war angesagt, ein südfranzösischer Gitano mit seinen Söhnen, Neffen und Schwiegersöhnen im Schlepptau, die auch das komplette Ensemble stellten. Lamador ist eine sehr freie Übersetzung für Goldhand und der Gitarrist eine bekannte Größe in der Gypsy-Musikerwelt.

Herr Moles und ich hatten uns abgesprochen, dass wir unsere katalanischen Sprachkenntnisse nicht zu erkennen geben. Dieser Einfall entpuppte sich als höchst amüsant, weil die Orchestermitglieder sehr freizügig über das Hotel, die Gäste und ihre eigenen Befindlichkeiten sprachen. Moles und ich hatten eine Menge Spaß.

Einer aus dem Ensemble kam in die Halle und sprach mich an: »Hola bonica.«

Ich tat ahnungslos und schaute ihn fragend an. Meinte er mich? Er meinte und erklärte mir auf Französisch, dass sein Vater zwei Flaschen Champagner und eine Dame des horizontalen Gewerbes auf sein Zimmer wünsche. Damit kannte ich mich aus. Ich rief meinen ehemaligen Boss, Herrn von Winterstein, an. Herr von Winterstein besaß mehrere Edelpuffs in der hessischen Metropole und konnte aushelfen. Die Vorgaben waren entweder blond oder rothaarig und unter Dreißig. Für meinen ehemaligen Arbeitgeber kein Problem.

»Gitti, wenn ich helfen kann, immer wieder gerne. Schade, dass ich Sie nicht für die Großstadt begeistern konnte, ich hätte Sie gerne mitgenommen.«

Ich hatte, nach den Aufregungen in dem inzwischen geschlossenen Bordell meiner Stadt, keine Lust mehr auf Abenteuer dieser Art und gekündigt.

Drei Morde im Puff waren definitiv drei Morde zu viel für mich gewesen.

Malcolm hatte obermiese Laune und knallte mir in der Mittagspause ein Personalessen vor die Nase, das ich nicht essen wollte. Die anderen Mitarbeiter auch nicht. Ich beschwerte mich bei meinem Chef und bot ihm einen Happen dieser unglaublichen Köstlichkeit an. Herr Reismann warf nur einen Blick drauf und verzichtete.

»Gitti, der Tournant hat gekündigt und mein Küchenchef Mario will verständlicherweise nicht für Angestellte kochen. Sein Sou-Chef kann nur Steaks,

Saucen und Salate, und ich kann mir keine Steaks fürs Personal leisten, verstehen Sie das?«

Ich fragte nach, was ein Tournant sei. Herr Reismann erklärte es mir: »So etwas Ähnliches wie Sie, Gitti, nur für die Küche.«

Aha, nur wer kochte dann für uns?

Reismann druckste mit ein paar schwammigen, undeutlichen Andeutungen herum. Ich hinterfragte und bohrte tiefer. Das konnte ich gut, das war in meinem früheren Leben ein Teil meines Handwerks gewesen.

Nach ein paar Rückfragen ging mir plötzlich ein ganzer Kronleuchter auf: »Nee, oder? Habe ich das richtig mitgekriegt? Sie lassen für uns Essen aus dem Altenheim kommen?«

Mein Chef war ziemlich unglücklich, dass ich die Übertretung der Personalverpflegung so schnell durchblickt hatte. Das wäre ein Skandal, ein gefundenes Fressen für die Presse und eine Schlagzeile wert: „Fünf-Sterne-Hotel mit dem Preis des Jahres für die beste Mitarbeiterverpflegung verköstigt sein Personal mit vorgekochtem Essen aus dem Altenheim."

Ich ergriff die Gelegenheit: »Also, das geht gar nicht, Herr Reismann, das Personalessen ist unzumutbar. Da muss sich was ändern. Stellen Sie sich vor, wenn das an die Öffentlichkeit ginge!«

Er bekam eine Ahnung davon, was auf ihn zukommen könnte und wand sich in Ausreden: »Gitti, ich hatte noch keine Zeit gehabt, mich darum zu kümmern.«

Ich blubberte los, von wegen zufriedenes Personal sei auch gutes Personal, und gutes Essen sei auch der Bonus für die katastrophale Bezahlung in der Hotelbranche. Und ob er sich im Klaren sei, dass ihm über kurz oder lang die Mitarbeiter davonlaufen würden, wenn sich nichts ändere? Er war sichtlich geknickt und wollte sich etwas einfallen lassen.

Ich beschloss, bis dahin wieder öfters zuhause zu essen.

Der Wolkenbruch kam unerwartet und ich war klitschnass, als ich völlig durchweicht im Hotel ankam. Ulla stand im Stau, und ich hatte wieder Springerdienst an der Rezeption. Der Rezeptionsdienst verlangte nach einem streng geschnittenen, bordeauxroten Schneiderkostüm für die Öffentlichkeit. Das Kostüm hing seit einiger Zeit als fester Bestandteil meiner Hotelgarderobe in meinem Spind. Üblicherweise trug man dazu eine weiße Bluse, die man von zuhause mitzubringen hatte. Diese Bluse klebte aber pitschnass an meinem Körper, in einem höchst durchsichtigen Zustand. Da konnte ich auch gleich ohne Bluse auftreten. Gesagt, getan. Ich zerrte mir das nasse Ding vom Körper und rubbelte mich kräftig trocken. Mein Dienst begann in einer Minute. Ins Kostüm geschlüpft, die Ersatzpumps an die Füße, die nassen Haare streng aus dem Gesicht gescheitelt – ich sah aus wie die verblichene Lady DO. Krampfhaft überlegte ich: an der fehlenden Bluse konnte ich nichts mehr ändern, an den nassen Haaren auch nicht. Ich kam langsam in Zeitnot und griff zum Lippenstift und verteilte das kräftige Rot großzügig über meinen nicht gerade kleinen Mund. Das sah schon weniger streng aus, dafür aber ziemlich nuttig. Ein visionäres Doppelpack von Lady DO und Lady DE schaute mir aus dem Spiegel entgegen. Egal, ich musste los und stöckelte mit den hochhackigen Pumps in Richtung Rezeption.

Dem südfranzösischen Star-Gitarristen fielen an der Rezeption fast die Augen aus den Höhlen. Herr Lamador stand ohne Frage auf Sado-Maso-Damen und stammelte ein paar katalanische Worte, die mir die Schamesröte ins Gesicht trieben.

Ich versuchte mich in Contenance und fragte verbindlich: »Bonsoir monsieur Lamador, puis-je vous aider?« In meinem besten Französisch fragte ich ihn, ob ich ihm behilflich sein könne. Das hätte ich wohl besser nicht getan. Der Gitarrist beugte sich über den Tresen, griff nach meiner rechten Hand und vergrub seine Lippen in meine Handflächen. Dabei murmelte er Worte, die im Tonfall so eindeutig waren, dass es keiner weiteren Erklärung bedurfte. Wie rot kann ein Mensch eigentlich werden? Ich musste unterdessen die Farbe von französisch-katalanischem Tomatenmark angenommen haben.

Endlich kam die kühle Ulla und erlöste mich von meinen Qualen.

🐈

Frau Sikora und Frau Schwemmer waren glücklich, mich wieder häufiger zu sehen. »Haben Sie's schon mitgekriegt? Wir kriegen Nachwuchs.«

Was sollte denn das schon wieder? Die Bewohner unserer Anlage waren jenseits von Gut und Böse und definitiv aus dem gebärfähigen Alter raus.

»Die schwarz-weiße Katze aus der Nachbarschaft bekommt Junge. Von Heinz, dem rotgetigerten Kater!«

Der Rote war der beste Mäusefänger in der Umgebung und offensichtlich auch in anderen Dingen äußerst erfolgreich. Ich freute mich mit den Damen, gab aber zu bedenken, dass sich die Anzahl der Katzenbabys durchaus zwischen drei bis sechs Minis bewegen könne.

»Das kriegen wir schon hin. Die kriegen wir unter, Sie werden sehen.«

Ich hatte so meine Zweifel, aber ich habe keine Erfahrung mit Kindern, auch nicht mit Katzenkindern.

Die nächste Doppelschicht stand an. Wenn das so weiterginge, hätte ich mehr Geld als Freizeit und keine Zeit mehr, das Geld auszugeben.

Joaquin, einer der Söhne des Star-Gitarristen mit Sonderwünschen nach weiblicher Gesellschaft für seinen Vater, sprach mich erneut an: »Bonica, mein Vater will dich. Für eine Nacht mit ihm kannst du dir wünschen, was du willst.«

Wie bitte? Der tickt wohl nicht richtig? Erstens nein, und zweitens nein. Und drittens, nochmals nein! Ich ließ ihn einfach stehen und rannte geradewegs in Frau Reismanns hormonelle Fülle.

»Aua, können Sie nicht aufpassen? Und überhaupt, wie behandeln Sie unsere Gäste? Ich werde mit meinem Mann reden müssen, dass er Sie nicht mehr im Publikumsbereich arbeiten lässt. Unglaublich, die Gäste einfach so stehen zu lassen!«

Frau Reismann verstand offensichtlich kein Französisch und ein paar andere Dinge auch nicht. Ach, wäre ich doch ein wenig diplomatischer gewesen. Erstens mit Frau Reismann und zweitens mit dem Gypsy-Clan. Die Rechnung ließ nicht lange auf sich warten.

Ich hatte Dienst am Porters-Desk und blätterte gerade in dem Event-Kalender der Großstadt, um auf dem neuesten Stand der Veranstaltungen zu sein.

Der weltberühmte Gitarrist stürmte in die Halle und warf sich mitsamt seiner Gitarre vor meine Füße. Er spielte nur für mich – und zehn höchst amüsierte Hotelgäste im Eingangsbereich. Oberpeinlich!

Sein Sohn Joaquin machte einen auf Postillon d'amour: »Nur für eine Nacht, bonica, und du bekommst alles, was du willst von meinem Vater.«

Ich flüchtete mit hochrotem Kopf.

Herr Reismann orderte mich in sein Büro. »Was war denn das für ein Aufstand? Alessio hat mir berichtet, dass es wegen Ihnen eine Sondervorstellung im Foyer gegeben hat.«

Alessio hat den besten Blick vom Hauptrestaurant in die Empfangshalle.

»Einige Gäste haben den Künstler erkannt, sich aber keinen Reim darauf machen können, warum der vor Ihnen auf den Knien lag.«

Ich stöhnte innerlich auf. Das war's dann wohl mit meinem Gastspiel im besten Hotel meiner Heimatstadt gewesen. Ich ließ den Kopf hängen – in Erwartung meiner Kündigung.

Reismann hob mit spitzen Fingern mein Kinn. »Wir mögen beide, also meine Frau und ich, diese Zigeunermusik. Wie mir scheint, können Sie ganz gut mit dem Meister. Können Sie für mich zwei Freikarten besorgen? Und ach, den Zwischenfall mit meiner Frau vergessen Sie einfach.«

Ich verzichtete darauf, meinen Chef über das Missverständnis mit seiner Frau und über die politisch korrekte Bezeichnung unserer musikalischen Gäste aufzuklären. Und atmete auf, diese Bitte war leicht zu erledigen.

Ein Anruf bei Herrn Goldstein, und alles war paletti. Mein Job war gerettet.

Ich sollte am nächsten Morgen im Room-Service aushelfen. Frühstücksdienst. Ich gehöre nicht zu den Frühaufstehern, und schwere Frühstückswagen in aller Herrgottsfrühe für fast nackte Menschen ans Bett zu schieben, gehörte auch nicht zu meinen Lieblingsaufgaben.

Ich klopfte an die Zimmertür der Hochzeitssuite. »Guten Morgen, Ihr Frühstücksservice ist da. Ich komme jetzt rein.«

Die beiden alten Leutchen schliefen noch tief und fest. Ich zog die Vorhänge an den Fenstern etwas beiseite und schob den Frühstückswagen an den runden Tisch.

»Sie hatten nichts Besonderes geordert, also habe ich Rührei mitgebracht und den Schinken extra beigelegt. Ist Ihnen das recht? Heute ist Ihr Abreisetag, nicht wahr? Hat es Ihnen bei uns gefallen?«

Die Sonne fiel in zögerlichen Streifen auf die Schläfer. Ich schnupperte, da stimmte etwas nicht. Ich riss die schweren Übergardinen zurück, die beiden Alten atmeten nicht mehr. Auf den Nachtischen standen leere Champagnergläser und ein kleines, braunes Fläschchen. Von dem Fläschchen kam dieser sonderbare Geruch.

Herr und Frau Buchsbaum hatten sich das Leben genommen, und der herbeigerufene Arzt konnte nur noch den amtlichen Tod feststellen. Freitod war seine

Diagnose, eine Horrorvorstellung für jedes Hotelmanagement. Ein Sarg, quer durch die Empfangshalle getragen, machte keinen guten Eindruck auf die Gäste. Zwei Särge erst recht nicht.

Herr Kriminalhauptkommissar Wolfram wurde ins Hotel gerufen, und ich saß wieder einmal als Zeugin vor ihm.

»Erzählen Sie, Gitti. Jede Kleinigkeit ist wichtig. Sie haben das Ehepaar Buchsbaum eingecheckt und auch als Letzte gesehen. Ich will alles wissen, aber das kennen Sie ja schon.«

Ja leider, inzwischen hatte ich schon einige Erfahrung mit Leichen in meinem beruflichen Umfeld sammeln können.

Ich schaute den Kriminalhauptkommissar an. »Na ja, sie machten eigentlich einen ganz normalen Eindruck. Vielleicht ein bisschen knapp bei Kasse, aber ansonsten sehr nette, gebildete alte Leutchen.«

Ich ging zu meinem Einsatz zurück. Es war drückend heiß. Die Schwüle schlug allen im Hotel aufs Gemüt. Auf dem Weg zur Buchhaltung rauschte Frau Reismann an mir vorbei. Also, sie walzte eher vorbei. Der zu erwartende Nachwuchs beanspruchte enorm viel Platz in dem sonst so zerbrechlichen Körper, und ihre dünnen Beinchen lugten spillerig unter dem zeltartigen Oberteil hervor. Sie konnte einem bei dem Wetter fast leidtun.

Doch bevor ich richtig Mitleid mit ihr hatte, öffnete sie den Mund und pfiff mich an: »Ich beobachte Sie schon eine ganze Weile, Gitti. Haben Sie eigentlich nichts Besseres zu tun, als in ihrer Arbeitszeit ständig mit diesem Kommissar herumzusitzen? Dafür werden Sie nicht bezahlt.«

Ich verkniff mir eine passende Antwort und murmelte ein paar undeutliche Worte.

Ein eiliger Gast wollte wissen, wo er den Tagungsraum 5 finden könne. Ich war ihm für die Unterbrechung außerordentlich dankbar, entschuldigte mich höflich bei Frau Reismann und begleitete den Herrn persönlich bis zum Carl-von-Ossietzky Konferenzzimmer. Gerettet!

Der Kriminalhauptkommissar konnte keine Fremdeinwirkungen feststellen. In der bayrischen Kneipe berichtete er mir bei einem Glas Wein, dass das Ehepaar unheilbar krank gewesen war und beschlossen hatte, freiwillig aus dem Leben zu scheiden. Sie hatten nicht gewollt, dass einer von ihnen alleine zurückbleibt, auch nicht nur für kurze Zeit.

Dumm nur, dass sie sich dafür ausgerechnet mein Hotel ausgesucht hatten. Der Fall wurde geschlossen.

🐱

Herr Wolfram hielt Wort und revanchierte sich für den atonalen Musikgenuss. Ich hatte ihm erzählt, dass ich fast alle Bücher von Frank Schätzing gelesen hatte und den Schriftsteller sehr mochte. Er überraschte mich mit einer Einladung zu einer Multimediashow in Göttingen.

»Ich weiß, es ist ein bisschen weit, aber näher ging nicht. Mit meinem Wagen schaffen wir die Fahrt locker in zweieinhalb Stunden.« Er sprach von der Leseschau aus dem Buch mit dem Titel „Die Tyrannei des Schmetterlings“ und hob das Glas. »Ich wollte den Schätzing schon immer einmal live erleben und zu zweit macht es definitiv mehr Spaß. Haben Sie Lust?«

Ich konnte nicht widerstehen.

Herr Wolfram war ein guter Autofahrer und sein BMW schnurrte auf der Autobahn locker die 235 Kilometer in der angesagten Zeit. Von der alten Universitätsstadt bekamen wir nicht viel mit, aber wir kamen pünktlich an. Die Stadthalle war brechend voll.

Der Krimi greift einen zweifelhaften Mordfall in einer verschlafenen Goldgräberregion Kaliforniens auf und spielt parallel in einer einsam gelegen Forschungsanlage. Bei den Recherchen kommt der Ermittler in den Sog aberwitziger Ereignisse und beginnt schon bald an seinem Verstand zu zweifeln. Die Zeit gerät aus den Fugen. Der Thriller sollte an die Grenzen des Vorstellbaren und darüber hinaus führen.

In der angesagten Leseschau band der Autor eine Schauspielerin als KI digital in eine mit atmosphärischen Klanglandschaften untermalte Performance ein. Wir erlebten Schätzing ungeheuer charismatisch und die multimediale Inszenierung war atemberaubend.

Wir waren nach der Show so aufgedreht, dass wir danach noch in einer elsässische Weinstube landeten.

»Weißwein, Gitti?« Herr Wolfram bestellte eine Flasche Pouilly Fumé, meinem absoluten Lieblingswein. Wir hatten beide noch nichts gegessen, aber auch keinen Hunger. Total aufgekratzt diskutierten wir uns die Ohren heiß. Das Buch hatte ich noch nicht gelesen, aber das hätte ich wohl besser getan.

»Schätzing verliert sich hier in eine langatmige, sprachlich ausufernde Geschichte. Viel zu viel recherchiert und damit besonders blumig und langatmig erzählt«, meinte Herr Wolfram.

Ich protestierte, ich wollte nichts auf meinen geliebten Schriftsteller kommen lassen: »Aber die Vorstellung war doch spannend, und die Idee mit den Sex-Robotern, die mit delirierendem Sex morden, ist sogar faszinierend.«

Herr Wolfram bedachte mich mit einem langen Blick, und ich wurde unter seinen Augen etwas verlegen. Na gut, ich hatte meine Hausaufgaben nicht gemacht und hätte die 736 Seiten vielleicht doch besser vorher lesen sollen.

Ich bestellte eine zweite Flasche und nachdem Herr Wolfram noch eine dritte geordert hatte, mussten wir uns Gedanken über eine Unterkunft machen. Keiner von uns war noch in der Lage Auto zu fahren, schon gar nicht 235 Kilometer durch die Nacht. Womit wir nicht gerechnet hatten, Göttingen war im Messefieber und hatte eine Filmproduktion zusätzlich laufen. Wir bekamen gerade noch ein Zimmer im Gebhards Romantik Hotel, dem teuersten Hotel der Stadt. Es war ein Doppelzimmer, aber wir waren beide so angeschickert, dass wir nur noch todmüde in das Doppelbett fielen.

Am nächsten Morgen lag ich, nur mit Unterwäsche bekleidet, in den Armen von Herrn Kriminalhauptkommissar Wolfram eingekuschelt und konnte mich an nichts mehr erinnern. Herr Wolfram hatte ebenfalls keine Erinnerungen mehr, aber wir waren uns beide sicher, dass wir die unschuldigste Nacht unseres Lebens miteinander verbracht hatten.

Wir alberten herum, hatten einfach nur Spaß. Und entdeckten beim Frühstück übereinstimmende Gewohnheiten. Herr Wolfram bevorzugt den oberen Teil seines Brötchens, ich habe eine Vorliebe für den unteren Teil. Erst als wir auscheckten, bemerkten wir die außergewöhnlichen, bogenförmigen Fenster des Hotels und die denkmalgeschützte graue Steinoptik der Fassade. Wir waren spät dran und keine Zeit für die Schönheiten der Stadt zu verlieren. Herr Wolfram brauste über die Autobahn in Richtung Heimat.

Ich musste nahtlos in den Hoteldienst.

Reismann kam am späten Nachmittag aufgekratzt zu mir in die Rezeption. «Übergeben Sie an Ulla, ich muss mit Ihnen reden. Ulla wird Sie vertreten.»

Oh nein, nicht schon wieder. Wenn Reismann mir so kam, hatte er garantiert eine Zusatzaufgabe für mich im Sinn. Mir flog jetzt schon die Zeit um die Ohren. Wir gingen in die Hotelbar. Timo, der Barmann und Elmer, sein finnischer Stellvertreter, waren auch schon da. Zwei Hotelgäste saßen einsam an den kleinen Tischen am Fenster. Es war noch früh am Tag, und der Ansturm kam erfahrungsgemäß erst in ein paar Stunden. Reismann rieb sich den linken Daumen.

»Gleich kommt mein absoluter Knaller ins Hotel.«

Timo, Elmer und ich schauten uns an. Der letzte Knaller unseres Chefs war ein chinesischer Kaffeeautomat, der bei der zweiten Tasse explodierte. Davor verschreckte er die Hotelgäste mit einem vollautomatischen Schuhputz-Boy aus Taiwan, der helle Lederschuhe mit schwarzer Schuhcreme einschmierte. Reismann hatte unbestritten ein Faible für günstig eingekaufte Technik. Wir waren sehr gespannt.

Ein kleiner Japaner kam mit einem weißen Etwas im Schlepptau durch die offene Glastür. Wir schauten entgeistert auf dieses kleine Wesen, das mit eckigen Bewegungen dem Japaner folgte.

»Darf ich vorstellen? Das ist der neue Assistent von euch beiden«, Reismann schaute Timo und Elmer erwartungsvoll an.

Ich konnte es nicht fassen. Das weiße Ding hatte eine silberne Servierplatte mit hohem Rand an der angewinkelten linken Hand festgeschraubt und verbeugte sich höflich nach allen Seiten. Es begrüßte Reismann und mich auf Deutsch, Timo auf Italienisch und Elmer in perfektem Finnisch.

Der Japaner stellte sich und das ulkige Wesen vor: »I am Mr. Takahashi and this is Mr. Shaker. Mr. Shaker has an A-level in food and beverage and speaks any language you want.«

Der kleine Japaner verbeugte sich tief und drückte auf ein paar Knöpfe an einer Fernbedienung. Der Roboter steuerte die beiden Tische am Fenster an. Die Gäste waren zuerst etwas verunsichert, lachten aber bald fröhlich mit dem weißen Ding aus Plastik, Stahl und Elektronik. Mr. Shaker kam zu uns zurück und wackelte schnurstracks an den Bartresen.

»Ein Latte Macchiato für Tisch drei und einen Cognac für Tisch fünf«, meldete er auf Italienisch an Timo. Dann drehte sich der Roboter zu uns um und fragte: »Wünschen Sie eine Übersetzung?«

Mir blieb der Mund offenstehen. Herr Takahashi erklärte uns, dass Mr. Shaker Bestellungen aufnehmen, weiterleiten und abkassieren könne, in allen Sprachen, die man ihm per Fernbedienung programmiere. Timo beeilte sich, die Wünsche der Gäste zu erfüllen und stellte die Getränke mit den Kassenbons auf die stählerne Servierplatte von Mr. Shaker. Elmer schaute nur noch staunend zu. Ich auch.

Reismann sprach die beiden Barkeeper direkt an: »Wir haben morgen früh eine Pressekonferenz und ich möchte, dass Sie dabei sind«, dann drehte er sich zu mir um, »und Sie auch, Gitti.«

Herr Takahashi verbeugte sich und verteilte Betriebsanleitungen.

Ich meldete mich zaghaft. »Wieso ich, Herr Reismann?« Ich sah keinen Sinn in meiner Anwesenheit.

Mein Boss klärte mich auf: »Bei der Presse macht sich eine Frau immer gut, und außerdem könnte es ja sein, dass wir Sie einmal als Vertretung in der Bar brauchen.« Dem war nichts hinzuzufügen.

Mr. Shaker verbeugte sich vor mir: »Sehr erfreut, Miss Gitti. Ich freue mich auf unsere Zusammenarbeit.« Die blecherne Stimme des Roboters wurde von einem sanften Augenaufschlag aus tiefschwarzen Glubschaugen begleitet.

Das Zeitalter der künstlichen Intelligenz hatte das Hotelgewerbe erreicht.

Ich hatte mich am nächsten Morgen ordentlich aufgebrezelt, die Presse würde sicherlich Fotos machen. Mr. Shaker erwartete mich bereits in der Hotelhalle. Irgendjemand hatte ihm eine schwarze Fliege umgebunden und ein weißes Gläsertuch über den freien Arm gelegt. Das weiße Ding trippelte mir mit eckigen Schritten hinterher, und die Hotelgäste in der Lobby schauten uns amüsiert nach. Im Großen Konferenzraum warteten bereits die Journalisten. Herr Reismann stellte Mr. Shaker vor.

Ein Pressemensch meldete sich vorwitzig zu Wort. »Ist es wahr, dass Sie sämtliche Cocktails auswendig kennen, Mr. Shaker?«

Der Roboter verbeugte sich in seine Richtung: »Selbstverständlich, mein Herr, ich kenne sie nicht nur auswendig, ich kann sie auch mixen und servieren. Wünschen Sie eine Vorführung?« Der Journalist war nicht auf den Mund gefallen: »Klar doch, ich hätte gerne einen Singapore Sling, Mr. Shaker.« Alle lachten.

Die menschliche Maschine ratterte los: »Der Longdrink hat seinen Ursprung in der britischen Kronkolonie Singapur und galt vor 120 Jahren als unfein. Erst ein Barkeeper namens Ngiam Tong Boon brachte den Cocktail in der Long Bar des Raffles Hotels mit festgelegten Zutaten zu einer gewisse Beliebtheit. Diese Rezeptur ist allerdings nicht überliefert und wurde erst 1930 von Harry Craddock in dem einflussreichen Savoy Cocktailbook festgeschrieben. Die Zutaten sind 4 cl London Dry Gin, 2 cl Cherry Heering, 1 cl Zitronensaft, 1 cl Zuckersirup, 2 cl Ananassaft, und je ein Spritzer D.O.M. Bénédictine, und einen Spritzer Angostura. Erst in Eis geschüttelt, dann durch ein Barsieb gefiltert und in einem Hurricane-Glas mit Soda aufgefüllt, wird der Longdrink mit frischen Ananasspalten auf neuen Eiswürfeln serviert.«

Mr. Shaker drehte sich in die Richtung des fragenden Reporters. »Darf ich Ihnen das Getränk bringen?«

Der Korrespondent nickte und bestätigte seine Bestellung mit geschlossenem Daumen und Zeigefinger in der Tauchersprache.

Elmer beeilte sich, die Zutaten zu holen und stellte sie vor den Roboter. Mr. Shaker mixte das Getränk vor den Augen der Journaille. Es sah lustig aus, wie er mit der Greifhand schüttelte und mixte, und dabei mit eckigen Schritten vor den Reportern herumtänzelte.

Er überreichte dem Journalisten mit einer formvollendeten Verbeugung schwungvoll das fertige Getränk. »Bitte sehr, der Herr, macht zwölf Euro.«

Das Gejohle war groß und die Pressekonferenz ein voller Erfolg. Die Reporter konnten nicht genug von dem kleinen Kerl kriegen. Immer wieder musste der Roboter die Fragen in unterschiedlichen Sprachen beantworten, und immer wieder musste ich mit Mr. Shaker für die Fotografen posieren. Nach jedem Foto gab mir die kleine Künstliche Intelligenz einen formvollendeten Handkuss.

Bevor sich die Pressekonferenz gänzlich auflöste, hatte sich Frau Reismann leise in den Konferenzraum geschlichen und beobachtete den neuen Mitarbeiter misstrauisch. In ihrem Gesicht war deutlich Ablehnung für das skurrile Geschöpf zu lesen.

Frau Sikora und Frau Schwemmer hingegen konnten sich gar nicht mehr einkriegen, als sie die Fotos und Berichte in den Zeitungen sahen. Eine Woche später war auch noch das Fernsehen im Hotel und berichtete über den Hotelroboter als Barmann.

»Sie sind eine Berühmtheit geworden«, meinte Frau Schwemmer und präsentierte mir ein Fotoalbum, indem sie alles über das Hotel, Mr. Shaker und mich gesammelt hatte. Und Frau Sikora setzte noch eins drauf: »Mein Mann hat die Reportagen vom Fernsehen aufgenommen und macht Ihnen eine Kopie.«

Mr. Shaker war jetzt berühmt, und ich auch.

Im Hotelalltag schmiss unser Chefkoch Mario inzwischen mit Töpfen und Pfannen nach jedem, der unbefugt sein Küchenrefugium betrat. Er hatte Stress mit seinem aktuellen Lebenspartner und ließ seinen Frust an uns aus. Alessio vom Hauptrestaurant flüsterte mir zu, dass es in letzter Zeit des Öfteren zwischen Mario und seinem Patissier krisele. Und wenn Mario Frust schob, dann kamen die Töpfe und Pfannen in Aktion. Doch der Hotelklatsch interessierte mich nur am Rande.

»Gitti, der Patissier braucht Hilfe, sein Assi hat sich die Hand verletzt. Es ist nur für drei Tage, dann kommt der entweder wieder oder ich habe einen Ersatz. Das geht doch klar mit Ihnen, oder?«

Keine Frage, das war keine Frage. Mein Oberboss schickte mich für die nächsten Tage in die Frühstücksküche zum Kneten, Bröseln und Backen.

Ich schlüpfte in eine weiße Küchenjacke, band mir eine Schürze um und stülpte mir eine unkleidsame Hygienemütze über meine frisch geschnittenen Haare. Mein Dienst begann um vier Uhr morgens, also mitten in der Nacht. Wie ich diese Frühschichten hasse!

Maurice, der Patissier, war noch nicht da. Ich schob Langeweile. Um Fünf war er immer noch nicht da, und ich rief Herrn Reismann an: »Sorry, aber ich sitze hier mutterseelenalleine in der Küche und kein Mensch weit und breit«.

Reismann fauchte ins Telefon: »Wie, was heißt hier kein Mensch weit und breit? Wo ist Maurice?«

Ja, wenn ich das wüsste, hätte ich ihn nicht angerufen.

Reismann brüllte unmittelbar in die Leitung: »Und überhaupt, warum sagen Sie mir erst jetzt Bescheid?«

Ich zuckte die Schultern, was er aber durchs Telefon nicht sehen konnte.

Der Frühstücksdienst rief an und nervte und quengelte: »Wo bleiben die Brötchen? Wo sind die frischen Croissants? Wo ist Maurice?«

Herr Reismann tauchte auf, tobte in der Küche herum und zupfte an seinem linken Daumen: »Himmel, Donner noch eins, was machen wir denn jetzt? Maurice ist nicht da, und seine Wohnung ist leer. Wo krieg ich so früh die Brötchen her?«

Ich musste trotz der Schwierigkeiten über den Schüttelreim grinsen. Mein Chef telefonierte mit seinem Küchenchef, aber bei Mario war der Patissier auch nicht.

Ich meldete mich zaghaft: »Wir könnten die Brotfabrik anrufen und fragen, ob sie uns aushelfen.«

Reismann schaute mich an, als ob ich ihm vorgeschlagen hätte, tote Mäuse zum Frühstück zu servieren.

Ich schob nach: »Na ja, wir sind ausgebucht, und so auf die Schnelle kriegt das um diese Zeit kein normaler Bäcker mehr hin.«

Reismann überlegte, dann zischte er mir zu: »Das könnte gehen, aber wenn darüber auch nur ein Wort über Ihre Lippen kommt, bringe ich Sie höchst persönlich um.«

Na toll, schöne Aussichten für meine berufliche Laufbahn.

Frau Reismann war auch schon da und mischte sich ein: »Wie kann man nur so unprofessionell sein. Sie hätten meinen Mann sofort informieren müssen, verstehen Sie? Sofort! Das hat man davon, wenn man ungelerntes Personal einstellt.«

Herr Reismann machte hinter dem Rücken seiner Gattin mit beschwichtigenden Gesten verzweifelte Versuche, mich zu beruhigen. Er wusste um meine

Schlüsselposition in seinem privaten Leben und wollte seine Alibibeschafferin nicht verärgern.

Ich nickte ihm unmerklich zu und machte ein verstohlenes Handzeichen: »Entschuldigen Sie mich bitte, Frau Reismann, ich habe zu tun.«

Mr. Shaker fing mich ab. »Hat Frau Reismann Sie wieder in die Pfanne gehauen?«

Woher hatte der Roboter nur diese Ausdrücke her, und woher wusste der kleine Kerl von meinem Disput mit der Direktionsgattin? Personalangelegenheiten waren in diesem Hotel offenbar keine Geheimnisse und sprachen sich herum wie die Feuerwehr.

Reismann ging telefonieren. Mit der Brotfabrik. Am Nachmittag hatte er einen neuen Patissier, und ich schälte Pistazien, siebte Mehl und streute bunte Zuckerperlen. Drei Tage lang.

Maurice blieb verschwunden, und Mario schmiss in der Küche weiter mit Töpfen und Pfannen.

Nach drei Tagen hatte der neue Patissier auch einen neuen Assi, und ich war wieder für andere Dienste verfügbar. Und konnte endlich einmal ausschlafen.

Herr Goldstein buchte einen Rocksänger bei uns ein und erst als ich den Star vor mir sah, dämmerte mir, wen ich da vor mir hatte und für wen ich in den nächsten Tagen Mädchen für alles sein durfte. Der Typ näselte in der Öffentlichkeit, privat war er ganz charmant und umgänglich. Man konnte ihn sogar verstehen, nur auf der Bühne spielte er den Affen. Seine Managerin hieß Bitsche und war der Albtraum eines jeden Dienstleisters. Sie scheuchte mich und meine Kolleginnen und Kollegen durch die Gegend, bosste rum und machte uns verbal zur Schnecke. Keiner konnte ihr etwas rechtmachen, keiner konnte sie leiden. Selbst Herr Goldstein ging ihr bestmöglich aus dem Weg.

Mr. Shaker kippte Frau Bitsche einen Zombie Original auf den Pullover, und die Dame machte darum viel Geschrei. Sie schäumte, zeterte und krakelte. Die Reinigungsfirma meinte, dass so etwas, ohne Kenntnis der Zutaten, nicht zu beheben sei. Elmer versuchte, mir die Ingredienzien zu erklären, was aber eher ein hoffnungsloses Unterfangen war. Ich wusste nicht einmal den Unterschied zwischen einem Irish Whisky und einem Scotch Whisky, geschweige denn etwas über Beimischungen für irgendwelche Cocktails. Meine Informationen an die Reinigung mussten eher lückenhaft gewesen sein, denn als der überteuerte Fadenmeister-Pullover zwei Nummern kleiner von der Reinigung kam, bekam Frau Bitsche einen Tobsuchtsanfall. Und ich einen Anschiss von Herrn Reismann.

Mr. Shaker wurde mir immer sympathischer, nicht nur wegen des Zombie Originals. Überhaupt, er war der Liebling aller Gäste, und auch die beiden Barmänner liebten ihn heiß und innig, zumal er ihnen den verhassten Service abnahm. Sie mussten nur noch die Getränke auf das Tablett stellen und den Kassenbon dazulegen. Mr. Shaker nahm die Bestellungen entgegen, servierte, schäkerte mit den Gästen und kassierte, immer mit einem dicken Trinkgeld auf dem Tablett. Das nahmen Timo und Elmer gerne entgegen, und Mr. Shaker hatte nichts dagegen.

Herr Kriminalhauptkommissar Wolfram kam ins Hotel und wünschte mich zu sprechen. Ich hatte ihn seit der Schätzing-Lesung nicht mehr gesehen.

»Hi Gitti, immer noch alles gut im neuen Job?«

Wenn Herr Kriminalhauptkommissar Wolfram so in ein Gespräch einstieg, bedeutete dies meist unangenehme Fragen.

»Erzählen Sie mal, wie war das mit ihrem Kollegen Maurice? Sie wissen doch, jedes Detail ist wichtig, jede Kleinigkeit von Bedeutung.«

Ach, wie er nerven konnte, der gute Kriminalhauptkommissar. Warum hatte er mich nur immerzu im Visier?

»Ich weiß nichts, Herr Wolfram, ehrlich. Ich war nur als Aushilfe eingeteilt, und Maurice ist nicht zum Dienst erschienen. Ich habe ihn nicht einmal richtig gekannt. Nur so, vom Sehen ein bisschen.«

Ich war fertig mit meinen Auskünften.

»Gitti, können Sie für mich die Augen offenhalten? Maurice ist verschwunden. Wie vom Erdboden verschluckt. Sie wissen ja, jede Kleinigkeit ist wichtig. Ich muss alle Abläufe, jede kleinste Auffälligkeit wissen.«

Ich hatte inzwischen ganz andere Sorgen. Reismann halste mir immer mehr Jobs auf und knallte mich mit Sondereinsätzen voll. Von halbtags konnte keine Rede mehr sein. Aktuell hatte er die Idee, dass er im Restaurant einen Kamin aufstellen und zweimal in der Woche Grillspezialitäten am offenen Feuer anbieten wolle. Mario spuckte Feuer und Galle. Der Küchenchef witterte Konkurrenz für seine Küche.

Alessio sollte im Restaurant vor Ort die Steaks und andere Barbecue-Spezialitäten grillen, und der wütete ebenfalls über die geplante Mehrarbeit.

Und ich sollte mich bei verschiedenen Kaminbauern umsehen und Angebote einholen. Und auch ich „was not amused". Ich war in dem Hotel inzwischen Mädchen für alles geworden.

Herr Kriminalhauptkommissar Wolfram verabschiedete sich: »Gitti, wir sollten uns mal wieder im Biergarten treffen. Ich glaube, Sie brauchen etwas Abstand. Was halten Sie davon?«

Echt, ich hätte nichts dagegen, nur mir fehlte einfach die Zeit. Reismann fing an, moderne Sklavenarbeit an mir zu üben.

Endlich hatte ich zwei Kaminbauer aufgetrieben, die total ausgefallene Ideen hatten. Begeistert gab ich die Vorschläge an meinen Boss weiter. Inzwischen fand ich die Idee von Reismann absolut überzeugend und hatte ihm vorgeschlagen, den Sou-Chef aus Marios Küche für den Grilljob im Restaurant einzuteilen. Für Mario sollte ein neuer Beikoch eingestellt werden, der nicht nur Steaks grillen konnte, sondern auch für das Personalessen einsetzbar wäre.

Damit konnten alle leben und Mario schmiss etwas weniger Töpfe und Pfannen. Es kehrte so etwas wie Normalität in unser Hotel ein.

An einem Sonntag schob ich wieder einmal Frühstücksdienst, und ich musste unserem Chefkoch das Frühstück servieren. Mario wohnte im Hotel. Er war bekennend schwul und trauerte seinem Lebensgefährten und Patissier noch immer mit scheppernden Töpfen, viel Pathos und noch mehr Tränen nach. Maurice unerklärliches Verschwinden machte dem Küchenchef schwer zu schaffen. Dachte ich jedenfalls, bis ich ihm an diesem denkwürdigen Sonntag das Frühstück aufs Zimmer servierte. Dieser Dreckskerl versuchte tatsächlich, mir an die Wäsche zu gehen, was ich ihm mit einem gezielten Tritt an seine empfindlichste Stelle quittierte.

Er stritt natürlich alles ab. Herr Reismann redete mit Engelszungen auf mich ein und beschwor mich, keine Anzeige zu machen. Chefköche seien schwer zu finden. Springer wie ich allerdings auch. Reismann versuchte mit vielen guten Worten auf beiden Seiten zu schlichten. Mario musste sich bei mir entschuldigen und ich mich bei ihm. Ich kam bei der Sache aber sehr viel besser weg. Bei Mario dauerte es etwas länger. Der hatte noch einige Tage einen etwas seltsamen Gang.

Nach und nach legte sich die ganze Aufregung, und übrig blieb nur noch das übliche Hotelgeflüster.

In der Buchhaltung war die Hölle los. Die Abschlusszahlen stimmten hinten und vorne nicht, und das Finanzamt saß dem Hotelmanagement im Nacken. Dazu muss man wissen, dass in amerikanisch geführten Hotels der Jahresabschluss mitten im Sommer stattfindet. Herr Reismann erinnerte sich meiner und setzte mich kurzerhand in die Buchhaltung. Dort wurde das Oberkommando von einer resoluten Frau geführt, unterstützt von zwei jungen Mädels, die gerade ihre Ausbildung fertig gemacht hatten.

Frau Schneider setzte mich an eine altmodische Rechenmaschine und ließ mich alle Ein- und Abgänge manuell nachrechnen. Ich saß inmitten endloser Papierschlangen, die ich nach Tagen sortierte, zusammenfasste und abheftete.

Nach Dienstschluss kam ich mit rotgeränderten Augen, Rückenproblemen und schmerzenden Fingern nachhause.

Nach vier Tagen hatte ich genug.

»Frau Schneider, das ist doch kompletter Irrsinn. Der Fehler muss woanders liegen.« Der frühere Spürhund in mir witterte Morgenluft. »Lassen Sie mich doch bitte an den Computer. Ich würde gerne die Berechnungen mit den Büchern abgleichen.«

Frau Schneider lachte nur und drückte mir neue Unterlagen in die Hand. »Wie stellen Sie sich das vor? Ich lasse doch keine Hilfskraft an meinen Rechner.«

Ich prüfte und rechnete und kam ständig auf andere Zahlen. Ich versank in Bergen von gehefteten Belegen, Aktenansammlungen und gedruckten Papierschlangen.

Plötzlich heulten im ganzen Hotel Sirenen, wir hatten Feueralarm. Die Alarmanlage schrillte grell bis in die hintersten Winkel.

So ein Feueralarm ist in einem Hotel eine mittlere Katastrophe. Die Gäste stürzen kopflos aus den Zimmern und das Personal rennt alles andere als ruhig und besonnen durch das Gebäude.

Die Feuerwehr rückte mit fünfzehn Feuerwehrautos und schwerem Gerät an. Das Durcheinander war unbeschreiblich.

Herr Reismann suchte verzweifelt nach seiner schwangeren Frau.

»Gitti, haben Sie meine Frau gesehen?«

Hatte ich nicht. Also wirklich, ich bin doch nicht auch noch Kindermädchen für hochschwangere Direktorgattinnen.

Die Feuerwehrleute fanden sie schließlich zusammengekauert in der Personaltoilette sitzen. Sie hielt noch immer die völlig durchweichte Zigarette in der Hand. Der Rest von Frau Reismann war ebenfalls durchgeweicht. Der Sprinkler hatte seine Pflicht getan und tröpfelte nur noch spärlich. Frau Reismann hatte heimlich geraucht, obwohl ihr der Arzt das verboten hatte. Und im Hotel war Rauchen ebenfalls verboten.

Herr Reismann packte seine Frau in eine goldene Rettungsdecke der Feuerwehr und rief einen Krankenwagen. Der musste gleich zwei Damen zur Beobachtung mitnehmen. Frau Schneider hatte einen Nervenzusammenbruch bekommen.

Die Feuerwehr rückte wieder ab.

Die gerade fertig ausgebildeten BUHA-Mädels waren völlig durch den Wind, und Herr Reismann schickte auch sie nachhause.

Ich ging wieder in die Buchhaltung. Der PC von Frau Schneider summte noch leise vor sich hin, und ich setzte mich davor. Es dauerte fast drei Stunden, dann hatte ich den Fehler gefunden. Wir hatten im letzten Jahr ein Schaltjahr gehabt, und niemand hatte den Computer umgestellt.

Frau Reismann war wieder zurück. Sie konnte mich nicht leiden, das war inzwischen sonnenklar. Ich hatte dafür sogar einiges Verständnis.

»Wo ist mein Mann? Haben Sie ihn gesehenen?«

Selbstverständlich hatte ich nicht. »Tut mir leid, Frau Reismann. Ihr Gatte ist unterwegs in Sachen Einkauf.«

Sie schnaufte: »Und warum geht er dann nicht an sein Handy?«

Ich versuchte sie zu beruhigen und griff hinter mich. »Tut mir wirklich leid, Frau Reismann, aber das hat er wohl vergessen. Ich habe es klingeln gehört, habe mich aber nicht getraut, an sein Handy zu gehen.«

Sie schnaubte vor Zorn. Ich bekam alles ab, ihren Ärger, ihren Frust, ihre Ungerechtigkeit. Egal, Reismann bezahlte mir für jedes erfolgreiche Alibi zwanzig Euro auf die Hand.

Sie schnaubte weiter: »Suchen Sie meinem Mann und finden Sie ihn auf der Stelle.«

Mein Repertoire an Ausreden war unerschöpflich.

»Selbstverständlich, Frau Reismann.«

Ihr Mann und ich waren ein gut abgestimmtes Team, und ich machte mich für eine fiktive Erkundigung auf die Suche.

Ich lief Ulla in die Arme.

»Haben Sie schon gehört? Timo musste ganz schnell nach Italien, seine Mutter liegt im Sterben. Herr Reismann erwartet Sie dringend im Weinkeller.«

Die kühle Ulla von der Rezeption überbrachte mir die Hiobsbotschaft und lächelte dabei höflich. Seit ihrem Zwischenspiel mit meinem Chef hatte sich ihr Tonfall mir gegenüber um einiges verändert. Nicht, dass wir Freundinnen geworden wären, aber sie behandelte mich mit Respekt und wusste, dass ihre Schäferstündchen von meiner Fantasie abhingen.

Herr Reismann erwartete mich im Weinkeller und zeigte mir die Lagerbestände von der Hotelbar.

Ich versuchte es mit Logik bei meinem Chef: »Herr Reismann, ich habe keine Ausbildung und keine Ahnung von Drinks und Co. Ich habe noch nie in meinem Leben einen Cocktail gemixt.«

Herr Reismann winkte ab. »Das kann man lernen, Gitti. Sie haben die anderen Springer-Jobs auch geschafft, Sie machen das schon.«

Er drückte mir einen Wälzer in die Hand und schickte mich nachhause. »Kommen Sie um Sechs, dann kann Ihnen Elmer noch die Kasse erklären. Und lesen Sie fleißig in dem Buch. Da steht alles drin, was Sie wissen müssen.«

Frau Sikora fing mich an der Haustür ab. »Es wird nicht mehr lange dauern, dann sind sie da.«

Ich verstand nur Bahnhof, was meinte Frau Sikora? Ich fragte nach.

»Na die Kätzchen natürlich, unseren Nachwuchs. Die Katzenmama ist kugelrund und sucht schon nach einer Wurfecke.«

Ich verstand schon wieder nur Bahnhof, hatte ja auch keine Erfahrung mit Kinderkriegen. Frau Sikora schon, sie klärte mich auf: Wurfecken können unter Büschen, in Hausfluren und bei offenen Balkontüren auch in Kleiderschränken sein.

Ich nahm mir vor, in der nächsten Zeit verstärkt auf verschlossene Fenster und Türen zu achten.

Erschöpft fiel ich in meinen Fernsehsessel und klappte den dicken Wälzer auf. Mir blieben noch zwei Stunden, um wenigstens die elementarsten Grundbegriffe des Barwesens zu erlernen. Das Buch war in Begriffe wie Cobbler, Fizzes, Highballs, Juleps, Slings, Tumbler und ähnliche Bezeichnungen aufgeteilt und sagte mir nichts. Woher sollte ich auch wissen, dass ein Tequila Sunrise ein Highball ist? Jedenfalls stand das da so drin. Ich überlegte angestrengt: Was war, wenn mich ein Gast nach einem Mojito oder einem Daiquiri fragen würde? Wo müsste ich da nachschlagen? Ich legte das Buch völlig entnervt beiseite und schlief ein.

Frau Schwemmer klingelte um Sechs und verhinderte damit eine Katastrophe.

»Danke, Frau Schwemmer, ich bin spät dran und Tschüss.«

Die verdatterte Frau konnte ihr Anliegen nicht mehr loswerden. Ich war viel zu spät und hatte keine Zeit. Den Wälzer hatte ich auch vergessen.

Elmer versuchte mir das Kassensystem zu erklären. Nach zehn Minuten hatte ich es begriffen. Weniger glückvoll erging es mir mit den vielen funkelnden Flaschen, den zu jedem Drink passenden Gläsern und den unterschiedlichen Brandy-, Whisky- und Sonstwas-Sorten. Von den Rezepten der Cocktails gar nicht erst zu reden.

Mein erstes Opfer war ein Stammgast, den ich bislang nur von der Rezeption kannte. Er hatte vor drei Tagen bei mir eingecheckt. Jetzt wollte er einen Brandy Alexander und setzte sich zu mir an den Tresen. Ich schaute ihn hilflos an, er schaute zurück.

»Sind Sie neu hier?« Ich nickte. Er hatte Mitleid und zählte auf: »Brandy, Creme de Cacao, Muskatnuss und Sahne, zum Schluss noch etwas Eis, bitte.«

Ich schüttete alles in ein Glas. Es sah irgendwie nicht gut aus, wie schon mal getrunken und wieder ausgespuckt. So was konnte man auf keinen Fall einem Gast servieren. Ich goss es weg. Ich hatte einmal zugeschaut, wie man einen Irish Coffee zubereitet, das hatte mich schwer beeindruckt. Der Fachmann hatte die Mischung aus Kaffee und Whisky in einem Glas so lange gerührt, bis genug Schub in der Flüssigkeit war, sodass sich die flüssige Sahne über einen umgedrehten Kaffeelöffel als dicke Schicht obenauf setzte. Das hat nicht nur gut ausgesehen, sondern auch noch richtig gut geschmeckt. Das könnte doch bei einem Brandy Alexander auch klappen, dachte ich mir, und vor allen Dingen besser aussehen. Mit Schwung machte ich mich an die Arbeit.

Herr Werdemann, der Name war mir gerade wieder eingefallen, betrachtete sein Glas von allen Seiten und nippte an seinem Shortdrink. Nach und nach leerte sich das Glas. Er bestellte noch einen, dann einen dritten. Als er zahlte, gab er mir ein großzügiges Trinkgeld.

»Meine Liebe, das war mit Abstand der außergewöhnlichste Brandy Alexander, den ich in meinem Leben getrunken habe, aber sie haben sich ja auch außergewöhnlich viel Mühe gegeben.«

Er ging in Richtung Lobby zu den Aufzügen.

Ich schaute ihm achselzuckend hinterher. Na ja, das Umrühren war nicht schwer gewesen, aber die Sahne langsam über einen Kaffeelöffeln gleiten lassen, damit ein dicker, flüssiger Sahnedeckel entsteht, das war schon ein Kunststückchen gewesen. Und es hatte auch richtig gut ausgesehen.

Elmer erklärte mir am nächsten Tag, dass meine außergewöhnlichen Bemühungen für den Brandy Alexander keinesfalls notwendig gewesen wären. Die erste, unansehnliche Variante wäre die richtige Art der Zubereitung gewesen.

Das wusste ich inzwischen schon von Mr. Shaker. Der kam an diesem denkwürdigen Abend zu spät, weil ich ihn nicht programmiert hatte. Als Reismann mich in der Bar rotieren sah, fiel ihm sofort auf, dass Mr. Shaker fehlte. Nur, keiner hatte mir gesagt, dass ich ihn hätte programmieren müssen, damit er in der Bar erscheint.

Aber Mr. Shaker war meine Rettung. Er kannte alle Cocktails auswendig und wusste auch alle Preise. Außerdem war er flink, lustig und schäkerte gerne mit den Gästen. Die Bar war immer brechend voll. Jeden Abend brachte er mir eine Rose auf seinem Tablett, die ich in ein hohes Glas auf den Tresen stellte. Der Roboter klimperte mit den Augendeckeln und himmelte mich mit seinen schwarzen Glubschaugen an. Er war offensichtlich verliebt. Wo immer er mich erwischte, klimperte er mich mit seinen kindlich runden Augen an, überhäufte mich mit Komplimenten und gab mir bei jeder Gelegenheit einen vollendeten Handkuss. Außerdem fehlte bei meinen Bareinsätzen nie die rote Rose auf seinem Tablett.

Es war den ganzen Tag schon unerträglich schwül und heiß gewesen. Schwarze Wolken rieben sich mit schwefelgelben Schwaden am dumpfgrauen Himmel. Die Atmosphäre war aufgeladen, wie auch die Gäste, die meist grundlos über uns Angestellte nörgelten. Reismann zupfte immer wieder an seinem linken Daumen.

Ich hatte wieder Dienst in der Hotelbar. Mr. Shaker brachte mir seine rote Rose und begann die Tische an den Fenstern abzuwischen.

Ausgerechnet diese Managerzicke Bitsche tauchte mit ein paar Presseleuten auf und wollte die Marmortische an den Fenstern belegen. Dazu mussten die Tische zusammengerückt werden. Eine Arbeit, die ich alleine nicht schaffte und für die Mr. Shaker auch nicht zu gebrauchen war. Frau Bitsche hatte ungefähr zehn Presseleute angeschleppt und wollte die beliebte Fensterfront komplett mit ihren Journalisten belagern. Ich bot ihr den Kleinen Konferenzraum an, aber nein, sie bestand auf die Fensterfront.

»Wenn Sie nicht in der Lage sind, Ihren Job ordentlich zu erledigen, werde ich mich bei Ihrem Vorgesetzten beschweren«, blaffte sie mich an, »und verlassen Sie sich darauf, Ihr Hotel wird in der Presse dabei nicht gut wegkommen.«

Sie schob einen der Reporter in meine Richtung.

Ich telefonierte mit dem Hausmeister und bat um Muskelhilfe. Mr. Shaker beobachtete die Szene interessiert. Ein krachender Donner ließ uns alle zusammenfahren, gefolgt von einem giftgelben Blitz. Das Gewitter hing direkt über dem Hotel. Otto, unser Hausmeister kam mit dem Portier als Verstärkung. Tische wurden gerückt, Stühle geschoben. Jetzt fing diese Managerzicke auch noch an, sich über die Hektik und den Lärm zu beschweren. Wir waren gerade fertig, als weitere Gäste in die Bar kamen. Die Managerin winkte Mr. Shaker ungeduldig herbei, noch bevor die Zeitungsschreiber an den Tischen Platz genommen hatten. Mr. Shaker fragte artig nach ihren Wünschen und schäkerte sogar mit ihr, womit die Frau völlig überfordert war. Das wiederum amüsierte die Presseleute. Der kleine Roboter hatte die gesamte Journaille nach kürzester Zeit um den Finger gewickelt.

Ein leises Sirren zog durch die Luft. Plötzlich war für einen kurzen Moment eine überirdische Stille im Raum, gefolgt von einem infernalisch lauten Knall. Mr. Shaker sprühte kurz Funken und seine Arme und Beine zuckten unkoordiniert. Danach setzte er diszipliniert seine Arbeit fort.

🐈

Herr Reismann kam besorgt vom Foyer und rieb sich den linken Daumen. »Alles in Ordnung, Gitti? Brauchen Sie Hilfe?« Er schaute kurz zu den Presseleuten, die inzwischen mit Hilfe meiner Cocktails in hitzige Diskussionen verwickelt waren. Einige Gäste schauten bereits hinüber und fühlten sich offensichtlich gestört. Die Schreiberlinge wollten den Rockstar sehen, ihn interviewen und nicht von seiner angesäuselten Managerin unterhalten werden.

Frau Bitsche telefonierte mit dem Star: »Darling, die Leute sind wichtig für dich und gut fürs Geschäft. Morgen stehst du in allen Zeitungen, wenn du jetzt runterkommst. Den Eckes Edelkirsch kannst du auch hier unten trinken, also komm runter.«

Das klang ganz vernünftig, aber ihre sehr bemühte Stimme wurde mit jedem Wort etwas unkontrollierter, etwas schriller. Plötzlich, sie schaute fassungslos auf das Telefon in ihrer Hand, der Rockstar hatte aufgelegt. Hatte sichtlich keine Lust, seinen Kirschlikör mit den Presseleuten zu teilen. Ich grinste süffisant, auch zickige Managerinnen haben es nicht immer leicht im Leben.

»Gitti«, flüsterte mir Reismann zu, »warum sind die nicht im Konferenzsaal? Was machen die hier? Die bringen unseren ganzen Betrieb durcheinander.«

Ich zuckte mit den Schultern und erklärte ihm die Sachlage.

Herr Reismann schnaubte leise: »Diese Zicke nörgelt und hackt schon den ganzen Tag auf uns rum und macht schlechte Stimmung. In der Hölle soll sie schmoren!«

Mr. Shaker stand am Tresen und drehte sich zu Herrn Reismann um. »Möchten Sie, dass ich das übersetze?«

Ich glotzte auf meine Fernbedienung, dann auf den Roboter, da stimmte was nicht. Herr Reismann winkte ab.

Die Bar füllte sich zusehends. Die Hotelgäste flüchteten in die Hotellounge, ins Restaurant oder in die Bar, keiner wollte bei dem Wetter alleine in seinem Zimmer sitzen.

Der Roboter streckte mir seinen stählernen Tablettarm mit den leeren Gläsern entgegen. »Zwei Cuba Libre, einen Mojito, einen Caipirinha mit Gin, zwei Touch Down, einen Kamikaze, zwei Mal Wodka.«

Mr. Shaker und ich waren inzwischen ein eingespieltes Team. Noch während er die Zutaten aufzählte, hatte ich schon den Shaker in der Hand, maß ab und schüttelte und mixte, was das Zeug hielt. Die essbare Deko verteilte ich großzügig auf die Gläser, das Auge isst schließlich mit. Ich belud Mr. Shakers schweres Tablett. Wieder grollte ein Donner über dem Hotel, knallte in den Hades Orkus, gefolgt von mehreren Blitzen. Es roch nach Schwefel, irgendwo in der Nähe musste es eingeschlagen haben.

Herr Reismann betrachtete zufrieden unsere gut funktionierende Zusammenarbeit. »Na bitte, ich wusste es doch, Gitti, Sie kommen bestens klar.«

Eine Abfolge krachender Donner barst über unseren Köpfen. Ein greller Blitz zuckte, dann eine ganze Reihe gleisender Blitze hintereinander. Mr. Shaker sprühte Funken. Die Gäste sprangen auf, ein paar Damen kreischten erschrocken.

Herr Reismann beruhigte die aufgeschreckten Hotelgäste. »Alles gut, bitte nicht aufregen, wir haben Blitzableiter«, er grinste schief, »und sind gut versichert.«

Mr. Shaker gab ein kurzes metallisches Ping von sich und ging mit den Drinks an den Pressetisch. »Zwei Cuba Libre, einen Mojito, einen Caipirinha mit Gin, zwei Touch Down, einen Kamikaze, zwei Mal Wodka. Bitte sehr, die Herrschaften.« Er verbeugte sich formvollendet und begann wieder mit einigen Journalisten zu schäkern. Bald lachte der ganze Tisch.

Die angesäuselte Frau Bitsche stichelte: »Ach Mr. Shaker, da habe ich wohl etwas falsch verstanden und Ihren Namen die ganze Zeit falsch ausgesprochen, wie? Hätte ich vielleicht Mr. Schäkerer sagen sollen, was?« Bei jedem ihrer Worte stieß sie mit ihrem spitzen Finger dem Roboter auf die helle Brust.

Ihr war heiß geworden, und sie hatte die Flügeltür zur Terrasse weit aufgerissen.

Dann platzte sie heraus: »Sie sind doch vom anderen Ufer, stimmt's? Sie stehen doch auf Männer, oder? Und wie funktioniert sowas überhaupt bei einem Haufen Blech, hä?«

Die Dame hatte schon vorher ein paar Drinks zu viel gekippt. Ihre Stimme tropfte vor Sarkasmus, fing an zu kippen und übertönte laut die Bargeräusche, sogar das anrollende Donnergrollen.

Ich bekam jedes ihrer giftgeschwängerten Worte mit, wie auch alle anderen Gäste. Mir wurde leicht übel, denn ich wusste nicht, wie Mr. Shaker auf so einen Affront reagieren würde. Er gehörte schließlich zu einer fortschrittlich entwickelten Sorte von Künstlicher Intelligenz. Können Roboter beleidigt sein?

Mr. Shaker verbeugte sich in Richtung Frau Bitsche. »Gestatten Sie, dass ich Ihnen die passende Antwort gebe?«

Er griff nach ihrem Drink und goss ihn genüsslich über ihren hochwertigen Pullover. Ach, Mr. Shaker, nicht schon wieder. Der Grenadinesirup, der Maracujasaft, der Apricot Brandy und der hochprozentige Wodka ergossen sich erneut über ihren teuren Designerpullover. Die Managerin sprang auf und verpasste Mr. Shaker eine schallende Ohrfeige, die der Roboter mit blechernem Gelächter quittierte.

Wieder knallte ein Donner, gefolgt von einem grellgelben Blitz, an den hohen Kastanienbäumen vorbei, durch die offene Flügeltür auf… oh, nein, auf Mr. Shaker. Der sprühte für einen kurzen Moment Funken wie ein brennender Weihnachtsbaum.

Ich schaute mich hilfesuchend um, suchte nach Herrn Reismann, aber der war plötzlich verschwunden.

Dafür wälzte sich Frau Reismann mit ihrem hochschwangeren Bauch in die Bar, kam auf mich zu und blaffte mich an: »Was ist hier los? Haben Sie denn gar nichts mehr im Griff? Sie sind entlassen.« Dann fauchte sie Mr. Shaker an: »Und Sie auch, Sie unnütze Kreatur. Ein Haufen Blech und Drähte hat in meinem Hotel nichts zu suchen. Ich will Sie beide hier nicht mehr sehen.«

Ich machte einen schnellen Abgang und sicherte mich hinter dem Bartresen. Leise murmelte ich vor mich hin: »So eine blöde Ziege, so eine blöde. Hat nichts zu melden und schikaniert jeden bei sich mur jeder bietenden Gelegenheit. Man sollte ihr den Hals umdrehen.«

Ich hatte die Worte nur ganz leise vor mich hingesprochen, doch Mr. Shaker hatte sie gehört. Er tippte mir auf die Schulter: »Soll ich das für Sie übersetzen?« Ich schüttelte entnervt den Kopf, heute waren alle irgendwie schräg drauf.

Der Roboter war etwas mehr als schräg drauf. Er stürmte urplötzlich auf die Direktionsgattin zu und stieß die Arme vor. Entsetzt riss ich die Augen auf.

Das festgeschraubte Serviertablett krachte auf den Kopf von Frau Reismann, die den Roboter entgeistert anbrüllte: »Was erlaubst du dir, du elender Akku?«

Das war entschieden zu viel, das ließ Mr. Shaker nicht auf sich sitzen. Er hatte Gefühle, er hatte eine Ehre, aber offensichtlich auch einen Kurzschluss. Immer wieder knallte er ihr das stählerne Tablett auf den Kopf, bis sie schließlich blutüberströmt zusammenbrach.

Der Maschinenmensch tobte durch die Hotelbar, fegte alle Gläser von den Tischen, kippte die Stühle um und begrub Frau Reismann schließlich unter einem Berg von Chips, Erdnüsschen und Salzstangen. Die Gäste hatten sich laut schreiend aus der Hotelbar in die Lobby geflüchtet. Frau Reismann lag blutüberströmt auf dem Boden und tat keinen Mucks mehr. Mr. Shaker glimmte still vor sich hin, bis er mit einem leisen Röcheln nur noch ein Häufchen stinkendes, geschmolzenes Plastik mit Stahlgerippe und verkohlten Drähten war.

Herr Reismann stürmte in die Bar und starrte entsetzt auf seine verletzte Frau. Hilflos rieb er sich den linken Daumen, dann rang er verzweifelt die Hände.

Ich rief erst den Krankenwagen, dann Herrn Wolfram an.

Der Kriminalhauptkommissar begann wegen versuchten Mordes im Hotel zu ermitteln. Herr Wolfram hatte ein Hotelzimmer beschlagnahmt und verhörte alle Mitarbeiter.

Er bot mir einen Stuhl an. »Gitti, es tut mir leid, aber ich fürchte, Sie werden eine Klage der Staatsanwaltschaft wegen versuchten Totschlags am Hals haben.«

Ich starrte ihn entgeistert an. »Wieso das denn? Ich habe niemanden versucht umzubringen. Das war der Roboter.«

Der Polizeibeamte rutschte unbehaglich auf seinem Stuhl herum. »Gitti, man wird Ihnen zum Vorwurf machen, dass Sie mit einem Knopfdruck dem mörderischen Treiben ein Ende hätten setzen können – was Sie aber nicht getan haben.«

Ich war erst sprachlos, dann ging ich in die Defensive: »Die Fernbedienung funktionierte nicht mehr. Ich hatte versucht, den Roboter zu stoppen und hatte das nutzlose Ding, nachdem Mr. Shaker der Bitsche den Cocktail auf den Pullover gekippt hat, völlig entnervt hinter mich auf den Bartresen gelegt. Später war die Fernbedienung weg, einfach weg.«

Herr Wolfram schaute mich an. Wieder mit diesem unergründlichen Blick, den ich nicht deuten konnte. »Ich weiß, Gitti. Nur der Staatsanwalt wird das nicht glauben. Wir haben die Fernbedienung voll funktionstüchtig in Ihrem Spind gefunden.«

Jetzt riss ich die Augen auf und stammelte: »Was, wie bitte? Das glaube ich jetzt nicht.«

Ich hatte vorher noch nie in einem Gefängnis gesessen, nicht mal in Untersuchungshaft. Ich kann also nicht beurteilen, ob man mich dort schlecht behandelt hätte, aber auch nicht, ob gut. Ich saß immerhin wegen Mordversuchs ein. Die Justizvollzugsanstalt im Nordosten der Großstadt war ein Zweckbau, und die Gästezimmer auf Staatskosten waren entsprechend eingerichtet. Dank Herrn Kriminalhauptkommissar Hagen Werner Wolfram hatte ich wenigstens ein paar Annehmlichkeiten zugestanden bekommen.

Herr Wolfram besuchte mich.

»Ich habe schlechte Nachrichten, Gitti.«

Was konnte noch Schlimmeres kommen?

Herr Wolfram sprach weiter: »Frau Reismann ist tot, und Herr Reismann ist Vater einer gesunden Tochter geworden. Man hat das Kind noch retten können, die Mutter aber nicht.«

Langsam dämmerte mir, dass ich jetzt nicht mehr wegen Mordversuchs, sondern wegen Mordverdachts in Untersuchungshaft einsaß.

»Morgen kommt die beste Anwältin, die ich auftreiben konnte, zu Ihnen. Und …«, er machte eine kurze Pause, »ich verspreche Ihnen, dass ich alles tun werde, um Sie hier so schnell wie möglich wieder rauszuholen.«

Ich war kurz davor loszuheulen. »Sie glauben also an meine Unschuld?«

Herr Wolfram sah mir fest in die Augen. »Ja Gitti, natürlich. Ich bin fest davon überzeugt, dass Sie die Reismann nicht umgebracht haben. Und ich weiß auch, dass Sie den Roboter nicht falsch programmiert haben. Ich muss jetzt gehen, um Beweise zu sammeln, aber ich komme wieder.« Auf halber Strecke drehte er sich nochmals um. »Ach, ich soll Ihnen auch noch ganz liebe Grüße von Frau Sikora und Frau Schwemmer ausrichten. Und sagen, dass sich drei Minis auf Ihre Rückkehr freuen. Was immer das heißen soll.«

Die Anwältin war eine knochentrockene Mittfünfzigerin, die mir klarmachte, dass sie sich erst ein Bild von mir machen, und dann eine Strategie für mich zurechtlegen müsse, in der sie das Bestmögliche für eine Mörderin herausschlagen könne. Ich war über ihre Ansage fassungslos und versuchte sie davon zu überzeugen, dass ich keine Killerin bin. Die U-Haft zerrte an meinem Nerven.

»Frau Anwältin, wenn ich die Frau meines Chefs hätte umbringen wollen, dann hätte ich dazu tausend Gelegenheiten gehabt: Bittermandeln aus den Küchenvorräten, eine der vielen Badewannen in den Gästezimmern, die wackelige Balkonbrüstung von Zimmer 87, Rattengift aus dem Gärtnerhaus, ein paar scharfe Messer aus der Küche, zum Beispiel.«

Die Verteidigerin schaute mich nachdenklich an. Oh je, jetzt hatte ich ihr auch noch ein paar brauchbare Ideen geliefert. Ich beschloss, in Zukunft erst mein Hirn einzuschalten, bevor irgendwelche Worte über meine Lippen sprudelten.

Wenige Tage später hatte ich Besuch. Herr Kriminalhauptkommissar Wolfram brachte mir eine Tageszeitung, eine Frühlingsrolle und knusprige Kanton-Ente vom Chinesen mit. Ausgehungert stürzte ich mich auf die Leckereien. Das Essen im Gefängnis war noch schlechter als der Altenheimfraß aus dem Hotel. Als ich fertig war, hatte Wolfram noch eine Überraschung parat.

»Ich hatte ein längeres Gespräch mit Ihrer Busenfreundin Doris.«

Ich lächelte etwas säuerlich. Das sächsische Gelaber meiner Kollegin aus dem Room-Service interessierte mich im Moment herzlich wenig.

Wolfram räuspert sich kurz. »Sie hat gesehen, wie Reismann die Fernbedienung für den Roboter in Ihrem Spind versteckt hatte.«

Nur langsam sickerte die Bedeutung seiner Worte in mein Hirn.

»Sie hat was? Er hat was?«

Der Kriminalhauptkommissar klärte mich weiter auf: »Die Fernbedienung war von ihm so programmiert, dass Mr. Shaker mit oder ohne Gewitter durchgedreht wäre. Wir haben anhand der registrierten Uhrzeiten beweisen können, dass Sie sich von der Mordprogrammierung bis zu Mr. Shakers Ausraster permanent in der Hotelbar aufgehalten haben. Dafür gibt es unzählige Zeugen. Für Reismann nicht. Sie können sich Ihre Sachen also aushändigen lassen und gleich mitkommen.«

Das war typisch Hagen Werner Wolfram: lässt mich selenruhig ein asiatisches Mittagsmenü hinter Gittern verspeisen, um mir danach meine Freilassung zu servieren. Doch ich konnte nicht anders, ich fiel ihm zum zweiten Mal um den Hals und drückte ihm einen knalligen Schmatzer mitten auf den Mund.

Die Ermittlungen gegen Reismann liefen auf Hochtouren und ein Zimmer auf Staatskosten hatte er auch schon bezogen.

Das Gewitter, das an jenem denkwürdigen Tag über dem Hotel tobte, hatte Mr. Shakers Koordinaten zwar etwas durcheinandergebracht, ihn aber nachweislich nicht aufs Morden programmiert. Das war einzig mein Chef, also mein Ex-Chef, gewesen. Aber alleine die Möglichkeit, einer Künstlichen Intelligenz diese Handhabe zu geben, war grenzwertig und nur der Tatsache geschuldet, dass Reismann den Roboter illegal gekauft hatte. Inwieweit man die japanische KI-Firma mit in die Verantwortung ziehen konnte, war Herrn Kriminalhauptkommissar Wolfram überlassen. Ein Mörder aus Kunststoff, Blech und Elektronik kam nicht alle Tage in seiner Laufbahn vor, und er hatte diesbezüglich noch einige Probleme zu knacken.

Die mir zustehend Entschädigung von fünfundzwanzig Euro pro Einsitztag wurde mit der luxuriösen Unterbringung meiner U-Haft verrechnet, und eine Entschuldigung von dem Staatsanwalt, dem ich diese Erfahrung zu verdanken habe, bekam ich auch nie.

Die Kündigung meiner Arbeitsstelle hatte ich inzwischen durch meine nutzlose Verteidigerin veranlasst.

4

Die Damen Sikora und Schwemmer hatten sich was ausgedacht.

»So geht das mit Ihnen nicht weiter«, Frau Sikora stemmte empört die Fäuste in die Seiten, »seit Tagen verschanzen Sie sich in Ihrer Wohnung. Das geht so nicht.«

Frau Schwemmer war der gleichen Meinung: »Nur weil ein paar Leute gestorben sind, ist das noch lange kein Grund, sich so zu verkriechen und nichts mehr zu unternehmen.«

Ich protestierte leise: »Die sind nicht gestorben, die wurden umgebracht.«

Frau Schwemmer zuckte die Achseln. »Das ist egal, tot ist tot.«

Gegen Frau Schwemmers Logik war kein Kraut gewachsen. Sie griff in die rechte Tasche ihrer Küchenschürze und zog eine Eintrittskarte heraus.

»Am Samstag gehen wir aus. Keine Widerrede, und ziehen Sie sich was Hübsches an.«

Ich schaute ungläubig auf die Eintrittskarte. Die beiden Damen hatten mir einen Abend in der populärsten Showbühne der benachbarten Großstadt geschenkt.

Das „Mainhatten Queen" hatte einen Ruf, ach was, eine Mehrfachreputation: die besten Shows seit Jahren, international gefeierte Künstler, fulminante Kostüme und Bühnendekorationen, sowie die schönsten Damen auf der Bühne, die manchmal auch Männer waren. Dazu eine Cocktailbar vom Feinsten, die auf einen preisgekrönten Mixologen zurückgreifen konnte. Ich dachte mit Trübsal an meine vergeigte Karriere als Springer in der Hotelbar zurück. Vielleicht wäre es wirklich angebracht, meinen Gram in professionell gemixte Cocktails zu ersäufen.

Wir hatten die S-Bahn genommen; das einzigartige Theater liegt mitten in der Stadt. Und wir hatten uns schön gemacht. Ich hatte meinen Kleiderschrank nach meinem elegantesten Outfit durchforstet und war an einem in Schwarz und Mattgold diagonal gestreiften, weich fließenden Midi-Kleid hängengeblieben, das bei jeder Bewegung den rotierenden Augen der Schlange Kaa aus dem Dschungelbuch Konkurrenz machen konnte. Es könne einem bei meinem Anblick schon schwindlig werden, meinten die beiden Damen.

In der Regel gibt es Varieté-, Revue- und Travestietheater. Aber eine Kombination von allen drei gibt es nur im „Mainhatten Queen". Konkurrenzlos, denn das einzig vergleichbare Theater, das Alcazar in Paris, existierte schon lange nicht mehr. Wir waren sehr gespannt und sehr früh dran. Als ich meine Jacke in der Garderobe abgab, fiel mir ein kleines Schild ins Auge: „Garderobiere gesucht".

Ein Glas Sekt lockerte unsere Stimmung, und ich drehte mich kurz um die eigene Achse, um mir das illustre Publikum anzusehen.

»Ah, gucken Sie mal – dort.« Frau Schwemmer pikste ihren spitzen Fingernagel in meinen Rücken. Aua.

Ich vergaß zu erwähnen, dass das flirrende Midi-Kleid vorne züchtig hochgeschlossen war und im Rücken einen tiefen Schlitz bis zum oberen pars lumbalis hatte, also nackt bis zum Steiß. Frau Sikora zeigte mit ausgestrecktem Zeigefinger auf einen bildhübschen Jüngling, der inmitten der Besucher im hautengen Balletttrikot seine Dehnübungen machte. Das Trikot lag wie eine zweite Haut auf seinem Körper.

Und dort, neben der Sektbar, knallte eine asketische Ballerina, in rosa Tüll gewandet, ein Spagat aufs Parkett.

Die Gäste schauten, und ein Oh und Ah ging durch die Menschenmenge. Von allen Seiten mischten sich Tänzerinnen und Tänzer unter die Leute und bogen und dehnten ihre geschmeidigen Körper, manche in Ballettkostümen, andere halbnackt, zum Aufwärmen durch. Ein netter Gag, dachte ich, und schaute mir die Damen und Herren etwas näher an. Wie schon vermutet, waren einige Damen beim näheren Betrachten zu schön, um Damen zu sein. Perfekte Körper, perfekte Haare, perfektes Make-up. Wieviel Arbeit mochte in so einem Auftritt stecken?

Wir gingen nach dem letzten Klingeln langsam zu einem der kleinen, halbhohen Bistrotische in der ersten Reihe. Frau Sikora und Frau Schwemmer hatten sich nicht lumpen lassen, die Sicht war exzellent. Wir schauten uns um. Bequeme Fauteuils standen in Vierergruppen um die winzigen Tische. An der Decke war viel Technik installiert, und ein kleines Orchester spielte auf einer Empore schmissige Melodien. Illustre Lichtinstallationen schmeichelten dem Umfeld und auch den Damen. Die prickelnde Theateratmosphäre übertrug sich auf das Publikum. Ziemlich beeindruckend, die Preise für die Getränke auch. Langsam fuhr das Saallicht herunter. Die Lämpchen auf den Tischen dimmten ab. Ein Tusch, ein Spot zur Bühne, und die Vorstellung begann.

Ein launiger Conférencier führte durch das Programm. Zwischen seinen spritzigen Ansagen streute er bekannte Chansons der Pariser Zwanzigerjahre. Das Orchester hatte alle Musikvariationen drauf, von schmusig bis schmissig. Ich merkte, wie ich mich entspannte. Meine beiden Nachbarinnen hatten vielleicht doch recht, und ihre Idee begann langsam in mir zu wirken. Frau Sikora war von einem Jongleur völlig hingerissen, der kreisend Ringe über die Bühne fliegen ließ. Die Luft flirrte förmlich durch das oszillierende Licht und ließ den Künstler mitsamt seinen beleuchteten Ringen über die Bühne schwirren. Das Tempo war atemberaubend. Frau Schwemmer begeisterte sich für eine Reifenkünstlerin, die mit einer unglaublichen Leichtigkeit ihre großen, tanzenden Reifen durch das Nichts schwingen ließ, untermalt mit vollem Körpereinsatz in effektvollen Sprüngen, Bögen und Wellen. Artistische Perfektion. Und ich? Ich ließ mich von jeder Nummer tragen, weit weg vom Alltag und skurrilen Todesfällen.

In der Pause fragte ich die junge Frau an der Garderobe nach dem vakanten Job. Ich versuchte sie über ihre Arbeit auszufragen, so schwer konnte die ja nicht sein. Aber sie war verschlossen wie eine Auster.

»Haben Sie Internet?« Sie musterte mich von oben bis unten, und so wie sie schaute, traute sie mir den Umgang mit modernen Kommunikationsmitteln nicht mehr zu. »Wenn Sie Internet haben, können Sie sich über die Stellenangebote unseres Theaters auf der Homepage schlau machen, ansonsten stehen wir auch in der Zeitung.«

Ich zog ziemlich unbefriedigt ab. Ob die junge Frau so eine Art Verschwiegenheitsklausel unterschrieben hatte?

Das Orchester heizte dem Publikum nach der Pause ordentlich ein, und die Darbietungen folgten Schlag auf Schlag. Der Conférencier sagte als letzte Nummer eine Artistin namens Panthera an, und wir schauten ungläubig nach oben. Zwischen Streben, Scheinwerferanlagen und Trapezträgern schwang eine mahagonifarbene Frau, eingeschlossen in einer durchsichtigen Plastikkugel, durch die Luft. Die Kugel öffnete sich plötzlich, und die Artistin flog im freien Fall auf ein diamantglitzerndes Trapez über unsere Köpfe. Sie packte zu. Nach ein paar Schwingungen und einem atemberaubenden Doppelsalto griff sie in ein Zwillingstrapez und landete auf einem gläsernen Absatz im diffusen Licht, hoch über uns. Ein butterweicher Lichtspot erhellte langsam den tiefschwarzen Körper eines geschmeidigen Panthers an ihrer Seite. Das Publikum hielt den Atem an. Zwei erregend schwarze Körper, parallel im gleißenden Licht. Der Panther riss

den Rachen weit auf und gähnte ausgiebig. Die weißen Zähne schimmerten gefährlich im tiefen Schwarz
seines Fells. Die Akrobatin fing ein herangleitendes
Trapez auf und schwang sich auf eine gegenüberliegende Plattform. Und dann, ich zog unwillkürlich den
Kopf ein, sprang der Panther in hohem Bogen über
unsere Köpfe hinweg, auf das Podest neben die Trapezkünstlerin. Die Szene war atemberaubend und der
Applaus wollte nicht enden. Ein kurzer Befehl, und
der Panther schnellte mit einem eleganten Satz in die
Tiefe. Dort wartete er brav auf seine Herrin. Kein
Gitter, kein Netz, nichts. Aber das war noch nicht
alles. Panthera glitt elegant an einem Seil nach unten
auf die Bühne, hakte ihre Finger in das Strass-
funkelnde Halsband des Panthers ein und führte ihn —
an unseren Tisch.

Artig forderte mich die Trapezkünstlerin auf, ihren Partner Macan zu streicheln. Ich war völlig daneben. Da war das tiefschwarz glänzende Tier, das seine
gelben Augen nicht von mir nahm, und gleich daneben dieser durchtrainierte, menschliche Körper, der
mehr zeigte als verbarg. Sie trug nichts als ein schil-
lerndes Bodypainting und sah aus wie eine ebenholz-
farbene Goldschöpfung von Klimt. Die Artistin fragte
mich noch einmal, aber der Überraschungseffekt hatte
mir die Sprache verschlagen. Das Publikum bekam
jedes ihrer Worte über ihr Gesichtsmikrophon mit. Es
tobte und klatschte rhythmisch in die Hände. Streicheln, streicheln, streicheln, outrierte es aus dem Saal.
Ich starrte die Dame ungläubig an, das konnte doch
wohl nicht ihr Ernst sein? Inzwischen hatte die Artistin das Raubtier auf ihre Schultern gelegt und schaute
mich auffordernd an. Ihre linke Hand war in dem fun-
kelten Halsband des Panthers verflochten, den rechten

Daumen und Mittelfinger hatte sie in die Lefzen des Raubtiers verhakt. Damit halte sie den schwarzen Leoparden in Schach, erklärte sie mit gurrendem Akzent und betonte, dass sie den Panther mit der Milchflasche aufgezogen habe.

»Er vertraut mir, und …«, sie machte eine kunstvolle Pause, » … vertrauen Sie mir auch. Streicheln Sie ihn, ich versichere Ihnen, er mag das.« Zögerlich hob ich die Hand und fuhr sanft über das unglaublich seidige Fell. Und, unfassbar, die Großkatze fing unter meinen Händen an zu schnurren! Das Publikum raste und die Artistin zog sich unter vielen Verbeugungen mit Macan zurück. Sie war das Highlight der Vorstellung gewesen, und die Show war mit ihr zu Ende. Ich bestellte mir einen Cognac und stürzte ihn in einem Zug runter.

Die Medizin hatte gewirkt. Ich kam wieder ins normale Leben zurück und wurde ungewollt zur Katzenmama. Die Damen Sikora und Schwemmer hatten das eingefädelt. Frau Sikora nahm das schwarzweißes Katzenbaby auf, Frau Schwemmer verliebte sich in die graue Miniaturausgabe des Sheba-Katers und ich, na ja, ich bekam so einen kleinen rot-weiß geringelten Frechdachs. Tiffi hatte es mit beiden Katern getrieben und ein buntes Trio auf die Welt gebracht. Die Katzendame hatte ihre Brut kurzerhand auf uns drei Damen verteilt, und der Besitzer aus der Nachbarschaft war mit dieser Lösung zufrieden.

»So ein Kätzchen wird Ihnen gut tun, und sie sind dann auch nicht mehr so alleine.«

Mein schwacher Protest wurde einfach abgewürgt. »Wenn Sie wieder arbeiten, kümmern wir uns um Ihre Katze.«

Frau Sikora schleppte den großen rotgetigerten Kater zum Tierarzt und ließ ihn kastrieren, Frau Schwemmer unternahm das Gleiche mit der erwachsenen Sheba-Kopie. Die beiden Kater sprachen mindestens drei Wochen kein Wort mehr mit den Damen. Und Gribouille, mein kleiner Kater, ging ihnen ebenfalls aus dem Weg.

Ich telefonierte mit dem Mainhatten Queen. Die Dame von der Personalabteilung war sehr nett, erklärte mir aber sofort, dass sie nur Studentinnen als Garderobieren einstellen würden. An meinem wohltemperierten Alt erkannte sie, dass ich nicht mehr in diese Altersklasse gehörte. Sie vernahm auch die Enttäuschung in meiner Stimme und meinte: »Versuchen Sie es doch mal im „Fusselstall", soweit ich weiß, suchen die jemanden für die Garderobe.«

Fusselstall? Nie gehört, was war das denn?

Im Internet machte ich mich schlau: Politisches Kabarett, Klamauk, Tanz und Travestie. Ein Kellertheater mit siebzig Plätzen am Rande der Sachsenhäuser Altstadt. Ich hatte noch nie davon gehört, aber ich war ja auch neu in diesem Umfeld. Die Senioren aus der Nachbarschaft klärten mich auf. Das Theater existiere schon seit drei Generationen und böte in seinen Programmen vom Opa mit politischem Kabarett, über den Vater mit Musiktheater, bis hin zum Sohn mit Travestieeinlagen, ein bunt gemischtes Programm. Ähnlich dem Mainhatten Queen oder dem Alcazar, nur in klein – also in klitzeklein. Das Problem war, dass drei Generationen mitmischten und dies ein explosives Gemenge ergab, das bis in die Öffentlichkeit ausgetragen würde. Sehr zur Freude des Publikums und der Presse.

Ich telefonierte und diesmal klappte es.

»Wann können Sie anfangen? Wir suchen jemanden für die Garderobe und in der Pause für die Theke.«

Also einen Springer, na bitte. Ich rühmte mich mit Erfahrungen in der Hotelbranche, im Service und am Bartresen. Zehn Minuten später hatte ich den Job.

Monsieur Gribouille hatte sich bei meinem Telefonat laut schnurrend auf meinen Schoß gesetzt. Offensichtlich war er mit meiner Wahl einverstanden. Ich schmiss ihn runter und suchte das Navi. Einer der Besitzer hatte gemeint, dass ich hinter der ehemaligen Brauerei den theatereigenen Parkplatz nutzen könne.

Das Kellertheater lag im ältesten Teil der Großstadt, versteckt zwischen Brachland und brandneuen Apartmenthäusern, tief unter der Erde. Die ehemaligen Eiskeller der inzwischen geschlossenen Brauerei waren nach einer hippen, heißen Disko-Episode in den Neunzigerjahren aufgegeben, zugeschüttet und verschlossen worden. Außer dem kleinen Fusselstall-Keller, der seine Existenz mit Vehemenz gegen die Obrigen der Stadt verteidigte und damit viel Öffentlichkeitsinteresse gewonnen hatte. Verständlicherweise hatten die Stadtoberen dafür keine Sympathien und ließen null Subventionen fließen. Was wiederum ein immer wieder gern genutztes Thema im politischen Teil des Programms war.

Endlich hatte ich den versteckten Parkplatz zwischen Sperrmüll und diversen Mülltonnen gefunden. Die Treppe nach unten war steil und nichts für meine Altersklasse. Über die hohen, ausgelatschten Stufen kam man direkt in den sogenannten Kassenraum, indem ein ehemals gutaussehender Mitsechziger telefonierte.

»Die Abendkasse ist um drei Euro teurer, aber übers Internet können Sie …« Er beendete sein Telefonat und fragte nach meinen Wünschen. »Was wollen Sie? Davon weiß ich nichts. Keinen Schimmer, ob wir jemanden einstellen. Warten Sie mal, ich frage meinen Sohn.« Er telefonierte intern.

Dann kam ein Mittvierziger, auf Dreißig getrimmt, und wollte mich gleich wieder wegschicken: »Wir brauchen niemanden. Gehen Sie weg. Das war mein Sohn, der hat mich nicht gefragt.«

Na bravo, so was nennt man wohl Generationskonflikt.

Ein langhaariger Lockenkopf stürzte aus einer Tür. »Papa, das reicht jetzt. Die Dame gehört zu mir.« Der Vater vom Sohn blaffte: »Wir brauchen niemanden, wie oft habe ich dir das schon gesagt.« Und der Vater vom Vater meinte: »Doch, Rudi hat Recht, wir brauchen jemanden, und zwar dringendst!«

Es begann kompliziert und es endete kompliziert. Der Enkel beziehungsweise Sohn stellte mich ein, der Opa beziehungsweise Vater auch, aber der Vater beziehungsweise Sohn feuerte mich. Da soll einer noch durchblicken.

🐾

Für den Parkplatz in der Innenstadt war ich dankbar, auch wenn das Rangieren im Müll etwas mühsam war. In einer geschützten Ecke, zwischen parkenden Autos, Mauerresten und Mülltonnen, übernachtete ein abgerissener Penner, offenbar mit der freundlichen Genehmigung der drei Theaterbesitzer. Man musste höllisch aufpassen, um nicht einen ausgestreckten Arm oder ein abgewinkeltes Bein beim Einparken zu erwischen.

Ab Freitag gab es an den Wochenenden immer Doppelvorstellungen, und die Parksituation war katastrophal. Die Bezahlung auch. Einzig die Aufteilung der Trinkgelder riss uns aus der Unterbezahlung, wiewohl die Studentin, die an den Tischen servierte, meiner Meinung nach die Hauptarbeit leistete. Ich nahm vor Beginn der Vorstellungen die Mäntel entgegen und gab sie am Schluss wieder zurück. Dafür gab es kaum Bares, oft nicht mal Mäntel. In der Pause zog ich zwei verschiedene Sorten Bier vom Fass und kippte Wasser, Cola und Limonade in die Gläser, ab und zu auch ein Glas Sekt. Dafür gab es auch kein Trinkgeld. Wirtschaftlich gesehen war der Getränkeservice eine Nullnummer in dem Theater. Viel Arbeit und wenig Profit.

Das Theaterprogramm war auch nicht unbedingt der Brüller. Opa Manni, mit Künstlernamen Fussel-Manni, versuchte die politischen Aktualitäten mit spitzer Zunge ins Publikum zu bringen. Er war gar nicht so schlecht, hatte aber seit Jahren immer die gleiche Masche drauf. Sowas merkt sich das Publikum und kommt kein zweites Mal. Papa Dieter, genannt DiDi und seine Mädeltruppe, die Wonderbras, parodierten Hits aus vergangenen Jahren und sein Sohn Rudi, genannt Romy Rondall, hatte einen Lebenspartner, der unter dem Namen Charante die Show aus ihrer Mittelmäßigkeit riss.

»Fräulein«, so hatte mich in den letzten dreißig Jahren niemand mehr genannt, »ich hatte noch einen Schirm. Wo ist der?« Ich suchte fieberhaft unter den vielen Schirmen, die abgegeben worden waren. Es regnete Bindfäden. In der Garderobe gab es weder Garderobemarken, noch sonst irgendwie ein System. Endlich hatte ich den Schirm gefunden.

Der Fusselkeller war so etwas wie ein Geheimtipp unter der Bevölkerung, und ein paar unbelehrbare Wiederholungstäter, ahnungslose Touristen, wie auch Firmengruppen und Feiergäste, gingen gerne in das etwas heruntergewirtschaftete Kellertheater. Der Generationskonflikt forderte aber sein Tribut, und ab und an gab es auch schon mal leere Plätze.

Manni konnte nicht ewig von seinem einstigen Ruhm zehren.

»Wenn du nicht immer die gleichen politischen Zoten bringen würdest, hätten wir ein besseres Publikum und auch mehr Besucher«, blaffte Rudi seinen Opa an und setzte bei seinem Vater noch eins drauf, »und du könntest mit deinen Tussis auch mal JeiLo oder Madonna parodieren. Oder Michael Jackson. Immer nur Heino, Rex Gildo und Helene Fischer ist zum Gähnen langweilig. Lasst euch was einfallen, sonst steige ich aus.«

Oh, oh, dicke Luft! Im Grunde hatte Rudi ja Recht, und wenn er und sein Lebenspartner Rolf nicht diese fulminanten Travestie-Nummern bringen würden, wäre der Fusselkeller schon längst gestorben. Die beiden waren die unbestrittenen Stars in dem Ensemble.

Rolf tauchte auf und hauchte einen Kuss auf den bereits geschminkten Rudi. Sie hatten die erste Nummer, um dem Publikum tüchtig einzuheizen. Dieter wand sich angewidert ab.

»Lasst den Quatsch vor meinen Augen, sonst geh' ich gleich wieder nachhause.«

Damit war klar, dass Papa Dieter mit dem Lebenswandel seines Sohnes nicht klar kam.

Rolf trollte sich in die Garderobe zum Schminken.

Opa Manni fuhr zischend zwischen die Streithähne. »Schluss jetzt, wir sind im Frontstage.«

Ich machte, dass ich in meine Garderobe kam. Die ersten Besucher trudelten ein und Opa, Vater und Sohn begrüßen die Gäste als sei nichts gewesen, führten sie an ihre Plätze oder standen launig hinter dem Bartresen. Profis eben.

Das Programm lief wie am Schnürchen, und in der Pause stellte ich die Getränke auf die Tabletts von Susi, der studentischen Servierhilfe. Ich spülte die Gläser und räumte den Bartresen auf. Sobald das Licht im Publikum runterfuhr und Walter, der Beleuchter und Tontechniker, seine Arbeit wieder aufnahm, ging ich in die Garderobe und schnappte mir meinen mitgebrachten Krimi. Nachdem ich das Programm drei Mal gesehen hatte, musste ich mir das nicht noch ein viertes Mal antun.

»Kommst du mit?« Susi fing mich nach der Pause ab. Sie müsse dringend eine rauchen und hätte auf dem Hof des Abbruchgeländes alleine Angst. Vor dem Theaterchen durften wir uns nicht sehen lassen, der Platz war nur für die Gäste gedacht. Also gingen wir nach hinten.

»Wieso ist das hier so ein großes Trümmergrundstück?«, fragte ich Susi.

Die Studentin bot mir eine Zigarette an. Ich schüttelte den Kopf: »Nein danke, ich rauche seit ewigen Jahren nicht mehr.«

Sie zog an ihrer Zigarette. »Du bist nicht von hier, stimmts?« Ich nickte. Susi klärte mich auf: »Die können hier nicht weiterbauen, weil der Fusselkeller stört.«

Wie, unser kleines Theater ist der Grund für das viele öde Brachland?

»Ja. unser Boss, also der Fussel-Manni, hat einen Uraltvertrag mit der Stadt, der ihn unkündbar macht. Und so lange wir hier spielen, kann die Stadt nicht verkaufen und die Investoren nicht bauen.«

Ich staunte, dass sowas in unseren Zeiten noch möglich war.

»Der Fussel-Manni war nicht blöd, der hat damals so eine Klausel einbauen lassen, an der die Stadt nicht vorbeikommt.«

Ich bohrte weiter: »Aber der Laden läuft doch nicht mehr so toll, oder?«, wagte ich mich auf gefährliches Terrain. »Manni würde doch bestimmt eine dicke Abfindung bekommen oder ein anderes Theater, wenn er sich mit der Stadt einigen würde.«

Susi drückte die Zigarette aus. »Ich muss jetzt wieder rein. Du kommst bestimmt noch dahinter.« Drehte sich um und ließ mich einfach in der Kälte stehen.

Die Vorstellung näherte sich dem Ende.

Ich ging vor Opa Manni die Treppen nach oben, er schloss hinter mir ab.

»Gute Nacht, Gitti, schlaf gut«, und »Hallo Isaak, wie gehts, wie stehts? Alles gut?«

Er steckte dem Penner einen Zwanzig-Euroschein zu und verschwand in seinem Auto. Sieh mal an, der Fussel-Manni hatte so was wie ein soziales Herz.

Als ich völlig erledigt, weit nach Mitternacht nachhause kam, erwartete mich Monsieur Gribouille mit einem stark schielenden Blick, aber stolz und aufrecht sitzend, inmitten eines hygienischen Chaos. Ich habe Gribouille diesen Namen gegeben, weil das Wort mehrere Bedeutungen hat: Tölpel, Einfaltspinsel, Schlaumeier – alles passte auf dieses Katzentier.

Der Kater hatte das Geschenkband aufgefressen, das ich auf dem Tisch vergessen hatte; dieses metallisch glänzende Geschenkband, das man mit einer Scherenseite, straff gezogen, in wunderbare Kringel verwandeln konnte. Und die Eierlikörpralinen auch.

Frau Schwemmer hat demnächst Geburtstag, und ich wollte ihr Geschenk und die einstmals leckeren Eierlikörpralinen noch ein bisschen nett verpacken. Die Pralinenschachtel, das Geschenkpapier und das Geschenkband hatte ich auf dem Tisch vergessen.

Ich kam zu der Einsicht, dass der kleine Kater dringend erzogen werden müsste, um mein Nervenkostüm zu schonen. Aber für Erziehungsmaßnahmen habe ich so gar kein Händchen, weder bei Katzen noch bei mir.

Ich fiel nach dem Putzen des Wohnzimmers todmüde ins Bett und selbst am Morgen musste ich noch einmal kräftig am anderen Ende meines Katers ziehen, um den Rest des Geschenkbandes zu entfernen.

Isaak lag sturzbetrunken zwischen den Mülltonnen, als ich am Abend zum Dienst erschien. Die zwanzig Euro vom Seniorchef hatte er in billigen Fusel investiert und sich damit sinnlos betrunken. Gut, dass er so gut versteckt zwischen dem Müll lag und das Publikum ihn beim Einparken nicht sehen konnte. Fusel an Fussel, das wäre doch mal eine Reklame – obwohl, vielleicht besser doch nicht!

Eine Gruppe Touristen aus der Hauptstadt hatte eingebucht, und das Theater war proppenvoll. Susi tat ihr Bestes, aber die Berliner stänkerten über das Getränkeangebot.

»Sie, Frollein, hamse nüsch wat anderes? War wolln wat Besonderes, wenn war schomal in soner Kaschemme sin, wa. Ooch wenn det hier tiefste Provinz is, wolln war wat Buntes, Leckeres, vastehn Se? Überhaupt, wat isn det fürn Saftladen hier?«

Susi zog mich in der Pause auf den Hof und maulte: »Immer muss ich mich dumm von den Gästen anmachen lassen. Wenn wir was Schnuckeliges zum Trinken hätten, könnte das eine Goldgrube sein, und es gäbe auch mehr Trinkgelder.«

Ich hakte nach: »Was meinst du damit?«

Sie zog an ihrer Zigarette, im Theater war ja Rauchen verboten. »Na ja, Cocktails und so. Das ist es, was die Leute wollen. Natürlich auch Bier, und auch Wasser und Säfte für die Autofahrer, aber was Exotisches, das käme echt gut.«

Ich überlegte.

Am nächsten Tag hatte ich ein längeres Gespräch mit Rudi. Der war von meiner Idee begeistert, obwohl die ja eigentlich von Susi war. Ich erfand zu den üblichen Cocktails noch ein paar bunte Non-Alcoholics für die Autofahrer dazu. Über meinen Heim-Computer druckte ich eine gepfefferte Preisliste aus, wobei ich bei den teuren Zutaten sparte und dafür in die Optik investierte.

Die Cocktails waren der Renner und bald mussten Manni, Dieter und Rudi den normalen Thekendienst auch in der Pause übernehmen und ich mixte, was das Zeug hielt. Rolf und Walter unterstützten Susi und brachten die Getränke unters Publikum. Der Verkauf brummte, und die Kasse begann zu klingeln. Die Trinkgelder auch.

Als ich nach der fünfzehnten Vorstellung todmüde in mein Auto stieg, lag Isaak volltrunken unter meinem Auto. Dort sei es wärmer, lallte er. Es war inzwischen auch richtig kalt geworden. Es brauchte eine Weile, bis ich ihn davon überzeugen konnte, dass ich ohne Auto nicht nach Hause kam. Er trollte sich laut schimpfend zu den Mülltonnen. Er tat mir echt leid, aber ich brauchte nun mal mein Auto in seiner ursprünglichen Nutzung.

Ich hatte meinen freien Tag und das traf sich gut, denn Frau Schwemmer hatte Geburtstag und ihre Familie und Freunde, wie auch ihre Nachbarinnen eingeladen.

Das Geschenk hatte mein Kater gefressen, inklusive Verpackungsband.

»Ach, das wäre doch nicht nötig gewesen.«

Gefreut hatte sie sich doch, denn mein Strauß war der einzige Blumenstrauß auf der Feier gewesen. Offenbar waren Blumen zum Geburtstag inzwischen so was wie „out".

Der Kaffeetisch bog sich unter den selbstgebackenen Torten und Kuchen.

»Noch ein Gläschen Sekt, Gitti?«

Doch gerne, die Alternative wären Kirschlikör, Eierlikör oder Korn gewesen. Nicht mein Ding. Die Stimmung stieg, im Saal wurde es immer wärmer und die Gesichter rot und röter.

Herr Schwemmer fummelte an der Stereoanlage herum und legte Tanzmusik auf. Er forderte erst seine Gattin auf, dann mich. Es war eine Qual für alle. Herr Schwemmer schob mich durch den Saal und trat mir in schöner Regelmäßigkeit auf die Füße. Die Harmonie zwischen Musik und Tänzer war für Herrn Schwemmer ein Fremdwort, das sich umschichtig in eckigen Bewegungen und wilden Zuckungen mit schlurfenden Stolperschritten abwechselte. Ich habe schon viele grottenschlechte Tänzer gesehen, aber Herr Schwemmer übertraf alles, was ich bislang kennengelernt hatte.

Den Streit hörte ich bis zu den Parkplätzen. Das Theater war noch geschlossen. Wir müssen alle mindestens eine Stunde vor Beginn der Vorstellung erscheinen, um unseren Verpflichtungen nachzukommen.

Die Bühnenkünstler müssen sich noch schminken und ihre Kostüme bereitlegen, Susi wischte über Tische und Stühle, und Walter, der Beleuchter und Tontechniker, guckte nach den Klos und saugte kurz durch. Danach schloss er seine sorgsam gehütete Tonkabine auf. Für das Mini-Musikstudio hatte nur Walter die Schlüssel, und die gab er niemals aus der Hand. Ich glaube, er schläft sogar mit ihnen. Ich stellte die Getränke bereit und machte den Bartresen klar.

An diesem Abend brachte ich Isaak, sozusagen als Wiedergutmachung für den Rausschmiss unter meinem Auto, noch schnell eine ausrangierte Steppdecke vorbei. Er bedankte sich überschwänglich, schon wieder hackevoll, und mummelte sich damit bis zur Nasenspitze ein.

»Das ist mein letztes Wort. Wenn ihr das Programm nicht umstellt, bin ich weg und Rolf auch!«

Manni jammerte: »Aber wie soll ich denn umstellen? Ich mache diese blöde Politik nicht, und die Politiker sind inzwischen so was von langweilig und so was von gleich, dass man die nicht mehr aufs Korn

172

nehmen kann. Und der AfD tue ich den Gefallen nicht; die nehme ich nicht in mein Programm.«

Rudi fauchte ihn an: »Lass dir gefälligst was einfallen. Du bist doch hier der Macher, und du bist auch nicht blöd.«

Dieter mischte sich ein: «Sag mal, wie redest du denn mit deinem Großvater? Ich verbitte mir das, sonst fliegst du raus.«

Rudi giftete zurück: »Ach ja? Gerade du hast es nötig, hier die große Lippe zu riskieren. Du mit deinen ollen Schlagern und deinen mumifizierten Tussis, ihr seid so verstaubt, dass einem der Feinstaub aus den Ohren rieselt.«

Es gab in der Garderobe keinen Mantel hinter dem ich mich hätte verstecken können. Die Eingangstür war noch verschlossen, aber die ersten Gäste standen bereits vor der Tür und wollten rein. Mir war klar, gleich gehen die aufeinander los, gleich hauen sie sich in die ...

Rolf öffnete kurzerhand die Eingangstür und ließ die ersten Besucher rein.

Und traute meinen Ohren kaum: »Herzlich willkommen im Fusselkeller, immer nur hereinspaziert. Darf ich vorstellen, das ist mein Sohn DiDi, das ist mein Enkel Romy Rondall, und hier geht es zur Garderobe. Darf ich Ihre Eintrittskarten sehen?«

Die drei Generationen waren sozusagen auf Sendung, „The Show must go on." Puh, ist das anstrengend, aber es war ja gerade nochmal gut gegangen.

Nach der Vorstellung verschwanden die Besitzer ohne viele Worte und in ungewohnter Eile von der Bildfläche. Weiterhin dicke Luft.

Manni drückte mir die Kellerschlüssel in die Hand und murmelte: »Schließ einfach ab, Gitti, wenn du fertig bist und komm morgen zwei Stunden früher. Kriegst du auch extra bezahlt. Ich muss hier raus, sonst krieg ich keine Luft.«

Ich schaute dem Seniorchef besorgt hinterher, der Krach hatte ihm ziemlich zugesetzt. Die anderen waren schon lange weg. Nur Rudi schlenderte Hand in Hand mit Rolf an mir vorbei und wünschte mir ein vergnügtes »Gute Nacht, Gitti, schlaf gut.«

Ich machte mich an die Arbeit.

Ich hatte alle Gläser gespült und in den Toiletten nachgeschaut, ob sich keiner aus Versehen eingeschlossen hatte. Dann trödelte ich noch an der Bar herum, um einen Hausdrink zu erfinden. Rudi hatte die Idee, Bestandsreste zusammen zu mixen und als Hausdrink zu verkaufen. Endlich hatte ich etwas Passendes gefunden. Im Lager standen fast abgelaufene Grenadine Vorräte und irgendein Depp hatte Unmengen Orangensaft geordert, dessen Ablaufdatum kurz vor dem Kollaps stand. Ich nannte das Gemenge „Fussel-Welcome", eine Mischung aus Wodka, Granatapfelsirup und Orangensaft. Mit einem Zuckerrand am Glas würde das der Renner werden. Billig in der Herstellung und teuer zu verkaufen. Ich brachte noch den Müll nach draußen. Besser am gleichen Abend noch klar Schiff machen, sonst versank das Theaterchen am nächsten Tag in üblen Gerüchen. Die Klimaanlage arbeitete nur, wenn sie gute Laune hatte, und Fenster gab es ja keine. Ich öffnete die letzte Mülltonne, die zwei anderen waren schon übervoll. Morgen früh kam endlich die Müllabfuhr.

Isaak drehte sich auf die andere Seite. Eine Wolke billigen Fusels schlug mir entgegen. Er grunzte laut in seinem Vollrausch und murmelte «Bagage, Familienbande, elende«, oder so ähnlich.

Neben ihm lagen eine leere Schnapsflasche und zerknüllte Folienstreifen. Warum ließ der Mann sich nur so gnadenlos volllaufen?

Die letzten Handgriffe waren schnell getan. In der Stille brummte und fauchte die Klimaanlage zum Gotterbarmen. Ohne die üblichen Theatergeräusche hatte der Krach etwas Bedrohliches. Ich erinnerte mich meiner mir aufgebürdeten Verantwortung und kontrollierte noch den vorderen Eingang. Danach ging ich zum Hinterausgang, der auch der zweite Fluchtweg war. Wir gingen meist durch die Hintertür nachhause.

Es war kein schöner Anblick. Dieter lag mit weit aufgerissenen, hervorquellenden Augen und blau angelaufen in der Künstlergarderobe. Die Bühnenkünstler nutzen den Raum für ihre Aufenthalte zwischen den Szenen. Ein paar umgekippte Stühle lagen vor den Schminkkonsolen. Mehrere Tiegel, Tuben und Abschminktücher lagen verstreut auf dem Boden. Es herrschte ein heilloses Durcheinander. Nur die kostbaren Kostüme für die Auftritte hingen fein säuberlich aufgereiht an den fahrbaren Kleiderständern. Dieters seltsam verkrümmter Körper war noch warm, aber sein Herz schlug nicht mehr. Ich ging wie eine aufgezogene Puppe zum Telefon und rief Herrn Kriminalhauptkommissar Hagen Werner Wolfram an. Zu mehr reichte es nicht mehr.

Herr Wolfram fand mich, stocksteif wie festgefroren, auf einem Stuhl in der Gästegarderobe. Ich war völlig fertig.

»Gitti, erzählen Sie von ganz vorne. Sie wissen doch, dass ich alles wissen muss.«

Ich erzählte von dem Streit, von den Differenzen, von den ständigen Schwierigkeiten. Dann rutschte ich vom Stuhl und es wurde dunkel um mich. Ich bekam nichts mehr mit.

Im Zuschauerraum wartete das gesamte Theaterteam. Wolfram hatte sie alle kommen lassen. Die Vernehmungen begannen, und der Polizeiarzt kümmerte sich unterdessen um meinen weggetretenen Geist und meinen schlaffen Körper.

Als ich wieder zu mir kam, saß Herr Wolfram neben mir und berichtete: »Dieter wurde mit einer Überdosis Insulin getötet Er war schwer zuckerkrank, wussten Sie das? Diabetes mellitus Typ 1. Er musste die Medikamente immer mit sich führen und täglich spritzen. Im Kühlschrank habe ich genug Insulin gefunden, um einen Elefanten zu töten.«

Ach, das war also der Kram gewesen, der sich den Platz mit den Cola-, Fanta- und Spriteflaschen teilte. Die Männer hatten dort auch Fettcremes und Schminke eingelagert, und für mich hatten alle Schachteln wie Ampullenkuren und Schönheitswässerchen ausgesehen. Alle vier Männer waren schließlich extrem eitel.

Dass ich schon wieder in Ohnmacht gefallen war, war mir oberpeinlich, und ich versuchte mit Geschwätzigkeit abzulenken. »Ich gehe wohl richtig in der Annahme, dass sich Dieter nicht selbst die Überdosis gespritzt hat?«

Herr Wolfram nickte. »Höchst wahrscheinlich hat er das nicht, Gitti. Er hatte eine Hypoglykämie.«

Davon hatte ich noch nie gehört, aber Wolfram würde schon wissen, wovon er sprach.

Ich plapperte weiter: »Und ich gehe wohl auch richtig in der Annahme, dass Sie vorerst völlig im Dunkeln tappen und nicht wissen, wer es getan hat?«

Wolfram hatte wieder diesen Blick, der mir ausreichend bekannt war, und der für mich immer wieder das Gleiche bedeutet. »Gitti, halten Sie die Augen offen. Ich muss alles wissen, jedes Detail, und berichten Sie mir darüber.«

Ich seufzte schwer, diese Bitte kannte ich nun schon zu genüge. »Klar doch, Herr Wolfram, ich halte die Augen offen und melde mich bei Ihnen, wenn ich was weiß.«

Als ich die längst fällige Putzerei unter dem Bartresen in Angriff nahm, fiel mir die Kopie eines Pachtvertrags in die Hände. Nun gut, ich gebe zu, dass ich neugierig war und darin blätterte. Mannis Vater hatte die Eiskeller vor dem Zweiten Weltkrieg an die Stadt verkauft. Er hatte wohl so eine Ahnung, dass er nicht mehr aus diesem Krieg zurückkommen würde. Mit dem ausgeklügelten Vertrag hatte der Vater die Zukunft seines Sohnes abgesichert und die seiner Nachkommen auch. Herr Fussel senior hatte notariell festschreiben lassen, dass der Keller für eine symbolische Reichsmark Zeit seines Lebens von seinem Sohn Manni genutzt werden konnte, und die Stadtverwaltung für alle Reparaturen und Renovierungen aufkommen musste. Eine weitere Klausel besagte, dass jeder Sohn der Familie automatisch in dieser Vereinbarung eintritt.

Ich legte das Schriftstück schnell wieder an seinen Platz. Jetzt konnte ich auch die Verärgerung der Stadtoberen nachvollziehen und verstand Susis nebulöse Andeutungen.

Eine Hand legte sich leicht auf meine Schulter; ich erschrak und drehte mich schuldbewusst um. Manni stand vor mir.

»Jetzt weißt du Bescheid, wie hier der Hase läuft.« Ich war höllisch verlegen. »Mach dir keinen Kopf, und es ist auch nur eine Kopie. Das Original liegt gut verschlossen bei meinem Notar.« Manni schaute mich traurig an. »Weißt du, seit Dieters Tod fange ich an, mir Sorgen zu machen. Ich bin inzwischen zu alt, um nochmal Vater zu werden. Außerdem hatte ich vor langer Zeit einmal ein Verhältnis mit einer wunderbaren Frau, und die ist mir weggelaufen, weil ich angeblich nicht beziehungsfähig bin. Ich bin nie drüber weggekommen und seitdem, na ja ...«, er zuckte resigniert mit den Schultern. »Und mit Rudi, das weißt du ja selbst, mit Rudi wird alles, was ich einmal aufgebaut habe, endgültig zu Ende sein.«

Er schlurfte betrübt an mir vorbei.

Frau Sikora hatte Krach mit ihrem Mann. Frau Schwemmer hatte auch Krach, also natürlich mit ihrem Mann. Unser Haus ist extrem hellhörig. Ich dachte mit Unbehagen an meine nächtlichen, männlichen Besucher und die kläglichen Versuche, gewisse Geräuschkulissen mit laufenden Fernsehprogrammen zu kaschieren. Meine beiden Nachbarinnen machten sich nicht die Mühe.

Herr Sikora war eifersüchtig auf den neuen Familienkater und beschwerte sich lauthals über die verminderte Zuneigung seiner Frau. Herr Sikora fühle sich vernachlässigt und ihre Diskussionen hallten durch das ganze Treppenhaus.

Herr Schwemmer fühlte sich offenbar auch vernachlässigt, denn Frau Schwemmer mutmaßte, dass ihr Mann fremdging. Er verschwand zwei Mal in der Woche für mehrere Stunden und sagte Frau Schwemmer nicht, wohin er ging.

Die Haussegen unter mir hingen reichlich schief.

Ich machte mir beträchtliche Gedanken darüber, was besser sei: alleine zu leben und ab und zu Spaß haben, oder in einer festen Beziehung zu leben, und ab und zu Krach haben. Ich hatte ohne Zweifel den Winterblues, was ganz sicher auch mit dem Tod von Dieter zu tun hatte.

Das Theater war wegen des Todesfalls ganze zwei Woche geschlossen. In diesen Wochen waren Opa Manni und Enkel Rudi heftig zugange gewesen. Sie hatten das Programm umgestaltet, neue Leute eingestellt und waren mit den Proben fast fertig. Den großen Kassenraum hatten sie in den Publikumsbereich integriert und damit weitere fünfzehn Plätze geschaffen. Ich staunte nicht schlecht, von wegen Trauerzeit, nicht die Bohne. Überall Aufbruchsstimmung, Energie und Lampenfieber.

Einzig Susi kam mit verquollenen Augen ins Theater und heulte bei jeder Kleinigkeit los. Das Mädchen hatte sich den Tod ihres Chefs offenbar sehr zu Herzen genommen und war völlig aus der Spur. Außerdem hatte sie mit dem Rauchen aufgehört.

Die neue Show war der Hammer. Außer Rudi und Rolf gab es jetzt noch zwei weitere Travestie-Paare, und die zwei Wonderbra-Mädels hatten frische Gesangseinlagen. Opa Manni führte mit witzigen Ansagen durchs Programm und brauchte sich nicht mehr öde Spitzfindigkeiten über langweilige Politiker ausdenken. Charly und Charles waren Amerikaner, die fantastische Nummern aus ihren US-Shows mitbrachten und im wirklichen Leben auch ein Paar waren. Will und Tino glänzten mit schlüpfrigen Parodien aktueller Sing-a-Song-Stars. Am schwersten hatten es Doris und Silke, die beiden Wonderbra-Mädels. Sie mussten sich auf ein komplett neues Repertoire umstellen, und Rudi mäkelte ständig an ihren Tanzkünsten herum. Sie schmissen ihm die Beine nicht hoch genug, und er empfahl ihnen Tanzunterricht.

Will und Tino traten unter dem irren Pseudonym „Queer Beet" auf. Wer genügend Englisch kann, versteht das Wortspiel. Wer nicht, der sollte hurtig im Wörterbuch nachschlagen. Charly und Charles waren da diskreter und traten unter dem glanzvollen Namen „Sparkling Drags" auf. Im Aushang vor dem Theater knallten bunte Fotomontagen ins Auge, und die Plakate kündigten die unbestrittenen Stars in großen Lettern an „Romy Rondall und die bezaubernde Charante als doppeltes Lottchen." Die beiden Männer gingen immer im Doppelpack auf die Bühne: zweimal Madonna, zweimal Lady Gaga, zweimal Tina Turner – das kam richtig gut an. Etwas kleiner wurden die „Sparkling Drags" und „Queer Beet" beworben, und irgendwo dazwischen tauchten auch noch, irgendwo, die „Wonderbras" auf. Damit war die Künstlerhierarchie geklärt.

Die Premiere war ausverkauft, die Leute klebten dichtgedrängt auf ihren Stühlen. In der ersten Reihe saßen die Honoratioren und Presseleute. Susi hatte Kommilitoninnen zur Verstärkung mitgebracht, und ich schwitzte mit Walter alleine hinter der Theke. Die

Bühnenstars waren viel zu aufgeregt und außerstande, sich zu niederen Diensten aufzuraffen. Die veraltete Klimaanlage lief auf Hochtouren, was aber nicht viel nutzte. Rudi hatte einen Caterer bestellt, der in der Pause und nach der Vorstellung Fingerfood servieren sollte. In der Garderobe versuchte die Mutter von Doris Ordnung in das Durcheinander von Mänteln und Schirmen zu bringen. Es roch nach Chaos.

Aber wie durch Wunderhand lief alles glatt, wenn man davon absah, dass es Susi plötzlich schlecht wurde und sie sich bei einem Gast fast auf dessen Schulter verewigte. Und dass Walter einmal den falschen Song einspielte, und dass Silke, die eigentlich Ilse heißt, bei einem Cross Stepp dem Oppositionsführer der Stadtverordnetenversammlung ein Stück Bühnendekoration in den Schoß schaufelte. Es war die griechische Amphore aus der Show der Sparkling Drags, und es muss ziemlich wehgetan haben.

Charly und Charles besaßen atemberaubende Kostüme und die operierten Körper von Göttinnen, der Rest war Schminke. Sie bauten ihre Show auf Effekte des amerikanischen Showbiz auf, und Charly konnte sogar ganz leidlich singen, was er aber nicht brauchte. Hauptattraktion waren ihre Auftritte als Diven der internationalen Musikwelt. Sie kopierten von Adele über Whitney Houston bis Zaz alles was erfolgreich war und waren mit ihren perfekten Playback-Auftritten die Publikumslieblinge. Bis auf die Panne mit dem falschen Song in der Premiere. Charles stand in einem fulminanten Fummel von Cher auf der Bühne und Walter spielte Amy Winehouse ein. Er hatte schon was Transzendentales, dieser Auftritt.

Ich ließ den Shaker mit Eiswürfeln, weißem Rum, Orangen-, Ananas- und Maracujasaft und zwei Zentiliter Grenadine krachend auf den Bartresen fallen. Der Jambo-Cocktail war hin. Die Zutaten fielen mir nicht wegen des denkwürdigen Auftritts von Amy Winehouse alias Cher vor die Füße; es war vielmehr das Erscheinen von Maurice, dem verschollenen Patissier aus meinem verpatzten Hoteljob, der in weißer Schürze und hoher Mütze hochpersönlich Blätterteigkreationen in der Pause servierte. Wenn das Mario wüsste! Mario und Maurice waren vor dem wundersamen Verschwinden des Hotelpatissiers ein Paar gewesen und jetzt servierte dieser mit seinem neuen Lebensgefährten feine Hors d'Œuvres in dem durchgeknallten Theaterchen und war sein eigener Boss.

Ich rief Herrn Kriminalhauptkommissar Wolfram an und informierte ihn über die Neuigkeiten.

Familie Schwemmer feierte Goldene Hochzeit. Die beiden hatten jung geheiratet und zwei Söhne und zwei Töchter großgezogen. Die waren inzwischen erwachsen und ihre Kinder auch. Also wurde mächtig gefeiert, mit Familie, Freunden und Nachbarn.

Selbstverständlich im Gemeinschaftssaal der Anlage und mit einem Caterer, der Maurice hieß. Er und sein neuer Lebensgefährte versorgten die geschlossene Gesellschaft mit allerlei Leckereien. In ihrer Freizeit führten die beiden ein unbescholtenes Leben, und wie mir Herr Wolfram glaubwürdig versicherte, standen mutwilliges Verlassen eines Arbeitsplatzes sowie seines Liebhabers als Straftat nicht zur Diskussion.

Die Welt ist wirklich klein.

Der Gemeinschaftssaal war festlich dekoriert und ein Alleinunterhalter sorgte mit seiner elektronischen

Anlage für gute Stimmung. Maurice und sein Freund Jean-Pierre hatten den Auftrag bekommen, gute deutsche Hausmannskost aufzutischen. Für die beiden Franzosen sicherlich ein Quantensprung in ihrer Vorstellung von gehobener Gastronomie, aber sie schlugen sich tapfer.

Frau Schwemmer hatte einige Vorgaben gesetzt und die Caterer diese „à la française" interpretiert.

»Wirklich gut gelungen, diese Kartoffelsuppe«, schwärmte Herr Czybilla. Was mit feingeschnittenen Steinpilzen und einem Hauch von Safran nicht wirklich verwunderte.

Frau Czybilla hakte nach: »Also, ich muss den Koch unbedingt fragen, was er da in das Gulasch gemischt hat, es schmeckt einfach köstlich. Nur die Fleischstücke sind mir etwas zu groß, die habe ich lieber kleiner. Und was diese Schälchen mit Petersiliensauce dabei zu suchen haben, ist mir auch ein Rätsel.«

Ach, Frau Czybilla, das Gulasch war ein klassisches „Pot au feu" und das teure Bürgermeisterstück vom Rind sollte man separat von der Brühe essen und mit der Petersiliensauce garnieren. Deswegen hatten die Caterer das Fleisch und das Gemüse auch getrennt von der Brühe in den Wärmebehältern aufgestellt. Aber die Gäste schaufelten sich, wie gewohnt, alles zusammen auf ihre Teller.

»Ehrlich, Königinnenpastete mit Lachs habe ich noch nie gegessen, schmeckt aber auch nicht schlecht.«

Okay, Frau Czybilla, das war ein Lachs-Soufflé, und eine Herausforderung für jeden Koch, wenn er mehr als zwei gleichzeitig servieren musste.

Beim Nachtisch waren sich dann alle einig, dass sie noch nie so einen guten Apfelkuchen gegessen hatten, der für sie mit Mandelblättchen und einer göttlichen Bayrisch-Creme serviert wurde.

»Aber warum ist da so eine harte Karamellkruste oben drauf?«

Ich verzichtete auf eine detaillierte Erklärung zu der Tarte Tatin mit geeister Vanillesauce.

Nach dem Essen wurde getanzt, viel getanzt. Ich traute meinen Augen kaum, und Frau Schwemmer fiel aus allen Wolken, als ihr ehemals gnadenlos schlecht tanzender Ehemann sie aufforderte, mit ihr eine kesse Sohle aufs Parkett zu legen. Er schob und schwenkte seine strahlende Ehegattin gekonnt durch den Saal. Herr Schwemmer hatte heimlich Tanzstunden genommen, um seine Frau damit zu überraschen. Die zweifachen Heimlichkeiten pro Woche hatten absolut nichts mit Fremdgehen zu tun – im Gegenteil. Frau Schwemmer war zu Tränen gerührt.

Das Ehepaar Schwemmer hatte auch Herrn Wolfram eingeladen, weil der ja durch meine beruflichen Todesfälle schon fast mit zum Haus gehörte. Er kam und hielt eine launige Ansprache auf die Jubilare. Nach einer Anstandspause verkrümelten wir uns in meine Wohnung auf einen Espresso.

»Susi kommt morgen nicht ins Theater. Sie sitzt ein und ist schwanger. Übrigens von Dieter.«

»Wie bitte? Was? Dann ist ja Susis Kind schon vor der Geburt Halbwaise.« Ich war geschockt. Dann erst klickerten Herrn Wolframs Worte bei mir durch.

Herr Kriminalhauptkommissar Wolfram nahm noch einen Schluck Espresso aus der Ritzenhoff-Tasse. »Susi sitzt vorerst nur in Untersuchungshaft. Aber sie ist die Tochter aus Mannis letztem Verhältnis. Die Mutter ist nach der Geburt einfach abgehauen, und Susi wurde zur Adoption freigegeben. Sie hatte die Identität ihres Vater erst herausgefunden, als sie von ihrer eigenen Schwangerschaft erfuhr und sich mit ihren Familiendaten beschäftigten musste.«

Ich war wie vernagelt.

Herr Kriminalhauptkommissar Wolfram fuhr fort: »Dieter wollte das Kind nicht. Er wollte, dass Susi abtreibt, aber Susi wollte das Baby unbedingt behalten. Dieter hatte Angst, dass er wegen Inzest angeklagt würde und auch, dass das Kind nicht normal sein könnte. Susi war außer sich und machte Dieter in ihrer Wohnung eine lautstarke Szene, die von der gesamten Nachbarschaft gehört wurde. Und…«, Herr Kriminalhauptkommissar Wolfram machte es spannend, »Susi ist Medizinstudentin. Sie steht unter dem dringendem Verdacht, Dieter die tödliche Dosis Insulin verpasst zu haben.«

Jetzt war es völlig um meine Fassung geschehen. »Aber warum das denn? Das macht doch keinen Sinn.« Dann erst dämmerte mir das ganze Drama. »Wenn Manni der Vater von Susi ist, dann ist er auch der Opa von dem ungeborenen Kind, und dann ist Dieter nicht nur der Vater des Kindes, sondern auch noch Susis Bruder. Und Rudi ist Susis Neffe und auch noch der Onkel von dem Kind.«

Ich brach ab, es wurde mir zu kompliziert.

Zwei Kommilitoninnen von Susi übernahmen ihren Job. Manni schlich deprimiert durch den Keller, der Mann ließ offenbar sein ganzes Leben Revue passieren. Selbst Rudi zeigte nicht mehr die übliche Un-

bekümmertheit, und es herrschte eine allgemeine Ge-
reiztheit untereinander.

Er faltete die Mädels zusammen, dass sie einem
leidtun konnten: »Ich habe euch hundert Mal gesagt,
dass ihr eure Beine höher schwingen müsst. Ich habe
euch, ich weiß nicht wie oft gesagt, dass ihr ins Trai-
ning müsst. Ihr versaut uns die ganze Show. Wenn ihr
bis nächste Woche nichts bringt, fliegt ihr raus.«

Doris und Ilse-Silke waren sauer.

Über Publikumsmangel konnten wir uns nicht
mehr beklagen. Das Theaterchen war für Wochen
ausgebucht, und die Presse überschlug sich in Super-
lativen. Einzig Susi machte uns Sorgen. Sie demen-
tierte heftig, dass sie Dieter umgebracht haben soll
und beteuerte vehement ihre Unschuld. Leider glaubte
ihr keiner. Ich, offen gesagt, auch nicht.

Als ich am Abend vorsichtig um die hässlichen
Mauerreste des Brauereiabbruchs herumfuhr, man
wusste ja nie, wo Isaak seinen Rausch gerade aus-
schlief, hörte ich schon von weitem den ungewohnten
Geräuschpegel und sah die kreisenden Blaulichter vor
dem Hintereingang des Kellers. Das Grundstück war
abgesperrt, und Feuerwehr, Krankenwagen und Poli-
zeiautos versperrten den Zugang zum Theaterpark-
platz. Schaulustige tummelten sich vor den Absperr-
bändern. Dicker Smog und ein verbrannter Gestank
lagen wie ein Schleier über dem Gelände.

»Was wollen Sie? Hier können Sie nicht durch.«
Der Polizist verwehrte mir den Zugang.

Ich antwortete aufgeregt: »Aber ich gehöre dazu,
ich arbeite hier.«

Er hielt mich fest. »Trotzdem, Sie dürfen hier
nicht rein.«

Ich bohrte nach: »Was ist hier los? Was ist hier passiert? So reden Sie doch endlich, Mann!«

Der Polizist antwortete beinhart: »Ich bin nicht befugt, Ihnen Auskünfte zu geben. Und hier dürfen Sie vorerst nicht rein.«

Ich fragte nach dem ermittelnden Vorgesetzten, und beharrte darauf, mit ihm zu sprechen.

Der Beamte zückte sein Funkgerät. »Warten Sie, ich frage nach. Wie ist nochmal Ihr Name?«

Kriminalhauptkommissar Wolfram kam nach einer Weile zu mir. Er sah müde aus.

Aus den Augenwinkeln sah ich, wie zwei Särge abtransportiert wurden. »Oh Gott, wer ist es? Und was ist passiert?«

Der Kriminalhauptkommissar nahm mich beiseite. »Es sind Manni und Rudi, beide sind tot. Rolf hat uns gerufen. Als er ins Theater kam, brannte der Keller schon lichterloh. Die Klimaanlage ist explodiert, und die Bühnendekoration hatte Feuer gefangen. Sie müssen versucht haben, das Feuer zu löschen. Wir haben Spuren der geschmolzenen Vorhänge an ihren Leichen gefunden.«

Ich versuchte mir gar nicht erst vorzustellen, was sich da drinnen abgespielt hatte. Die goldenen Vorhänge waren der ganze Stolz von Manni und Rudi gewesen, als sie den Flitterkram kurz vor der Premiere angeschleppt und montiert hatten.

»Isaak war wieder einmal stockbetrunken und lag zwischen den Mülltonnen. Er hat angeblich einen Riesenknall gehört und sah Rauch aus dem Hinterausgang kommen. An mehr kann er sich nicht mehr erinnern. Ich habe ihn erst einmal in eine Ausnüchterungszelle gesteckt. Dort haben sie festgestellt, dass

Isaak nicht nur trinkt, sondern auch drogensüchtig ist. Wussten Sie davon?«

Ich schüttelte den Kopf und ging deprimiert nachhause.

Am nächsten Tag orderte mich der Kriminalhauptkommissar in seine Dienststelle. »Wir haben die Ermittlungen abgeschlossen. Gitti, der Tod von Manni und Rudi war definitiv ein Unfall. Die Klimaanlage war seit langem überfällig, und die Stadt hätte sie schon längst austauschen müssen. Dafür werden sich ein paar Herren in der Stadtverwaltung verantworten müssen.« Dann sprach er das aus, was ich dachte: »Aber die Stadt kann sich auch freuen. Endlich können sie verkaufen, und die Investoren können ihre Apartmenthäuser auf das Gelände bauen.«

Ich schaute ihn stirnrunzelnd an. »Herr Wolfram, ich hatte Ihnen doch von dem Pachtvertrag erzählt, nicht wahr?«

Wolfram nickte. »Ja doch, der vom alten Fussel.«

Ich blickte ihm fest in die Augen. »Wenn nun das ungeborene Kind von Susi ein Junge wird ...«, Herr Wolfram unterbrach mich blitzschnell, »dann hat sich die Stadtverwaltung zu früh gefreut, und sie können schon mal mit Renovieren für die nächste Generation anfangen.«

Ich ging nachhause. Es gab für mich nichts mehr zu tun.

5

Ich hörte das Telefon schon im Treppenhaus klingeln. Bevor ich die letzte Stufe erreichte, brach das Klingeln abrupt ab. Der Anrufbeantworter sprang an, und als ich endlich die Wohnungstür auf hatte, beendete mein ehemaliger Chef seinen Anruf gerade mit den Worten: »... und falls Sie interessiert sein sollten, rufen Sie mich bitte zurück. Die Nummer kennen Sie ja.«

Das war wieder einmal typisch Alexander Böhme. Mein Ex-Boss war davon überzeugt, dass ich nach zwei Jahren noch immer seine Telefonnummer auswendig wissen müsse. Ich ließ ihn zappeln und rief ihn erst einen Tag später an.

Er versuchte erst gar nicht, drum herum zu reden und kam gleich zur Sache: »Es handelt sich um eine höchst brisante Angelegenheit mit unvorstellbaren Verlusten. Ihr Auftrag bietet Ihnen großzügige Konditionen, Ihr Fixum wird Sie zufriedenstellen, das Spesenkonto ist beträchtlich und ...«, Böhme machte eine kleine Kunstpause, »wir haben vorrangig an Sie gedacht, weil Sie wissen, wie Rakesh Mehta tickt.«

Das wusste ich in der Tat ganz genau, damit hatte mein früherer Chef unbestritten Recht. Dass meine ehemalige Zusammenarbeit mit Mehta aber ausschlaggebend war, und mein Ex-Boss sich auch nur darum wieder an mich erinnerte, um mir diesen Sonderauftrag anzubieten, das nagte beträchtlich an meinem Ego. Meine Fähigkeiten, meine Einsatzbereitschaft, mein ganzes Können waren offensichtlich nicht so wichtig wie meine einschlägigen Erfahrungen mit Mehta. Mehta war mit mir auf einen Rechtsanwalt angesetzt worden, der seine Wurzeln im deutschen Hochadel hatte und über viele Jahre unglaublich dreiste Versicherungsbetrügereien bei internationalen Fluggesellschaften praktizierte. Wir brauchten fast zwei Jahre, um ihn zu überführen. Eine höchst prekäre Angelegenheit, in der wegen Verbindungen zu einem der führenden europäischen Königshäuser unter Ausschluss der Öffentlichkeit ermittelt wurde. Das ist nun schon einige Jährchen her, und Mehta war damals ein junger Mann gewesen. Heute würde niemand mehr auf ein Königshaus Rücksicht nehmen, aber damals konnten wir die Angelegenheit noch diskret abwickeln.

🐦

Es hatte sich einiges seit meinem Austritt verändert. Die zwei Empfangsdamen waren neu. Jetzt gab es auch zwei Sicherheitsmitarbeiter, die sich zusätzlich im Empfangsbereich aufhielten. Böhme hatte eine jüngere Sekretärin im Vorzimmer und sein Büro ebenfalls einen frischeren Look. Rotes Leder und kühler Stahl. Die Begrüßung war eher reserviert.

Böhme versuchte, mir den Sonderauftrag schmackhaft zu machen und sprach viel von Eigenverantwortung, großem Spielraum und einem dicken Spesenkonto. Erstens: ich würde ein Büro am Flughafen beziehen. Zweitens: ich sollte unter der Hoheit und im Schutz der deutschen Zollbehörde agieren, aber ansonsten völlig unabhängig und selbständig arbeiten können. Drittens: ich müsste sofort anfangen.

»Mehta leitet jetzt unsere Europa-Abteilung in Delhi und Sie müssten sich darauf einstellen, mit ihm in Indien zu kooperieren. Und vielleicht auch mehr als das«, waren die kurzen Andeutungen in Richtung Zusammenarbeit mit meinem ehemaligen Kooperationspartner.

»Muss ich wieder so eine blöde Uniform mit so einem albernen Hütchen tragen?« Ich konnte es nicht fassen, hatte ich das eben gefragt? Was sollte diese dumpfdumme Frage?

Böhme beruhigte mich, Privatkleidung sei angesagt.

Ich hatte offensichtlich einen Jetlag, ganz ohne Flieger. Langsam kam ich wieder auf den Boden der Tatsachen zurück und fragte das, was man in so einen Fall fragen sollte. Und was meinte er mit: … und vielleicht auch mehr als das?

Der Auftraggeber war ein internationaler Pharmakonzern mit Sitz in Deutschland. Es ging um Fälschungen in der Arzneimittelherstellung. Der Konzern ließ in Indien fertigen, und die Arzneimittelkontrolle hatte herausgefunden, dass statt der hochwertigen Arzneistoffe billige Ersatzmittel in die Medikamente gepanscht wurden. Ein Skandal, der schnellsten aus dem Weg geräumt werden musste. Geld spiele keine Rolle, Zeit aber schon.

Böhme legte mir den Werkvertrag vor. Es gab nichts zu beanstanden. Als ich den Umschlag mit der Bankkarte und dem Kontostand meines Spesenkontos öffnete, verschlug es mir kurz den Atem. Mit dieser Summe hatte ich nicht gerechnet.

»Ich hatte Ihnen ja schon angedeutet, dass Sie eng mit Mehta zusammenarbeiten müssen. Dazu gehören auch Flüge nach Delhi und andere Ausgaben. Sie können ohne Rückfragen über ihr Spesenkonto verfügen und brauchen mir nur die Belege vorzulegen.«

Ich dachte mit Unbehagen an Rakesh Mehta. Unser letztes Zusammentreffen lag schon so viele Jahre zurück. Sehr viele Jahre. Was würde auf mich zukommen?

Und da war auch noch dieser zweite Umschlag. »Was ist das?« Ich hielt den verschlossenen Umschlag in die Höhe.

Böhme rutschte etwas unbehaglich auf seinem großkalibrigen Schwingsessel herum. »Das wäre, also wie soll ich es formulieren? Diese Summe wäre so etwas Ähnliches wie ein zweckgebundener Bonus.«

Ich öffnete den Umschlag und schaute verblüfft auf die Zahl, die mir entgegensprang. Ich fragte ihn erstaunt: »Wofür? Verletzungen? Krankheit? Todesfall?«

Böhme schüttelte den Kopf. »Dafür ist die Zusatzversicherung zuständig.« Er schaute mich durchdringend an, ich schaute ungläubig zurück.

Dann brüllte ich ihn fassungslos nieder: »Nein, und nochmals Nein!«

Er zuckte mit den Schultern. »Sie müssen ja nicht. Aber wenn es mit Ihrem ganz persönlichen Einsatz besser und schneller laufen würde... – die Summe wäre als eine Art Schmerzensgeld gedacht.«

Verschiedene Bilder stürzten mit brachialer Gewalt auf mich ein. Die Erinnerungen erschlugen mich fast: Rakesh Mehta in meinem Bett, Rakesh Mehta nackt. Rakesh über mir, Rakesh unter mir. Ich war ihm damals hoffnungslos ausgeliefert gewesen, hörig. Er hatte mich einen Krankenhausaufenthalt, vier Jahre Psychotherapie und ein total verkorkstes Sexualleben für viele Jahre gekostet. Ich vergrub mein Gesicht in den Händen.

Böhme hatte das Fiasko am Anfang seiner Karriere noch mitbekommen. Nicht alles, aber zumindest das bittere Ende.

Er konnte mir nicht in die Augen sehen, als er weitersprach: »Es ist Ihre Entscheidung, Gitti. Einzig und alleine Ihre Entscheidung, wie weit Sie gehen wollen. Außerdem haben wir jetzt eine Firmenpsychologin unter Vertrag. Sie steht Ihnen selbstverständlich jederzeit zur Verfügung.«

Er begleitete mich nach der Vertragsunterschrift zur Tür. Den zweiten Umschlag hatte ich ihm zurückgegebenen. Mit der Bitte, ihn vorerst für mich aufzubewahren.

🐈

Der Pharmakonzern hatte großes Interesse, die Mitarbeiterin kennenzulernen, die sie aus der Misere holen sollte. Die Firma residierte im Zentrum der Großstadt und brillierte mit einer abgefahrenen Hochhausarchitektur und einer Auswahl hochdotierter Mitarbeiter, die mich in die Mangel nahmen. In dem Mahagoniglänzenden Konferenzsaal saßen fünf Herren in Grau und Dunkelblau, die für ihr gutes Geld Taktik, Kalkül und auch Strategien von mir erwarteten, was im Prinzip dasselbe war. Egal, für solche Typen hatte ich eine ausgetüftelte Power-Point-Präsentation mit vielen bunten Zahlen, Kreisen und Balken sowie eine prächtige Video-Darbietung, die mit einigen wenigen Änderungen in verschiedenen Sprachen auf jeden Konzern passten. Die Herren waren zufrieden als sie den Konferenzsaal verließen.

Der Flughafenbus hält direkt vor meiner Haustür. Ich war in fünfunddreißig Minuten an meinem zukünftigen Arbeitsplatz. Bequemer geht nicht. Die Hektik, der Lärm, die Helligkeit stürzten auf mich ein. Ich hatte vergessen, wie laut der Flughafen war, wie turbulent die Geschäftigkeit, wie gleisend die vielen Lichter. Vage erinnerte ich mich daran, wo die Zollbehörde ihre Büros hatte. Die Gleittüren öffnen sich im internationalen Ankunftsbereich nur von innen, und ich wartete auf den nächsten Pulk Passagiere, der von den Gepäckbändern, durch die Zollkontrolle, nach draußen kamen.

»He Sie, da dürfen Sie nicht rein.« Ein junger Zollbeamter hielt mich am Ärmel fest und tat sich wichtig. Als ich ihm den Namen nannte, und dass der Herr mit mir einen Termin habe, erstarrte er fast vor Ehrfurcht. Er führte mich zu einem codierten Eingangsbereich und zückte sein Handy.

Herr Berger empfing mich höchstpersönlich an einer Tür im Innenbereich.

Herr Berger ist der Chef aller Zollbeamten am Flughafen und ein eleganter Mittfünfziger mit guten Manieren. »Ich freue mich sehr auf unsere Zusammenarbeit. Ihr Büro wird Ihnen gefallen. Leider ohne Fenster, dafür mit Klimaanlage und einem Bad.«

Er ließ mir Kaffee bringen. Mit Kondensmilch in kleinen Döschen. Dann klärte er mich über meine Schutzidentität am Flughafen auf, und dass alle Mitarbeiter am Flughafen generell der Zollbehörde unterstellt seien, wenn es hart auf hart ginge. Hintergründig klang das für mich wie eine Drohung, aber dann bot er mir seine Unterstützung an, und dass ich ihn jederzeit um Hilfe bitten könne.

Ich nahm mir vor, meinen Chef zu fragen, inwieweit die Direktive der Zollbehörde auch mich betraf.

Anschließend brachte er mich wieder in die Ankunftshalle.

Mit Bad? Ich wollte es nicht glauben, bis ich es sah. Das Büro hatte die Größe meines Wohnzimmers, mit einem enorm großen Schreibtisch, bequemen Bürosesseln und einer eleganten Besucherecke. Kaltes Deckenlicht und eine riesige, leere Schrankwand komplettierten meinen zukünftigen Arbeitsplatz. Selbstverständlich hatte mein Büro auch eine codierte Tür.

»Das ist das Büro unseres Leiters aus dem Einfuhrzollamt der Landeshauptstadt, das Sie vorübergehend nutzen können. Er hält sich hier nur selten auf und hat Ihnen sein Büro zur Verfügung gestellt. Telefon und Computer haben wir abgeschaltet, den Drucker können Sie benutzen, Handy und Laptop bringen Sie ja mit. Und die Schränke haben wir, wie Sie sicherlich bemerkt haben, für Sie leergeräumt.« Er zwinkerte mir zu. »Das Bad war übrigens schon immer da. Die Räumlichkeiten hatten früher einem anderen Mieter gehört, und der hatte sich das wohl einbauen lassen. Wir haben das Büro erst nachträglich angemietet. Ich hoffe, dass Ihnen Ihr neuer Arbeitsplatz gefällt.«

Herr Berger verabschiedet sich und übergab mir einen Flughafenausweis und die Codierungskarte für meine Bürotür.

Ich sah mich um. Wieso hatte der Zoll mir so ein luxuriöses Büro zur Verfügung gestellt? Welches Interesse steckte hinter dieser Kooperation mit meiner Versicherung? Ich stellte erst einmal die Klimaanlage runter. Das Ding blies mir eiskalt in den Nacken. Also keine Kaffeemaschine, dafür ein Bad.

Ich beschloss, mich erst einmal mit den Örtlichkeiten vertraut zu machen. Die Abflughalle war nicht mein Bereich, dort hatte ich vorerst nichts zu suchen. Meine Domäne war die Gepäckabwicklung und die Frachthallen. Ich heftete mir meinen Sonderausweis mit Foto an die Bluse und ließ die Bürotür hinter mir ins Schloss fallen. Mein erster Arbeitstag am Flughafen hatte begonnen.

An den Gepäckbändern war gerade wenig zu tun. Ein paar Angestellte der Flughafengesellschaft lungerten in ihren grauen Blouson-Uniformen lustlos herum, und eine Angestellte der Lufthansa versuchte mit Engelsgeduld ein paar aufgeregten Passagieren zu erklären, dass ihr Gepäck jede Minute ankommen müsse.

Der rothaarige, ältere Flughafenangestellte musterte neugierig meinen angehefteten Ausweis. »Neu hier? Für wen arbeiten Sie?«

Gute Frage. Für wen arbeitete ich hier? Ich nannte Bergers Namen.

Der Rothaarige ging auf Distanz. »Ach so. Na dann, alles Gute auch, und Tschüss.«

Das fing ja gut an. Berger war wohl nicht sehr beliebt.

»Und was machen Sie hier?«, fragte ich ihn frech.

Er schaute mich prüfend an. »Und Sie? Viel Ahnung scheinen Sie mir nicht zu haben.«

Ich erzählte ihm, dass ich vom Hauptzollamt aus der Landeshauptstadt käme, um Verbesserungsabläufe in den Zollkontrollen zu erarbeiten. Und dass ich, jetzt neigte ich mich näher zu ihm ran, im Grunde auch Bergers Tätigkeit auf den Prüfstand stelle. Ich dachte mir, wer weiß schon, wozu so alte Flughafenhasen gut sein können. Und dass er schon lange im Geschäft war, erzählte er mir dann auch bereitwillig.

Seit vierzig Jahren war er den Passagieren behilflich, die Gepäckstücke vom Band zu klauben, technische Pannen zu melden, Auskünfte zu geben und bei Schwierigkeiten, die Fluggäste an die richtigen Stellen zu schicken. Er habe schon drei Erweiterungen des Flughafens miterlebt und er heiße Rainer. Im Übrigen duze man sich hier untereinander, wenn man nicht gerade Berger hieße. Rainer kannte jeden, wusste alles und stellte mich nach und nach seine Kollegen vor.

Müde schmiss ich die Pumps von den Füßen und legte mich aufs Bett. Die Rennerei auf dem Flughafen war anstrengend gewesen, die neuen Eindrücke überwältigend. Der ständige Lärmpegel summte noch immer in meinem Schädel. Sogar in meinem geschlossenen Büro waren die ständigen Ansagen noch zu hören. Es gab keine Pause und auch keine Chance, die Durchsagen abzustellen.

Herr Wolfram rief an: »Lust auf ein Bierchen?«

Ich überlegte nicht lange, ich war viel zu aufgedreht, um alleine zu sein. »Klar doch, bin schon unterwegs.«

Würfel und Klapper waren auch da. Mist, ich hätte dem Kriminalhauptkommissar lieber alleine getroffen und ihm alles über meinen neuen Auftrag erzählt, so aber hielt ich mich zurück. Ich erwähnte nur meinen Ex-Chef, und dass ich für einen Kunden am Flughafen eingeplant war.

Würfel quietschte wie ein Ferkel und schrie: »Dann werden Sie ja Klapper in Zukunft öfters sehen.« Er rülpste laut, offensichtlich hatte Würfel

schon ein paar Bierchen zu viel intus. »Der ist nämlich auch zum Flughafen versetzt worden. Mensch,
dann können Sie zusammen in die Mittagspause gehen.«

Ich blickte kurz zu Klapper. »Echt, Sie arbeiten
jetzt auch am Flughafen?«

Klapper schaute etwas schüchtern auf das blaukarierte Tischtuch. Er war sichtlich verlegen. »Doch, ja.
Sondereinsatz. Aber nur vorübergehend, für die
nächsten drei Monate.«

Ich bohrte nicht weiter. das hatte ich von Herrn
Wolfram gelernt. Über Dienstangelegenheiten sprach
man nicht. Erst wenn der Fall aufgeklärt war, und
auch nur, wenn er in gewisser Weise mich betraf,
konnte man auf erklärende Worte seitens der Kripo
hoffen. Trotzdem baute ich auf ein paar Insider-
Informationen von Klapper. Sondereinsatz, das klang
interessant; ich würde ihn schon noch weichkochen.

Mit jedem Bierchen blödelten wir ein bisschen
mehr herum, das war inzwischen schon Tradition
zwischen Würfel und mir. Sogar der schüchterne
Klapper taute langsam auf. Herr Wolfram hörte aufmerksam zu, dann hob er sein Glas und meinte, es
wäre langsam an der Zeit, dass wir beide uns duzten.
Wir wollten uns gerade unterhaken, um das Du mit
dem üblichen Freundschaftskuss zu besiegeln, als ein
Regenbruch erster Güte runterkam. Herr Wolfram bot
mir an, mich nach Hause zu fahren.

Eine ähnliche Situation hatten wir schon einmal.
Damals hatte der Kriminalkommissar mir meine heißgeliebte Uhr aus der Asservatenkammer gerettet, und
ich hatte mich wegen meiner neugierigen Nachbarinnen nicht getraut, ihn in meine Wohnung zu bitten.

»Wollen Sie noch für einen Kaffee mit nach oben kommen?«

Was Blödsinnigeres konnte mir kaum einfallen, als den abgedroschensten Satz aller Zeiten zu äußern, um einen intimen Abend einzuläuten.

Herr Wolfram meinte kurz und bündig: »Wir haben noch etwas nachzuholen«, und verschloss die Wagentür.

Ich kochte Kaffee, deckte hektisch die beiden Beistelltischchen neben der Sitzecke, legte eine CD ein, Joe Cocker, irgendwas. Ich war nervös.

Herr Wolfram zog mich neben sich auf die Couch. Dann strich er mir mit dem Daumen über die Oberlippe. Mir wurde plötzlich ganz anders. Er nahm mich in die Arme und drückte mir den sinnlichsten Freundschaftskuss meines Lebens auf die Lippen.

»Ich heiße Hagen. Und vielen Dank auch für den Kaffee.« Damit stand er auf und war weg.

Ich saß mit meinem frisch gekochten, unberührten Kaffee wie eine sitzengelassene Braut auf dem Sofa.

🐾

Frau Sikora traf mich am Morgen an der Mülltonne. »War das nicht Kriminalhauptkommissar Wolfram, gestern Abend bei Ihnen?«

Ich stöhnte innerlich auf. Konnte ich nicht, wie jeder normale Mensch, Besuch bekommen, ohne dass gleich die ganze Anlage über Geschlecht, Haarfarbe und Schuhgröße informiert war?

»Tut mir leid, Frau Sikora. Aber ich muss zur Arbeit, bin schon spät dran.«

Ich knallte donnernd den Tonnendeckel zu und rannte fast zur Bushaltestelle.

Rainer fing mich vor meinem Büro ab. »Du wolltest dir doch unbedingt die Gepäckförderanlage ansehen, jetzt wäre eine gute Gelegenheit. Ich kenne die Dame, die heute die Führung macht.«

Ich schlüpfte noch kurz in mein Büro, um meine Laptop-Tasche abzulegen. Dabei rutschten mir in der Hektik ein paar Büroklammern vom Schreibtisch auf den Fußboden. Rainer drängelte von draußen, die Bürotür fiel hinter mir ins Schloss.

Ich kontrollierte noch kurz, ob sie auch wirklich abgeschlossen war. Eine dumme Angewohnheit von mir, seitdem ich alleine wohne.

Rainer brachte mich an einen Zubringerbus und sprach kurz mit einer älteren Dame in dunkelblauer Uniform. Sie begrüßte mich herzlich, wie eine gute Freundin von Rainer. Im Bus saßen ungefähr zwanzig Besucher, die mich voller Neugierde ansahen. Zwanzig Augenpaare vom Kaliber Sikora und Schwemmer. Heute blieb mir aber auch nichts erspart. Wir fuhren in Richtung Rollfeld.

Die Frau in Dunkelblau erklärte den Fahrgästen, dass die Gepäckförderanlage im Airport-Jargon GFA genannt wird und 1974 von einer mittelständischen Firma entwickelt wurde. Das System sei über Jahrzehnte weltweit führend, und konkurrierende Firmen wie Siemens und Co. versuchten seit Jahren den Asiatischen Markt zu erobern, kämen aber an die Kapazitäten und die Geschwindigkeit dieser Anlage nicht heran.

In einem schmucklosen Gebäude fuhren wir mit dem Aufzug in ein Labyrinth von Tunneln, wo Koffer und Taschen transportiert, sortiert und Gepäckdaten gespeichert wurden. Die Gepäckstücke wurden in blauen Wannen über 80 Kilometer, unter zwei Terminals und einem Vorfeld geleitet. Zwanzigtausend Koffer pro Stunde schaffte das System mit einer Durchschnittsgeschwindigkeit von 18 Std km/h. Damit garantierte der Flughafen eine Umsteigezeit von 45 Minuten. Unschlagbar, weltweit. Wir hörten staunend zu.

Die Gepäckstücke flitzten wie von Geisterhand über mehrstöckige, kurvige Förderbänder und der Lärm war ohrenbetäubend. Ab und an tauchten Männer in gelb-weißen Sicherheitswesten auf, und machten sich an orangefarbenen Lesegeräten oder verrutschten Wannen zu schaffen.

Ein junger Mann in einem blauen Kittel hob eine Packung Tempo Taschentücher vom Boden auf. Überall herrschte peinliche Ordnung.

Ich schaute ihm nachdenklich hinterher. Er erinnerte mich an Rakesh Mehta. Und daran, dass ich Rakesh unbedingt anrufen musste.

🐾

Irgendetwas war anders, als ich in mein Büro zurückkam. Ich schaute mich aufmerksam um, konnte aber nichts Ungewöhnliches feststellen. Es war nur so ein Gefühl, nichts Greifbares. Alles lag an seinem Platz, alles war sauber. Ich schnupperte kurz. Das war es, der Geruch! Die Putzleute mussten in meiner Abwesenheit hier gewesen sein. Krampfhaft überlegte ich, welchen Sinn eine codierte Bürotür macht, wenn das Putzpersonal einfach so reinkommen kann. Anderseits, wie sollte sonst das Büro geputzt werden? Eines der vielen Rätsel in meinem neuen Arbeitsleben. Ich beschloss, in Zukunft meinen Laptop in ein Schließfach einzuschließen, wenn ich für längere Zeit das Büro verlassen wollte.

Ich saß vor meinem leeren Schreibtisch und starrte blicklos auf mein Handy. Ich sollte Rakesh Metah anrufen, ich kam hier nicht weiter. In Neu-Delhi war es jetzt drei Stunden und dreißig Minuten später, Mittagszeit. Um diese Zeit könnte ich ihn vielleicht erwischen.

Der freundliche Operator aus der indischen Zentrale verband mich sofort, und die Stimme von Rakesh war so nah, als stünde er direkt neben mir. Wie ein Messer fuhr mir der Schmerz vom Kopf in den Magen. Dieser schreckliche Schmerz und gleichzeitig diese brennende Leere. Ich erinnerte mich nur zu gut, als mir Rakesh vor fünfzehn Jahren mit traurigen Augen erklärte, dass er nach Indien zurückkehren müsse, um die Frau zu heiraten, die seine Familie für ihn ausgesucht hat. Eine Welt brach für mich zusammen. Ich flehte ihn an, bettelte, schrie und brüllte. Er verließ mich trotzdem. Was blieb, war dieser grauenvolle Schmerz.

Ich rächte mich an den Männern und nahm mir, was ich wollte. Mein Verschleiß war abenteuerlich. Erst Jahre später fand ich wieder zu mir zurück. Dazwischen lag ein Suizidversuch, ein Krankenhausaufenthalt und vier Jahre Therapie.

»Hallo Rakesh, wie geht es dir?« Meine Stimme zitterte nicht, aber wer mich gut kannte, konnte das innere Vibrieren ahnen. Und Rakesh kannte mich gut.

Er machte auf cool, auf alte Kollegen, auf Kooperation. Freundlich, distanziert, sachlich. Smalltalk, und versprach, sich in Delhi um meinen Transfer und ein Hotel zu kümmern.

»Also dann, bis nächste Woche. Ich freue mich schon auf unsere Zusammenarbeit.« Er legte auf.

Der Schmerz fing wieder an zu ziehen. Dazu diese Leere, die meinen ganzen Körper in Besitz nahm. Ein Beben, ein inneres Flattern. Mir wurde übel. Ich griff nochmals zum Telefon und machte einen Termin mit unserer Versicherungstherapeutin. Noch für den gleichen Nachmittag.

Das Büro von Frau Dr. Weimar liegt in der Innenstadt der Großstadt in einem alten Sandsteingebäude, nicht weit vom Hauptbahnhof entfernt. Ich klingelte und musste eine ganze Weile warten. Frau Dr. Weimar öffnete persönlich die Tür und verabschiedete einen Klienten. Ihr Händedruck war warm und fest.

»Entschuldigen Sie bitte die lange Wartezeit. Meine Empfangsdame hat ihren freien Tag, und ich muss heute alles selber machen.« Sie lächelte mich an.

Sie stellte die Fragen, die alle Therapeuten in der Anfangsstunde fragen. Bald wurde mir klar, dass sie mehr über mich wusste, als mir lieb war. Sie sprach ganz offen darüber, zumindest über das, was in meiner Personalakte zu lesen war.

Ich hatte in der Versicherung einen ziemlichen Wirbel verursacht und konnte von Glück reden, dass mich mein Arbeitgeber damals nicht feuerte.

Ich erzählte ihr von meinen finanziellen Nöten, von meinem Auftrag und von meiner bevorstehenden Reise nach Indien. Und von meinen Ängsten wegen Rakesh.

Nach der Therapiestunde verabschiedete sie sich mit den Worten: »Also dann bis übermorgen. Und fragen Sie sich bitte, warum Sie wirklich den Auftrag angenommen haben. Die monetären Gründe schließen Sie bitte aus, ich möchte von Ihnen die richtige Antwort haben.«

Spätestens jetzt wurde mir klar, dass sie etwas von ihrem Geschäft verstand.

Als ich die Treppe nach unten ging, war ich wütend. Wütend auf mich, weil ich zu ihr gegangen war und wütend auf sie, weil sie mir diese Frage gestellt hatte. Sie hatte in meine Seele geschaut, und sie kannte bereits die Antwort. Aber sie wollte sie von mir persönlich hören.

Der Personalbus brachte mich am nächsten Vormittag in eine andere Welt. Das Frachtgelände war weitläufig. Wir fuhren an der weit gerühmten Personalkantine für Frachtangestellte vorbei. Ich hatte vor, diesen Gourmettempel nach meinem Termin zu besuchen. Kurz danach hielt der Bus am Gebäude Nummer 5, meinem Ziel. Böhme hatte mir die Türen zu einer der größten indischen Frachtfluggesellschaften geöffnet und einen Termin mit dem deutschen Cargo-Manager ermöglicht.

Herr Schwarzenbach war ein kleiner, nervöser Mann, der seine Blicke ständig umherschickte. Man spürte den Arbeitsdruck, und ich hatte das indirekte Gefühl, dass ich ihn und seine Mitarbeiter störte. Trotzdem ließ ich mir die Abläufe mit den Dokumentationen mehrmals erklären und hatte noch ein paar zusätzliche Fragen, die Herrn Schwarzenbach alles andere als genehm waren. Zum Beispiel, inwieweit die Zollpapiere bis an die Standorte beziehungsweise an die Vermittler der Hersteller zurückverfolgt werden konnten. Wie befürchtet, waren die Exportpapiere aus Indien nicht das Papier wert, auf dem die Ware deklariert wurde.

Ich machte mir eifrig Notizen. Ich hatte das System nach einigen Rückfragen endlich begriffen und brannte darauf, in Indien mit meinen Recherchen fortzufahren. Ich wusste, dass ich bis in die weit verzweigten kleinen, indischen Produktionsstätten unseres Auftraggebers nachforschen musste und wunderte mich, warum Böhme diese Drecksarbeit nicht von Rakesh erledigen ließ. Hatte er Rakesh in Verdacht?

Mit meinem Super-Wunder-Ausweis kam ich problemlos überall hin, auch in die Kantine der Frachtleute. Das Angebot war überwältigend: Vegetarisch, koscher und Halal tummelten sich in Konkurrenz mit deutscher Hausmannskost und internationalen Gerichten. Man konnte sich sein Menü einzeln zusammenstellen und bezahlte entweder in bar oder mit Essensmarken. Heute hatten sie Indien als Spezialitätenwoche, wie passend. Ich ließ mir scharfes, rotes Linsen-Curry mit leckerem Tandoori-Lamm auf den Teller schaufeln, dazu Limetten-Lassi zum Löschen.

Als ich zahlen wollte, sah ich Erich Klapper mit ein paar Angestellten vor mir an der Kasse stehen. Er hatte mich ebenfalls gesehen, tat aber so, als würde er mich nicht kennen. Er wird seine Gründe haben, dachte ich, und setzte mich zu einer Handvoll junger Männer, die aussahen als könnten sie die Flugzeuge mit bloßen Händen auf den Rollfeldern herumschieben. Frachtbelader. Ein Knochenjob, wie sie mir erzählten. Der Umgangston war flapsig und die Witze derb. Dass eine Frau mit am Tisch saß, machte ihre Sprüche nur noch zweideutiger. Ich verzog mich, sobald mein Teller leer war.

Danach rief ich Herrn Wolfram an und erzählte ihm von Klapper, der mich nicht kennen wollte.

»Das musst du verstehen, er kann sich nicht mit dir sehen lassen. Der halbe Flughafen weiß inzwischen, dass du Arbeitsabläufe kontrollierst, um Personal abzubauen. Da wäre deine Bekanntschaft für seine Undercover-Tätigkeit nur hinderlich.«

Ich staunte: »Undercover? Der Klapper arbeitet Undercover? Warum hast du mir das nicht gesagt? Worum geht es da?«

Das waren definitiv zu viele Fragen für den Herrn Kriminalhauptkommissar, und ich hätte mir denken können, dass ich darauf keine einzige Antwort bekommen würde. Also berichtete ich ihm von meinem anstehenden Flug nach Indien.

»Das musst du mir näher erzählen. Können wir uns treffen?«

Ich sagte zu und merkte erst zu spät, dass er an ein Treffen bei mir zuhause gedacht hatte.

Ich wunderte mich über seinen Sinneswandel nach dem letzten verpatzten Treffen und versuchte die Situation zu retten: »Kaffee ist leider ausgegangen. Treffen wir uns in der bayrischen Kneipe?«

Bei Obatztem und Fassbier eröffnete ich ihm, dass ich schon nächste Woche nach Delhi fliegen müsse und sprach auch über meinen Verdacht, dass Böhme mich auf Rakesh Mehta angesetzt haben könnte. Von meiner vergangenen Liaison mit Rakesh erzählte ich ihm nichts.

»Du weißt aber schon, dass das für dich gefährlich sein kann?« Er schien ernsthaft besorgt. »Versprichst du mir, dass du dich sofort nach deiner Ankunft, und dann jeden zweiten Tag bei mir meldest?« Er schob mir einen Zettel mit einer Handy-Nummer über den Tisch. »Über diese Nummer kannst du mich Tag und Nacht erreichen, hörst du? Tag und Nacht.« Er nahm meine Hände und ließ sie nicht mehr los. »Versprochen?«

Ich nickte ergeben.

Hagen Werner Wolfram hatte ähnlich Zwingendes im Blick wie seinerzeit ein gewisser Herr Dr. Julius Sidow.

Als ich nachhause kam, öffnete ich weit meine Balkontür. Die frische Abendluft tat gut. Ich guckte in den Sternenhimmel und dachte an einen gewissen Kriminalhauptkommissar. Dieser Mann nahm in meinem Kopf mehr Platz ein, als mir guttat.

Fast wäre ich auf dem glitschigen Klumpen ausgerutscht, der vor meiner Balkontür lag. Iiiiihgitttt! Schon wieder Mäuseleichen. Gleich zwei von der Sorte. Heinz, der rotgetigerte Kater aus der Nachbarschaft, saß stolz daneben und putzte sich mit der Vorderpfote über den Kopf.

»Bist du irre? Muss ich erst jedem von euch erklären, dass ich keine Mäuse mag? Egal, ob tot oder lebendig. ICH MAG SIE NICHT. Hast du verstanden? Was willst du überhaupt hier? Falls du deinen Sohn besuchen möchtest, der wohnt ab heute bei Frau Sikora.«

Seine grünen Augen blickten hintergründig, wie eine Sphinx. Sah ich da ein Achselzucken? Drehte ich langsam durch? Er hüpfte vom Balkongeländer auf die gegenüberliegende, große Robinie. Und verschwand in der Dunkelheit.

An meinem Abflugtag hatte ich etwas früher eingecheckt, um noch ein paar Telefonate von meinem Büro aus zu erledigen. Ich ließ die Bürotür offen, ich musste sowieso gleich wieder fort. Im Zollbereich standen die Türen der kleineren Büros wegen der kürzeren Kommunikationswege meist offen, trotz des permanenten Hintergrundlärms.

Der Lärmpegel wurde plötzlich unerträglich. Menschen schrien, Leute rannten orientierungslos umher. Mein erster Gedanke war: ein Attentat! Aber ich hatte keine Schüsse gehört, auch keinen Bombenalarm.

Vorsichtig linste ich von meiner Bürotür aus in die Halle. Ein Bild des Schreckens bot sich. Auf dem U-förmigen Gepäckband, direkt neben meinem Büro, drehte ein schlaffer Mensch seine Runden. Blutüberströmt. Ein paar weibliche Passagiere kreischten wie am Spieß, zwei Hostessen telefonierten hektisch, die Kollegen von der Zollkontrolle rannten zum Band und gafften. Fluggäste fotografierten mit ihren Handys. Ich stürzte an das Gepäckband und sah Rainer voller Blut seine Kreise drehen. Er verschwand durch die hintere Abtrennung und kam kurz darauf wieder auf der anderen Seite heraus. Es war ein makabrer Anblick.

Endlich drückte ein Kollege von Rainer auf den roten Knopf, und das Band blieb stehen.

Ich flitzte zurück in mein Büro, schnappte mir Laptop und Handy und knallte die Tür hinter mir zu. Schnell ging ich durch die verlassene Zollkontrolle, durch die automatische Schiebetür, nach draußen. Mein Flieger wartete.

Erst im Flugzeug, nachdem ich angeschnallt war und wir abgehoben hatten, kam ich wieder zu Verstand. Davor hatte ich wie ein Roboter agiert. Ich bestellte mir einen Gin Tonic und kippte den Inhalt in einem Zug runter. Mir wurde langsam klar, dass ich wegen einer Aussage hätte bleiben müssen. Und dass ich mit meinem Verhalten in Schwierigkeiten kommen würde.

Ich war vollkommen erledigt. Die Anspannung der letzten Stunden, das leise Brummen des Fliegers und die nachgeorderten Gin Tonics summten mich in einen unruhigen Schlaf.

Nur knappe acht Stunden später rollten wir auf dem Indira Gandhi International Airport ein. Rakesh hatte mir einen Wagen mit Fahrer geschickt, der mich durch die beginnende Dämmerung in die Innenstadt brachte. Der Verkehr war infernalisch. Ich verkrampfte den Nacken und stemmte die Füße auf den Boden. Der Fahrer fuhr schnell und geschickt, aber meine Nerven spielten verrückt.

Das Oberoi empfing mich im strahlenden Lichterglanz. Architektonisch gesehen ist das Luxushotel eher eine Beleidigung, aber mitten in der Stadt, von sattem Grün umgeben, bietet der langgezogene Zweckbau innen jeden nur erdenklichen Komfort.

An der Rezeption fragte man mich, ob ich ein Zimmer zum Innenpool oder lieber mit Blick ins Grüne haben wolle. Rakesh hatte mir die Option bei der Buchung offengehalten.

Der Blick aus dem bodentiefen Fenster, das die ganze Breitseite meines Zimmers einnahm, war atemberaubend. Vor mir das dunkle Grün der gepflegten Anlage, dahinter die glitzernden Lichter der Lala Lajpat Rai Road. Zu müde, um die beeindruckende Aussicht richtig genießen zu können, fiel ich aufs Bett und schlief sofort ein.

Gegen Mitternacht klingelte das Telefon. Ein aufgeregter Hagen Werner Wolfram blaffte mich an: »Alles in Ordnung bei dir? Bist du gut angekommen?

Warum hast du dich nicht gemeldet? Ich habe mir Sorgen gemacht.«

Ich erklärte ihm den langen Flug, die anstrengende Autofahrt durch die Stadt und die Zeitverschiebung.

Er war trotzdem sauer. »Weißt du eigentlich was hier los ist?«

Ich konnte es mir denken, sagte aber nichts.

Hagen polterte ungebremst weiter: »Du bist auf den Video-Aufzeichnungen zu sehen, wie du einfach abgehauen bist. Mit Datum, Uhrzeit und allem Drum und Dran. Du hättest nicht abfliegen dürfen! Ist dir eigentlich klar, was mich das gekostet hat, dich aus dem Mordfall rauszuhalten? Du musst umgehend zur deutschen Botschaft gehen und deine Aussage schriftlich niederlegen.«

Ich protestierte lauthals: »Ich habe nichts getan, ich musste nur meinen Flieger kriegen. Und überhaupt, was heißt hier Mordfall?«

Der Kriminalkommissar wurde gefährlich leise: »Der Mann wurde erschlagen. Und du hast dich strafbar gemacht, indem du davongelaufen bist. Du machst jetzt genau das, was ich Dir sage, sonst wirst du von Interpol gesucht, hast du mich verstanden?«

Ich nickte brav, bis mir einfiel, dass er das ja nicht sehen konnte. »In Ordnung, Hagen, ich mache das, was du sagst. Aber jetzt muss ich schlafen. Und morgen gehe ich als Allererstes zur Botschaft. In Ordnung, ja? Gute Nacht.«

🐈

Am nächsten Morgen. In der deutschen Botschaft war man mir gegenüber äußerst höflich und zuvorkommend. Wolfram hatte mein Eintreffen angekündigt, und ich konnte schon nach zwei Stunden die Metro in die Innenstadt nehmen. Meine Aussage war zu Protokoll genommen und von mir unterschrieben worden. Ich war frei.

Ich wollte Rakesh überraschen und fuhr in die indische Zentrale meiner Versicherung. In der Metro war es unglaublich voll und laut. Es roch nach allen Düften des Orients und einigen unappetitlichen Ausdünstungen mehr, und ich war froh als ich das Gedränge endlich hinter mir gelassen hatte. Ich nahm mir vor, in Zukunft nur noch mit dem Taxi zu fahren.

Der hohe, achteckige Turm aus Beton und Glas fiel selbst in dem modernen Delhi aus dem Rahmen.

Ich meldete in der eleganten Empfangshalle meinen Besuch an. Aber Rakesh war nicht da, er war auf Dienstreise. Ich konnte und wollte es einfach nicht glauben. Da war ich das erste Mal in seiner Heimat und dieser Mann ging einfach auf Dienstreise ohne mir ein Wort zu sagen. Ich war sauer, obersauer.

Ich beschloss, Herrn Singh zu besuchen. Herr Singh war das indische Pendant zu Herrn Schwarzenbach und hatte nach einem kurzen Telefonat auch Zeit für mich.

Ich fuhr wieder an den Flughafen zurück.

Herr Singh entpuppte sich als ein freundlicher, jovialer Sikh, der zu seinem glänzenden, gut geschnitten Anzug einen feuerroten Turban trug. Er beantwortete mir hilfsbereit alle Fragen, zeigte mir die Frachtabwicklung von indischer Seite, und ich durfte mir Notizen machen so viel ich wollte. Schon nach kurzer Zeit hatte ich eine wichtige Spur entdeckt. Herrn Singh sagte ich nichts davon.

Beim Mittagessen, in einem der vielen Airport-Restaurants, erzählte mir Herr Singh von seiner großen Leidenschaft, dem Golfspiel. Er lud mich ein, ihn in seinem angesehenen Club zu besuchen.

»Kommen Sie doch morgen mit. Die Lodhi-Anlage ist fantastisch und das Restaurant eine kulinarische Perle. Wir haben eine 9er und eine 18er Loch-Anlage.«

Ich lehnte dankend ab. Für mich ist Golfspielen ein Sport, indem man schwere Golftaschen schleppen, in verrenkter Körperhaltung teuren Rasen malträtieren und stundenlag nach verschollenen Golfbällen suchen musste. Das sagte ich dem freundlichen Herrn Singh natürlich nicht und entschuldigte mich mit zu viel Arbeit.

In Deutschland hatte ich zwei unsaubere Zulieferer-Adressen herausgefunden und mit Singhs Hilfe war ich auf Herstelleradressen von Generika gestoßen, die nicht immer und auch nicht auf allen Zollpapieren lückenlos auftauchten. Endlich konnte ich loslegen.

Ich buchte einen Flug von Delhi nach Hyderabad. Die Hochburg der Pillendreher liegt über 1.500 km südlich von Delhi, und auch unser pharmazeutischer Auftraggeber ließ dort fertigen.

Die Hitze schlug mir heiß und trocken entgegen. Gefühlte 40 Grad, aber das Thermometer zeigte nur 31 Grad Außentemperatur. Immerhin sieben Grad mehr als in Delhi.

Mein Taxifahrer war ein junger Mann, der mir mit Händen und Füßen die Sehenswürdigkeiten der Stadt erklären wollte. Ich stemmte wieder einmal die Füße auf den Blechboden. Ich hatte im Park Hyatt Hotel gebucht, unweit des herzförmigen Hussein-Sagar-Sees, mitten im Stadtzentrum von Hyderabad.

Raja, mein Taxifahrer, bot mir an, mich am nächsten Tag zum Golkonda Palast zu fahren, privat und zu einem sagenhaft günstigen Preis.

»I can show you for little money. Very cheep. You want? «

Aber ich hatte weder Lust noch Zeit, mir die Grabkammern der Ruinenstadt anzusehen. Ich erklärte ihm in knappen Worten mein Vorhaben und handelte einen festen Tagessatz aus. Er schlug ein. Raja war ein Glücksfall, er hatte einen Cousin, der als Verpacker für die Pharmaindustrie arbeitete. Natürlich wollte ich ihn kennenlernen, und wir verabredeten uns für den nächsten Tag.

Wir fuhren ziemlich früh los. Über den Mumbai Highway, immer weiter nördlich, bis zur Nehru Outer Ring Road. Südwestlich von meinem Hotel reiht sich eine Pharmafirma an die andere. Vom nördlichsten Teil der Siebenmillionenstadt ging es durch dichte Bambus-Sholas in weit verstreute Dörfer. Dort verzweigten sich Straßen in Sträßchen, dann in Schotterwege und noch später in staubige, trockene Landwege bis zu unserem Ziel.

Der heruntergekommene Betonflachbau war mit einer hohen Mauer umzäunt und mit einem Gittertor verschlossen. Das Gelände lag wie ausgestorben mitten in den Feldern. Aus dem Schornstein drang dicker, beißender Qualm. Ein Wachdienst patrouillierte mit gefährlich aussehenden Wachhunden über das Gelände.

Wir wurden erst misstrauisch beäugt, dann angesprochen: »What are you doing here? Are you looking for somebody? You better go, go ahead!«

Wir machten uns vom Acker.

Von einer kleinen Anhöhe aus beobachteten wir den Schichtwechsel. Kinder und Erwachsene drängelten sich im schiebenden Gegenfluss durch das rostige Tor. Die ausgemergelten Figuren gingen zu Fuß den langen Weg bis in das nächste Dorf. Ein paar Glückliche besaßen verbeulte Fahrräder.

Ich hatte genug von der Herstellerfirma unseres pharmazeutischen Auftraggebers gesehen, und wir stiegen wieder ins Taxi.

Rajas Cousin Agarwal wartete in seinem Haus auf uns. Er arbeitete nicht für die Fabrik, die wir beobachtet hatten. Die Familie lebte in unbeschreiblich ärmlichen Verhältnissen, sein Haus war nur ein einziger unverputzter Raum mit Küche, Schlafzimmer und Fabrik in einem. Für zwei Erwachsene und drei Kinder. Überall standen Säcke, Schalen und Kartons herum. Man saß auf dem blanken Boden, seine Frau reichte uns Tee. Agarwal war eine kleine Verpackungsfabrik für sich. Er arbeitete für einen Vermittler.

»You want to know? I show you.«

Der Familienvater erzählte, dass er die Medikamente in groben Jutesäcken angeliefert bekam. Die Kinder füllten die Pillen in Schüsseln, und Agarwal zählte sie ab. Zweimal so viele, wie er Finger an beiden Händen hat. Er stopfte sie in kleine, braune Flaschen. Agarwals Frau faltete die Pappschachteln, und die Kinder packten die Fläschchen in Kartons. Siegel drauf, fertig.

Ich schaute fassungslos zu. Agarwal war stolz auf seine kleine Fabrik, die ihn und seine Familie ernährte. Er erzählte mir, dass er viele Leute kenne, die die gleiche Arbeit für andere Vermittler machten. Ich bedankte mich bei ihm und gab ihm fünfzig amerikanische Dollar für sein Vertrauen.

Fünf Pillen nahm ich mit.

Später erfuhr ich, dass diese Art der Pillenproduktion ausschließlich für den indischen Markt bestimmt ist.

Aber der Besuch bei Agarwal sollte sich dennoch für mich lohnen. Auf dem Rückweg fuhren wir an einem verwahrlosten Fabrikgebäude vorbei, und ich sah Rakesh Mehta mit ein paar Herren in Anzügen vor der Eingangshalle stehen. Er hatte mich nicht bemerkt.

Was machte Rakesh an so einem heruntergekommenen Ort?

Auf dem Rückweg besuchte ich noch zwei sogenannte Vermittler. Aalglatte Geschäftsleute, denen ich Geschäfte mit einem fiktiven Schweizer Unternehmen anbot. Ihre Namen und Adressen hatte ich auf indischen Frachtsendungen am deutschen Flughafen entdeckt. Die Vermittler schienen interessiert und versprachen, ihre Konditionen schriftlich ins Park Hyatt Hotel nach Hyderabad zu schicken. Zufrieden fuhr ich zum Hotel zurück.

Ich wollte unbedingt noch über die Fabriken meiner Auftraggeber recherchieren, und auch über die Fabrik, in der ich Rakesh gesehen hatte. Vielleicht auch nochmal hinfahren. Aber vorher rief ich noch den Kriminalhauptkommissar an und erzählte ihm von meinem Ausflug.

»Du musst vorsichtig sein. Dein Kollege hängt da möglicherweise in einer ganz großen Sache drin. Was sollte der sonst in so einer abgehalfterten Pillen-Klitsche machen?« Hagen Werner Wolfram klang wieder einmal sehr besorgt. »Ich werde Erkundigungen einziehen, auch über deine beiden Vermittler-Typen. Buchstabiere mir nochmal die Namen.«

Ich buchstabierte, dann legte er auf.

Wie kam ich nur an Rakesh ran, ohne zugeben zu müssen, dass ich ihn gesehen hatte? Ich hatte keine Idee, aber das Schicksal war mir gnädig.

Auf dem Weg zur Tre-Forni Hotelbar lief mir Rakesh in die Arme.

Er starrte mich erschrocken an. »Was machst du hier?« Er fing sich wieder. »Meine Güte, was für eine Überraschung. Du hast dich gar nicht verändert, gut siehst du aus.«

Immer noch der alte Charmeur, ergriff er meine Hände und küsste mir die Fingerspitzen. Dann sah er mir in die Augen. Unsere Blicke klammerten sich in unsere Seelen. Gefühle, die nicht mehr von dieser Welt waren, stürmten wieder auf mich ein.

Ich riss mich los. »Komm mit in die Bar und lass uns was trinken.«

Rakesh führte mich zu einem kleinen Tisch mit zwei tiefen Sesseln. »Gin Tonic, ja? Ich habe es nicht vergessen, wie so vieles nicht.«

Wir erzählten uns aus unserem Leben, aus den vergangenen fünfzehn Jahren. Rakesh war noch immer mit der Frau verheiratet, die ihm seine Familie ausgesucht hatte, und er hatte inzwischen vier Kinder, drei Söhne und eine Tochter. Eine indische Bilderbuchfamilie.

Ich erzählte ihm von meiner Scheidung und in knappen Worten auch von meinem Auftrag. Über Details hielt ich mich bedeckt.

Dann sahen wir uns an. Es stellte sich nur noch die Frage, ob ich bei ihm oder er bei mir die Nacht verbringen würde.

In seinem Zimmer küsste er mich, bis mir die Luft wegblieb. Mein Herz klopfte wie ein Ottomotor.

Hastig schälte er mich aus den Kleidern und flüsterte mir ins Ohr: »Ich hatte keine Ahnung, wie sehr du mir gefehlt hast.«

Rakesh hatte inzwischen graue Schläfen bekommen und war etwas fülliger geworden. Aber er hatte nichts vergessen und war noch immer der atemberaubend zärtliche Liebhaber, der alle Geheimnisse meines Körpers kannte. Die Zeit verfiel wie nie dagewesen.

Zurück in meinem Hotelzimmer überkam mich das heulende Elend. Ich ging in mich. Was soll das, schimpfte ich mit mir. Er ist verheiratet, du bist um einiges älter, und es gibt nach wie vor keine gemeinsame Zukunft. Vorbei ist vorbei.

Aber es war nicht vorbei. Zurück in Delhi, nutzten wir jede Gelegenheit, um miteinander ins Bett zu gehen. Wir konnten einfach nicht genug bekommen. Rakesh erfand Sitzungen und Geschäftsreisen für seine Frau, und in der Versicherung siezten wir uns vor den Kollegen.

Ich merkte, dass ich wieder in die alten Muster verfiel und Rakesh völlig Besitz von mir nahm. Ich war auf dem besten Weg, ihm wieder hörig zu werden.

Außerdem kam ich in Zeitnöte und versuchte es bei Böhme mit Ausreden: »Ich stehe kurz vor dem Durchbruch, geben Sie mir noch ein paar Tage, und ich liefere Ihnen alle Beweise, die Sie brauchen.«

Böhme wurde langsam ungeduldig. »Unser Auftragsgeber möchten Resultate, oder zumindest einen Zwischenbericht. Was ist da los bei Ihnen?«

Ich war wie gelähmt. Hockte im Hotelzimmer und wartete auf Rakesh. Wie früher. Der alte Sex-Trigger.

Er kam von einer Dienstreise zurück und direkt zu mir ins Hotel.

»Ich habe meiner Frau gesimst, dass ich erst morgen komme. Wir haben einen halben Tag für uns, Gitti, und eine ganze Nacht.«

Das letzte Mal hatten wir in Hyderabad eine ganze Nacht für uns gehabt, und wir fielen übereinander her wie Tiere. Zwei Tage ohne Sex mit Rakesh, waren wie zwei Tage ohne Wasser zum Leben.

Als ich aus der Dusche kam, rauchte Rakesh eine von diesen widerlich süßen, orientalischen Zigaretten. Er rauchte immer danach.

»Du weißt, dass ich es nicht mag, wenn du bei mir im Bett rauchst.«

Ich war aufgebracht, ich hatte ihn schon mehrfach gebeten, in meinem Hotelzimmer nicht zu rauchen. Ich bekam davon Kopfschmerzen und musste außerdem in dem Zimmer schlafen.

Er zog mich aufs Bett, seine linke Hand spielte mit dem schmalen Steg meiner Schamhaare. Er drückte die Zigarette aus und drehte mich langsam auf den Bauch. »Das magst du aber, ja?«

Er griff mir zwischen die Beine. Seine erfahrenen Finger berührten genau den Punkt, der mich sekundenschnell in die Höhe trieb. Er kannte mich in- und auswendig.

»Und das, das magst du doch auch, oder?«

Er packte meine Handgelenke und hielt sie fest. Gewaltsam drehte er mich auf den Rücken und versuchte, in mich einzudringen. Ich wollte nicht schon wieder und schon gar nicht mit diesen ekligen, stinkenden Zigaretten neben mir. Ich schlug nach ihm und rutschte nach unten. Sein Zebedäus schimmerte feucht und groß, leuchtend rot vor meinem Gesicht. Er stieß mir sein hartes, erigiertes Glied gewaltsam in den Mund. Ich wehrte mich, schlug um mich und schwang die Beine aus dem Bett. Ich wollte fliehen, aber er warf mich grob zurück. Er tat mir weh.

Ich sprang auf die Füße und flüchtete.

Er hinterher, bis ins Bad. Dort drängte er mich in die Duschkabine und drehte das Wasser auf. Rakeshs fordernde Vitalität driftete ab in brutale Gewalt. Ich kämpfte wie eine Löwin, kratzte und biss. Ich wehrte mich vehement gegen seine Übergriffe, aber das törnte ihn geradezu an. Gewaltsam trieb er mir die Beine auseinander und vergewaltigte mich barbarisch unter der Dusche. Er stieß immer wieder in mich hinein, bis ich fast die Besinnung verlor. Er war viel größer und auch viel stärker als ich.

»Rakesh, nicht, bitte nicht.«

Ich flehte, bettelte, aber er war nicht mehr zu bremsen. Derb und rücksichtslos nahm er mich immer wieder. Diesmal ging er zu weit, ein infernalischer Schmerz riss mir zwischen die Beine.

Als er mit mir fertig war, nahm er mich zärtlich in die Arme, küsste meinen geschundenen Körper und entschuldigte sich. Er legte mich behutsam aufs Bett, klitschnass wie ich war. Sanft streichelte er meine Haare, meine Haut und murmelte mir seine Liebe ins Ohr.

»Forgive me honey, it just came over me. I love you so much, more than my life. I'll never quit you again, promised.«

Sein weiches Flüstern liebkoste meine Sinne. Rakesh griff nach dem halbvollen Whiskyglas und hangelte nach den Zigaretten.

Die Zigaretten waren jetzt nicht mehr mein Problem, aber sie brachten das Fass zum Überlaufen. Ich war noch immer außer mir, war über seine rohe Brutalität entsetzt, wütend und zornig. Ich schwor Rache.

Wir hatten schon reichlich viel getrunken und Rakesh war nach der zügellosen Vergewaltigung vollkommen ausgepowert. Er konnte vor Erschöpfung kaum noch die Augen offenhalten.

Kurz bevor er einzuschlafen drohte, drängte ich ihn zu einem letzten Drink: »Komm, wir teilen uns noch einen Whiskey.«

Ich füllte das Glas vor seinen Augen, aber Rakesh war völlig fertig und schlief ein. Das war die erhoffte Gelegenheit.

Ich präparierte zwei Gläser und weckte ihn zärtlich. »Ich möchte mehr, du auch?«

Ich begann ihn zu streicheln, und er griff nach dem Glas.

Bevor er das Glas ansetzte, murmelte er noch: »Alles wieder gut, Honey?«

Ich himmelte ihn an: »Klar doch, alles wieder gut.«

Er stürzte den Inhalt in kleinen, schnellen Zügen runter.

Ich küsste ihn nicht auf den Mund, ich wusste empfindlichere Stellen. Aber er kippte nach einigen halbherzigen Bemühungen weg wie ein schlaffer Sack. Die k.o.-Tropfen hatten schnell gewirkt, und Rakesh sägte mit seinem Schnarchen den gesamten Waldbestand Indiens vom Kontinent.

Ich hatte genügend Zeit, um seinen Aktenkoffer zu durchsuchen. Nach einigen misslungenen Versuchen hatte ich sein Handy und auch den PC-Code geknackt. Was ich entdeckte, übertraf alle Erwartungen. Rakesh hatte nichts mit den gefälschten Medikamenten zu tun. Er lieferte toxisches Rizin über Europa an den Iran und nach Russland. Die schmuddelige Fabrik, vor der ich ihn ertappt hatte, war eine seiner Zuliefererfirmen, die sich auf Glykosylierung und Endopeptidase von Samen des Wunderbaums spezialisiert hatte. Neben der Herstellung völlig korrekter Therapeutika gegen bösartige Tumore, betrieb die Firma einen schwungvollen Handel mit dem hochgiftigen Rizin. Und Rakesh war ihr Mittelsmann. Verschiedene Dokumente und Mails lieferten die Beweise.

Ich fotografierte alles und schickte das belastende Material mit meinem Handy direkt an den Kriminalhauptkommissar.

Dann packte ich meinen Koffer und bestellte mir ein Taxi. Zwölf Stunden später war ich wieder in Deutschland.

Am Flughafen erwartete mich ein Begrüßungs-
komitee der besonderen Art.

»Sie sind verhaftet. Alles was Sie sagen, kann gegen Sie verwendet werden. Sie haben das Recht, die
Aussage zu verweigern.«

Ich war völlig von der Rolle: »Was habe ich denn
gemacht? Warum verhaften Sie mich?«

Die Polizeibeamtin klärte mich kurz auf: »Sie sind
wegen Mordes an Rakesh Mehta verhaftet.«

»Wie bitte? Das muss ein Irrtum sein. Als ich ihn
das letzte Mal gesehen habe, schlief er fest und fried-
lich in meinem Hotelbett.«

Mit jedem Wort, das ich sagte, ritt ich mich tiefer
in die Bredouille.

Man hatte Rakesh tot aufgefunden, in meinem
Hotelzimmer, in meinem Bett. Vergiftet. Und ich
hatte alles bestätigt. Wie blöd war das denn?

Dass ich von ihm vergewaltigt worden war, half
mir auch nicht weiter. Im Gegenteil. Und dass ich
einen Labienriss hatte, half mir noch weniger.

Ich wurde in ein Krankenhaus gebracht und ope-
riert. Danach steckte man mich in die psychiatrische
Abteilung, die dem Krankenhaus angegliedert war.
Dass ich nicht in eine knallharte Psychiatrie eingelie-
fert wurde, hatte ich Hagen Werner Wolfram zu verdanken. Ich hatte noch Glück im Unglück.

Er, mein Anwalt und Frau Dr. Weimar waren die
einzigen Menschen, die mich besuchen durften. Vor
meiner Zimmertür saß ein Polizeibeamter und wachte
über mein Wohlbefinden. Fluchtgefahr.

Frau Dr. Weimar hatte die Erlaubnis, mich in Kooperation mit der Klinik-Therapeutin zu befragen:
»Sie schulden mir noch eine Antwort. Und, wie lautet
sie?«

Ich hatte keine Angst mehr vor ihr. Ich schaute ihr in die Augen und antwortete mit fester Stimme: »Ich weiß es jetzt, und Sie wussten die Antwort schon bevor ich sie wusste, stimmt's?«

Frau Dr. Weimar rutschte etwas ungemütlich auf ihrem Besucherstuhl herum.

Jetzt hatte ich Oberwasser: »Sie hätten den Mord an Rakesh verhindern können, nicht wahr? Aber Sie haben es nicht getan.« Ich wollte es ihr zurückzahlen. »Sie wussten, dass ich wissen wollte, ob er noch Macht über mich hat. Und Sie wussten auch, dass ich es herausfinden würde, stimmt's?«

Sie nickte schwach und gab auf. Sie hatte ihren Auftrag erfüllt.

Frau Sikora kümmerte sich weiterhin um meinen kleinen Kater. Frau Schwemmer um meine Post. Wolfram brachte sie mir. Zwischen den Briefen lag ein dick gefütterter Umschlag von Rainer. Mir fuhr es erst eiskalt, dann siedeheiß durch den Körper. Rainer war tot, verstorben durch Totschlag, vor ungefähr zwei Wochen. Wieso hatte er mir vor seinem Tod noch einen Brief geschrieben?

Hastig riss ich den Umschlag auf. Er schrieb: „Liebe Gitti, wenn Du diese Zeilen liest, bin ich entweder tot oder ich konnte Dir Deine Fragen doch noch beantworten. Sollte ich nicht mehr am Leben sein, so bin ich eines unnatürlichen Todes gestorben. Ich will versuchen, es Dir zu erklären: Vor ein paar Monaten beobachtete ich, wie sich ein junger Mann vom Putzdienst auffällig für bestimmte Gepäckstücke interessierte. Er fing Koffer in der GFA ab und entnahm ihnen aus den Seitentaschen mehrere Packungen Tempotücher. Ich bin ihm bis in die Frachtkantine gefolgt. Dort fand die Übergabe an Schwarzenbach statt. Der junge Mann, übrigens ein Inder, ließ die Taschentücher nach dem Essen wie unabsichtlich auf dem Tablett liegen, und Schwarzenbach kümmerte sich um den Rest. Eine dieser Packungen habe ich in der GFA mitgenommen. Die Papiertaschentücher sind mit einem Granulat präpariert. Keine Ahnung, worum es sich dabei handelt, aber die Sache stinkt zum Himmel. Ich habe Dir das Päckchen beigelegt. Seit ein paar Tagen fühle ich mich beobachtet, auch bedroht. Bitte erzähle Deinem kriminalistischen Freund von meinem Verdacht und gib ihm die Taschentücher. Vielleicht kann er was damit anfangen. Ich hoffe, dass ich Deine Fragen persönlich beantworten kann, wenn nicht, Gott sei mir gnädig. Liebe Grüße von Rainer."

Ich zeigte Wolfram das Schreiben. Der Brief war das letzte Mosaiksteinchen, das dem Kriminalhauptkommissar zu seinen Ermittlungen fehlte. Zwei Tage später wurde ich aus der Klinik entlassen. Der Polizeibeamte vor meiner Tür war verschwunden.

🐾

Ich hatte noch etwas zu erledigen. Böhme hatte mich nicht ein einziges Mal im Krankenhaus angerufen. Klar, er konnte mich wegen des Polizeibeamten nicht besuchen, aber wenigstens anrufen hätte er können. Er hatte mit mir ein doppeltes Spiel getrieben. Er hätte mir sagen müssen, dass Rakesh verdächtig war.

Seine neue Bürodame versuchte mich abzuwimmeln: »Herr Böhme ist beschäftigt. Er kann Sie momentan nicht empfangen. Rufen Sie doch bitte morgen wieder an.«

Warum hatte ich das Gefühl, dass Böhme für mich ab morgen nicht mehr erreichbar sein würde?

Ich stürmte an ihr vorbei. Da saß er völlig alleine in seinem rotem Leder und kühlem Stahl.

Er starrte mich überrascht an. »Gitti, wie sind Sie hier reingekommen?« Ich wurde leicht pampig: »Wie wär's mit … durch die Tür?«

Ich machte ihn fertig. Sprach von Nötigung, Vertrauensverlust und Behinderung von Ermittlungen. Die ganze Klaviatur, rauf und runter.

»Glauben Sie, Sie können mit mir so verfahren, nur weil ich nicht mehr auf Ihrer Agenda stehe? Auch wenn ich für Sie nur eine Interims-Mitarbeiterin war, so standen Sie für mich in voller Verantwortung. Sie haben mir Informationen unterschlagen, mich hintergangen. Ich habe einen guten Job gemacht und Ihre Auftraggeber zufriedengestellt. Aber ich bin vergewaltigt worden und wurde auch noch des Mordes verdächtigt. Und ich hatte eine Not-Operation mit Folgeerscheinungen. Das hätten Sie verhindern können.«

Ich trug etwas dicker auf als notwendig war.

Böhme legte zu dem verschlossenen Umschlag mit dem Sonderbonus noch einen zusätzlichen Scheck. Für die nächste Zeit hatte ich keine finanziellen Sorgen mehr und arbeiten musste ich auch nicht mehr.

Als ich nachhause kam, standen meine Nachbarinnen bereits vor der Tür. Frau Sikora hatte einen dicken Blumenstrauß in den Händen und Frau Schwemmer die üblichen Tupper-Dosen.

Auf meinem Balkon lagen drei fette Mäuseleichen. Die Eltern von Gribouille, der rotgetigerte Kater und die schwarz-weiße Katzenmama, hatten sie mir fein säuberlich vor die Balkontür gelegt. Ich sah gerade noch ihre Schatten davonhuschen.

Hagen Werner Wolfram saß auf meinem Sofa bei einer Tasse Kaffee und krabbelte Gribouille am Hals. Der kleine Kater schnurrte glücklich vor sich hin.

Der Kriminalkommissar war bereit, mir alles zu erzählen: Er hatte die Produktionsnester in Indien und das gesamte Verteilernetz aufdecken können. Mit meiner Hilfe, wie er mir immer wieder versicherte.

»Durch die Adressen, die du bei Singh entdeckt und mir über dein Handy gesimst hast, konnten wir das Netzwerk auffliegen lassen. Ach übrigens, Singh ist auch tot.«

Ich war erschüttert.

»Schwarzenbach hatte überall seine Finger drin, und Rakeshs Cousin Gopal war der Mittelsmann in Deutschland. Erinnerst du dich noch an den jungen Mann, der bei deiner Besichtigung in der Gepäckförderanlage eine Packung Taschentücher aufgehoben hatte? Du warst damals von den blitzsauberen GFA-Hallen so angetan.« Ich nickte. »Das war Gopal. Und erinnerst du dich auch, wie du mir von der Putzkolonne berichtet hast, die so ohne weiteres in dein codiertes Büro kommen konnte?« Ich nickte wieder. »Das war ebenfalls Gopal. Er arbeitete an zwei Fronten. Sowohl für die Produktionsstätten deines Auftraggebers, wie auch für die Firma, die mit Rakeshs Hilfe das giftige Rizin verteilte. Rakesh hatte keine Ahnung von der Doppelfunktion seines Cousins und wusste auch nichts von den gefälschten Medikamenten. Aber ich habe Gopal observieren lassen – durch Klapper.

Der war für diesen Sondereinsatz von mir zugeteilt. Die präparierten Tempotücher waren übrigens das Transportmittel für das Rizin. Und die Informationen über diese kleine Fabrik bei Hyderabad, die du mir über dein Handy geschickt hast, haben den Kreis geschlossen.«

Er räusperte sich. Ich betrachtete ihn misstrauisch. Da war noch etwas, was er mir beibringen musste.

Er nahm meine Hände und sah mir fest in die Augen: »Rakesh wurde für seine Auftraggeber unzuverlässig, unbequem. Euer Verhältnis blieb nicht unentdeckt. Er musste schnellstmöglich eliminiert werden. Es tut mir leid, aber du hast ihn indirekt in die Hände seiner Gegner gespielt. Deine Aktion mit den k.o.-Tropfen kam ihnen sehr gelegen.«

Ich war wie vom Blitz getroffen. Ich wimmerte: »Ich bin schon wieder schuld. In jedem meiner Jobs werden Menschen wegen mir getötet. In jedem mindestens drei. Ach was, immer drei. Fünfzehn Tote. Und jetzt auch noch Rakesh.«

Ich brach endgültig zusammen.

Wolfram schüttelte mich: »Hör endlich auf mit dem Schwachsinn. Du bist nicht schuld. Du hast mir geholfen, die Fälle aufzuklären.«

Ich jammerte weiter: »Fünf mal drei. Bei jedem Job drei Tote.«

Wolfram korrigierte mich leise: »Nein Gitti, bei dir sind fünf mal drei gleich zehn. Singh hatte einen Unfall. Er wurde nicht ermordet. Ein Ball traf ihn beim Golfspielen unglücklich am Kopf. Das war ein bedauerlicher Unfall. Er war sofort tot. Und das alte Ehepaar im Hotel ist freiwillig aus dem Leben geschieden. Und Manni und Rudi wurden Opfer einer defekten Klimaanlage.«

Es war mir egal, ob fünf mal drei gleich fünfzehn oder zehn war. Tot ist tot.

Ich heulte in sein Taschentuch. »Ich kann einfach nicht mehr.« Sein Taschentuch kam erneut in Aktion: »Das muss aufhören, Hagen, hörst du? Bitte hilf mir dabei.«

Hagen nahm mich in die Arme und küsste mich zärtlich, dann immer leidenschaftlicher. Ich begann am ganzen Körper zu zittern.

Er zog mich in die Höhe. »Ich will dich, Gitti.«

Ich stöhnte auf: »Ich will dich auch – Aber.Ich.Kann.Nicht. – noch nicht.«

Hagens Stimme wurde ganz weich: »Ich weiß, du hattest einen Labienriss. Aber ich kann warten, bis du wieder gesund bist. Gitti, wir haben alle Zeit dieser Welt. Und ich liebe dich, schon so lange.«

Über die Autorin

Linde Richter bringt als Autorin und Interpretin aus dem politischen Kabarett langjährige Erfahrung im Schreiben ein. Das Spiel mit Worten ist gereift und baut auf die Basis von drei Jahren Sprachstudium und Jobs in Paris und London sowie an der Costa Brava auf. Stationen wie Vier-Sterne Hotels in London, Positionen in einer amerikanischen Fluggesellschaft und für ein internationales Unternehmen der Luft- und Raumfahrttechnik ergänzen dies. Die erfolgreiche Integrationsberatung für internationale Klienten ist dabei das Kommunikations-i-Tüpfelchen der Autorin.

Heute lebt Linde Richter wenige Kilometer südlich von Frankfurt am Main und hat sich einen Jugendtraum erfüllt. Sie kaufte ein altes Fachwerkhaus in der Champagne, das sie jeden Sommer mit viel Begeisterung als Ferienhaus nutzt. Dort beginnt die Autorin meist ihre neuen Werke zu schreiben.

Der tote Atem des Wassers
Kriminalroman
Linde Richter

Charlotte erbt das Haus ihrer verstorbenen Urgroßmutter am Lac du Der-Chantecoq in der Champagne. Die geborene Frankfurterin ahnte bislang nicht, dass sie eine französische Urgroßmutter hatte und reist nach Frankreich, um ihr Erbe anzutreten.

Dort erfährt sie, dass ihre französische Mutter bei ihrer verfrühten Geburt unter rätselhaften Umständen in Frankfurt am Main verstarb. Ihre deutschen Adoptiveltern nahmen ein düsteres Familiengeheimnis mit ins Grab.

Sie verbringt einen Sommer in dem Haus am See und findet das Tagebuch ihrer Urgroßmutter Eugénie. Durch die Worte der verbitterten Frau erlebt Charlotte noch einmal die leidvollen Jahre der Vertreibung ihrer Familie aus einem der versunkenen Dörfer.

Proteste, Widerstand, Eingaben und Aufmärsche aus der Bevölkerung – alles war umsonst. Der größte, künstliche See Frankreichs wurde gebaut. Familiendramen, Intrigen, Grundstückspekulationen und mysteriöse Todesfälle ziehen sich wie ein roter Faden durch vier Generationen bis in die heutige Zeit.

Und auch Charlotte muss um ihr Leben bangen.

Paperback   ISBN 978-3-7693-0968-3
EPUB   ISBN 978-3-7693-3150-3

Über Brücken, Mücken und andere Tücken
Ein Kreuzfahrtkrimi auf der Loire
Linde Richter

Leoni hat den langweiligsten Job auf Erden. Das Aufregendste daran sind ihre Nachtschichten. Sie arbeitet als Apothekerin in einem in die Jahre gekommenen Kreiskrankenhaus und hat ein Verhältnis mit ihrem verheirateten Chef. Der ist mindestens so langweilig wie ihr Job.

Sie hat noch nie gewonnen. Wie auch? Sie löst keine Kreuzworträtsel, nimmt an keinem Preisausschreiben teil und hat auch noch nie im Lotto gespielt. Ihre beste Freundin schon.

Die gewinnt den ersten Preis bei einer Sparlotterie ihrer Sparkasse: zehn Tage Flusskreuzfahrt auf der Loire für zwei Personen. Und Leonie darf mit. Sie träumt bereits von vorbeigleitenden Landschaften, von traumhaften Schlössern, von lauen Abenden in netter Gesellschaft, von französischen Delikatessen und exquisiten Weinen. Das volle Programm. Bis, ja bis der Kreuzfahrtdampfer immer mehr schrumpft, die Besatzung immer seltsamer, und die Gäste immer skurriler werden.

Kuriose Dinge geschehen an Bord. Und auch die Freundin verbirgt ein dunkles Geheimnis. Und da ist auch noch diese rätselhafte Tinktur, die ihre finnische Kollegin ihr anvertraut hat. Und ein fest verschnürtes Päckchen, das so manche Begehrlichkeiten weckt.

Paperback   ISBN 978-3-7568-4087-8
EPUB   ISBN 978-3-7568-0552-5

Wortschätzchen
Kurzgeschichten
Linde Richter

Kunterbunte Kurzgeschichten in einem Mix voller Abenteuer, Krimi, Mystik, Utopie und Romanzen. Manchmal nachdenklich, oft vergnüglich und immer mit einer guten Portion Augenzwinkern. Kunterbunt, wie versprochen. Hier einige Auszüge:

📖
Vergessen Sie einfach alles, was Sie bislang von Wolke Nummer 7 gehört haben. Alles nur Lüge. Engelchen, die mal eine Dummheit gemacht haben, sitzen da oben und haben Hausarrest. Und was sie da oben erleben, das glaubt kein Mensch …

📖
Premierenstimmung. Seine Hände flatterten über den Garderobetisch, und er stieß gegen den halbvollen Kaffeebecher. Das Lampenfieber kroch unbarmherzig in ihm hoch und fraß sich durch sämtliche Poren. Seitdem die Fernsehauftritte immer weniger wurden, tingelte er nur noch über die Kleinstadtbühnen der Republik. Er atmete tief durch …

📖
»‡Œšæššæš‡Œ«, nie gehört? Kein Wunder, der Bot auf dem Planeten Erde war noch mit diesem alten Webdingsbums programmiert, und man musste den Translator aktivieren, um ihn zu verstehen. Es war die letzte Welle und ganze Kontinente wurden ausgerottet. Nur ein paar Deutsche, Schweizer und Österreicher hatten sich zusammengerottet, um auf der Erde zu überleben…

Paperback   ISBN 978-3-7543-5377-6
EPUB   ISBN 978-3-7543-7629-4

Die bestellte Frau
Roman-Thriller
Linde Richter

Linda hat einen aufregenden Job. Sie arbeitet für eine amerikanische Fluggesellschaft und ist viel unterwegs. Offiziell kümmere sie sich um Probleme mit unzufriedenen Passagieren, inoffiziell darum, dass der Ruf ihrer Fluglinie nicht beschädigt wird. Linda ist mit allen Wassern gewaschen und lässt sich unkonventionelle Lösungen einfallen, die auch meist vergnüglich ausgehen.

Privatleben ist für Linda ein Fremdwort bis sie einen charismatischen Politiker trifft. Es beginnt gewaltig zu knistern. Doch der Politiker ist ein vielbeschäftigter Mann, der in der Öffentlichkeit steht und außerdem verheiratet ist. Das bringt fast unlösbare Probleme mit sich. Doch Linda wäre nicht Linda, um nicht Lösungen zu finden. Ein Netz von Heimlichkeiten muss geknüpft werden, und das Versteckspiel beginnt. Und da sind ja auch noch die Leibwächter und die Ehefrau des Politikers.

Linda jongliert mit dem Jetzt und dem Morgen und wird mehr und mehr zu einer bestellten Frau. Das gefällt der lebenslustigen Linda ganz und gar nicht. Plötzlich passieren unerklärliche Dinge, und es kommt fast zu einer Regierungskrise. Doch Linda weiß wie man Probleme löst, und am Ende hallt nur noch Gelächter durch die Nation.

Paperback ISBN 978-3-7494-8715-8
EPUB   ISBN 978-3-7481-7921-4

Champagnerperlen süß-sauer
Roman-Thriller
Mit 15 Rezepten aus der Champagne
Linde Richter

Lilly hasst Entscheidungen. Seit einem Jahr und drei Wochen muss Lilly sich ganz alleine entscheiden, denn ihre Scheidung war fraglos nicht ihre Entscheidung gewesen. Ein Umzug steht an. Große Dachwohnung mit kleinem Balkon? Oder kleine Erdgeschosswohnung mit großer Terrasse? Ihr Verlag will einen gastronomischen Wegweiser herausbringen, Schwerpunkt französische Spezialitäten mit einem kulinarischen Wörterbuch, und Lilly soll darüber schreiben. Auch hier steht eine Entscheidung an.

Ob sowas gelesen wird? Ihre Literaturagentin sagt Ja, und Lilly zieht für ein ganzes Jahr in ihr französisches Ferienhaus. Sie futtert sich durch gewöhnungsbedürftige Spezialitäten und exquisite Köstlichkeiten, und sie sammelt leckere Rezepte aus ihrem Umfeld.

Neue Abenteuer rund um das Eulenhaus bestimmen ihr Leben am Lac du Der-Chantecoq. Ungewöhnliche Nachbarn, zwei mysteriöse Todesfälle und ein Sturm, der mit 180 Stundenkilometer durch das Dorf fegt, bringen ihren schöpferischen Zeitplan haltlos durcheinander. Und dann ist da auch noch Heudebert, und wieder muss sie sich entscheiden …

Paperback ISBN 978-3-7534-0769-2
EPUB   ISBN 978-3-7534-8560-7
(Auch in französischer Sprache erhältlich)

Maison Chouette
Mein Ferienhaus in der Champagne
Roman
Linde Richter

Den Wohnwagen hatten sie geerbt, die sechzigtausend Euro Barvermögen bekam der örtliche Geflügelzuchtverein als Grundstein für sein neues Vereinsheim. So ungerecht kann das Leben manchmal sein.

Lilly und Andreas verbringen ihren ersten Urlaub in dem betagten Wohnwagen auf der Wiese ihrer Freunde, die sich vor zwei Jahren ein marodes Ferienhaus in der Champagne gekauft hatten. Dort erleben sie die anstrengenden Versuche ihrer Freunde, ein Minimum an Komfort in das 300 Jahre alte Fachwerkhaus zu bringen. Und sie lernen Land und Leute kennen. Den Wohnwagen dürfen sie auf der Wiese stehenlassen, aber den zweiten Urlaub müssen sie ohne ihre Freunde im Land der Gallier verbringen. Dort treffen sie Engländer, die nicht grillen können und lernen das Paradies kennen, ohne dass sie sterben müssen.

Im Dorf brodelt die Gerüchteküche. Die Ereignisse überschlagen sich. Wer hat mit wem und warum eigentlich? Das will keiner so richtig gerne wissen, doch Lilly findet einen Schatz, und alles passt wieder zusammen. Und plötzlich sind die beiden stolze Besitzer des alten Fachwerkhauses.

Paperback   ISBN 978-3-7481-8318-1
EPUB   ISBN 978-3-7481-7644-2
(Auch in französischer Sprache erhältlich)